Les aventuriers du Rio Negro

Glenna McReynolds

Les aventuriers du Rio Negro

Traduit de l'américain
par Anne Busnel

Titre original :

RIVER OF EDEN
A Bantam Book,
a division of Random House, Inc., New York

Aux chamans,
Stan, Loreena, Chad, John, Michael, Anthony…
Fermez les yeux et je vous embrasserai.

*Un ennemi tel que toi pourrait envoyer
mon âme en enfer.*

La douzième nuit, William SHAKESPEARE

1

Manaus, Brésil

Trempée jusqu'aux os, le Dr Annie Parrish s'immobilisa sur le seuil de la gargote baptisée Chez Pancha, un des nombreux bouges qui flanquaient le port fluvial de Manaus.

Tant bien que mal, elle essuya ses lunettes. Elle les remit sur son nez et attendit que sa vision s'accoutume à la faible luminosité. De l'eau gouttait de sa chemise vert foncé et de son short kaki, diluant la boue qui crottait ses grosses chaussures de marche. Dehors, la pluie tropicale s'abattait en trombes et crépitait sur les toits de tôle ondulée, avant de ruisseler jusqu'aux eaux noires du Rio Negro.

À l'intérieur, une radio rugissait un air de samba que venait ponctuer un claquement saccadé : un jeune homme édenté tapait du plat de la main en rythme sur le comptoir.

Quelques clients à la mine désabusée et aux vêtements mités fumaient.

Un couple dansait devant le bar.

La femme, une mulâtre à la peau dorée, portait un bustier jaune et un sarong orange qui jetaient une note colorée dans la salle sombre et enfumée. Chez son compagnon, on remarquait de prime abord le balancement sensuel des hanches, les bracelets qui cliquetaient à ses poignets et à ses chevilles – des graines de shoroshoro enfilées sur un lacet de cuir –, les pans de la chemise bleue ouverte qui laissait entrevoir un torse musclé.

Si la femme rayonnait comme le soleil, lui était plutôt du style « nuit étoilée », avec ses cheveux châtains striés de mèches blondes qui retombaient sur son front.

Annie ignorait qui était la femme. En revanche, elle connaissait l'identité de l'homme. Il s'agissait ni plus ni moins du célèbre William Sanchez Travers. Toutefois, en cet instant, il ressemblait à tout sauf à un distingué ethnobotaniste diplômé de Harvard. En fait, il avait plutôt l'air d'un de ces types contre lesquels les pères sortent le fusil pour protéger la vertu de leurs filles.

Mais sans lui, Annie n'avait aucune chance de quitter Manaus, et pour cela elle était prête à lui pardonner bien des défauts.

Distraitement, elle passa la main dans sa courte chevelure blonde. Elle tapota ses poches, comme d'habitude pleines d'objets hétéroclites qu'elle enfonça le plus profondément possible. Il y avait toujours des mains baladeuses dans ce genre de rade.

Puis, redressant les épaules, elle s'avança vers le bar.

Pour le meilleur ou pour le pire, Travers était exactement celui qu'il lui fallait. Manifestement fauché, il ne monnaierait pas ses services très cher. Paumé et imbibé d'alcool, il ne poserait pas de questions embarrassantes. Et Annie, qui avait roulé sa bosse en Amazonie, avait également une autre exigence : que son passeur ne lui tranche pas la gorge dès la tombée de la nuit.

Selon ces critères rédhibitoires, le Dr Gabriela Oliveira lui avait chaudement recommandé Travers. Il était justement de passage à Manaus et, avait-elle précisé, il comptait remonter sous peu le fleuve jusqu'à Santa Maria.

Annie avait sauté sur l'occasion. L'ex-botaniste ferait exactement l'affaire, même s'il s'était retiré de la scène scientifique depuis un bon moment. Dire qu'elle avait lu et relu tous ses bouquins !

La musique changea. Aussitôt, Travers et sa cavalière se lancèrent dans une lambada enfiévrée. À les voir se trémousser et onduler de la croupe, étroitement enlacés, Annie était de plus en plus perplexe. Il n'y avait qu'à espérer que cet olibrius et sa belle reprendraient leurs esprits avant le point de non-retour. Annie ne se sentait pas la force d'assister à un tel spectacle après avoir passé la moitié de la journée à pister Travers dans tous les bouges du port qu'il avait l'habitude de fréquenter.

L'homme lui avait été présenté comme un vrai pilier de bar et, si la moitié de ce que l'on racontait sur son compte était vraie, c'était vraiment un personnage hors du commun !

En théorie donc, il avait abandonné son travail de chercheur trois ans plus tôt, pour disparaître dans la forêt amazonienne. Les rumeurs les plus farfelues et les plus horribles avaient circulé à son sujet : certains affirmaient qu'il avait été dévoré par un anaconda ; d'autres qu'il avait abusé d'une liane aux propriétés hallucinogènes, et qu'il vivait dans une grotte, prostré, dans un état quasi végétatif ; ou encore – cette version était la préférée d'Annie – qu'il serait tombé aux mains d'une tribu de Jivaros qui lui auraient coupé et réduit la tête.

On n'avait retrouvé ni cadavre ni tête réduite, et pour cause : deux ans plus tard, Travers avait démenti ces élucubrations en réapparaissant à Manaus en pleine forme. Du moins sur le plan physique. Car pour ce qui était du mental, personne ne s'aventurait à avancer un pronostic.

En cet instant, Annie était tentée de croire qu'il avait renoncé à la botanique afin d'exploiter ses dons innés pour la danse. Dans certains pays, de tels déhanchements en public conduisaient tout droit en prison !

C'était Gabriela Oliveira qui, apparemment, avait dédommagé la Howard Pharmaceutical, le laboratoire qui finançait les travaux de recherche de Travers à l'époque. De toute façon, au moins une demi-douzaine de procès l'attendait aux États-Unis. Le vieux Howard n'avait pas apprécié que son petit génie de la botanique se volatilise dans la nature au lieu de dénicher la plante médicinale miraculeuse qui lui aurait rapporté des millions de dollars.

Il ne fallait plus espérer de tels exploits de la part de William Travers. À présent, de notoriété publique, il s'adonnait au *cachaça*, l'alcool de sucre de canne brésilien, et il hantait les bars de Manaus où il était presque devenu l'attraction locale.

Pour subsister, il se contentait d'accompagner des voyageurs sur le Rio Negro. Une grande perte pour la science ! D'autant qu'avec son physique, il avait dû susciter plus d'une vocation chez ses petites camarades de fac !

Bien qu'Annie ne soit plus étudiante depuis longtemps, il lui fallait admettre que Travers était bel homme.

Il l'ignorait sans doute, mais il l'avait autrefois coiffée au poteau alors qu'elle s'apprêtait à identifier une plante. Du coup, ceux qui profitaient aujourd'hui des bienfaits d'une certaine substance balsamique originaire d'Amérique du Sud pouvaient lire sur l'étiquette *Dicliptera traversii* au lieu de *Dicliptera parrishii*.

C'était la seule fois où Annie avait été sur le point de l'égaler. Ensuite, il avait jeté l'éponge et abandonné la botanique. Et, en le regardant danser, Annie ne put réprimer un sourire. Oui, quel dommage ! Mais quelle chance pour elle ! Depuis que William Travers se désintéressait totalement de la discipline dans laquelle il excellait, la voie était désormais libre pour Annie, bien décidée à réussir.

N'empêche, elle aurait adoré le rencontrer à la grande époque. Quelle mouche l'avait piqué de tout quitter du jour au lendemain, en pleine gloire ?

La musique changea de nouveau. Travers entoura la taille de guêpe de sa partenaire qui se ploya gracieusement en arrière. La parade nuptiale devenait de plus en plus chaude !

Annie retint un soupir. Ce fourbe de Johnny Chang, avec qui elle avait fait affaire la semaine passée, lui avait conseillé de quitter Manaus de toute urgence. Bon, ce n'était pas faute d'avoir essayé ! Mais le bateau qu'Annie comptait prendre était parti sans elle, et elle ne pouvait plus se permettre d'attendre plus longtemps.

Elle jeta un coup d'œil par l'embrasure de la porte restée ouverte : la pluie ne cessait de tomber. La radio se tut brusquement.

Elle s'avança, força sa voix pour se faire entendre par-dessus le martèlement de la pluie sur le toit de tôle.

— Docteur Travers ?

Il se retourna sans lâcher sa cavalière et tituba légèrement. L'après-midi ne touchait pas encore à sa fin, et il était déjà ivre ! En venant à sa rencontre, elle s'était préparée au pire, mais quand même…

D'un autre côté, le convaincre de l'emmener à bord de son bateau serait sans doute plus facile s'il avait un coup dans le nez.

— Docteur Travers ? répéta-t-elle avec un sourire engageant.

Elle n'était pas particulièrement diplomate, loin de là, mais quand elle voulait obtenir quelque chose, elle savait y mettre les formes.

— Appelez-moi Will. Cela suffira.

Il la dévisagea, l'air déconcerté. Une barbe de deux jours bleuissait sa mâchoire. Trois plumes colorées accrochées à ses cheveux pendaient derrière son oreille gauche.

— Une bière, s'il te plaît! commanda-t-il au barman.

La métisse restait collée contre lui. Sans ce soutien, sans doute serait-il tombé, supputa Annie.

Son sourire s'effaça tout à fait lorsque le couple chancela dangereusement. Pas de doute, Travers était complètement saoul! Sa chemise était entièrement déboutonnée et, avec son pantalon qui tenait sur ses hanches par un fil et la grâce de Dieu, on pouvait craindre qu'il ne finisse en tenue d'Adam dans quelques secondes.

Annie dut se retenir pour ne pas le secouer et lui ordonner de se ressaisir.

Main tendue, elle se présenta.

— Annie Parrish.

Ce disant, elle remarqua le tatouage qui formait une mince ligne autour de son cou, sous le collier en fibre de palmier sur lequel était enfilé un gros cristal flanqué de deux longues dents de jaguar.

Annie dissimula sa surprise. Ce cristal était censé posséder un grand pouvoir chamanique. Travers en avait-il seulement la moindre idée? Et où diable l'avait-il déniché?

Elle croisa alors son regard et, à son sourire arrogant, elle comprit qu'il était parfaitement initié à ces pratiques. Du coup, il baissa encore d'un cran dans son estime. Bon sang, c'était un scientifique renommé bardé de diplômes! Pourquoi portait-il ce grigri?

On racontait qu'une violente insolation lui avait dérangé l'esprit «temporairement». Le terme était assez vague. Avait-il recouvré la raison depuis son retour? Annie en doutait sérieusement.

— Annie Parrish? *Docteur* Annie Parrish?

Il lui serra la main, la considéra avec un regain de curiosité. Annie avait l'habitude. Elle aussi avait eu son heure de gloire, toutes proportions gardées.

— Oui, acquiesça-t-elle, je collabore avec la River Basin Coalition, la RBC. C'est le Dr Gabriela Oliveira qui m'a conseillé de venir vous voir.

— Ah, Gabriela…

Il se tourna vers sa partenaire et lui chuchota quelques mots. La fille fit la moue et roucoula à son oreille. Un instant, Annie craignit qu'il ne succombe à la tentation de prolonger leur danse dans une chambre.

Comme elle tentait de dégager sa main, il la retint, avec une force surprenante pour quelqu'un qui avait bu au point de tituber. Finalement, il relâcha sa prise, mais garda sa main sur son bras, comme pour ne pas perdre le contact. En même temps, il s'adressa à la métisse en portugais. À contrecœur, celle-ci consentit à rejoindre le bar d'une démarche chaloupée, quoique hésitante.

En la voyant s'éloigner d'un pas mal assuré, Annie fut prise d'un doute. Peut-être s'était-elle trompée ? Peut-être était-ce lui qui soutenait la fille et non l'inverse.

Elle leva les yeux vers Travers. Il était grand, vraiment très grand, et très musclé pour un ivrogne. Il y avait là matière à réflexion.

Elle n'avait vu qu'une seule photographie de lui, celle qui figurait sur la jaquette de ses livres publiés des années plus tôt. Le cliché le représentait vêtu d'un classique costume-cravate. Rien à voir avec l'image qu'il offrait aujourd'hui. Sa physionomie était devenue plus dure, les traits de son visage s'étaient affirmés. Et les pectoraux musclés que l'on apercevait entre les pans de sa chemise trahissaient une pratique assidue de l'exercice physique.

Par conséquent, il était peu vraisemblable que Will Travers passe tout son temps dans les bars du port.

— Donc, vous avez vu Gabriela ? s'enquit-il.

— Oui. Elle m'a dit que vous partez pour Santa Maria demain matin.

— C'est exact. Vous voulez aller là-bas ?

— Oui.

Il fronça les sourcils.

— Pourquoi ne prenez-vous pas la vedette de la RBC ?

— Le moteur a lâché. Il faut faire venir des pièces détachées de Santarem, ce qui prendra au moins une semaine et… je suis plutôt pressée. Enfin, je veux dire que j'ai du travail. Je ne peux pas attendre si long-temps.

Elle n'allait pas lui avouer qu'elle était obligée de déguerpir au plus vite avant que sa chance ne tourne. Intrigué, il poserait des questions auxquelles elle n'avait nulle envie de répondre.

Travers remercia le serveur qui venait de lui appor-ter une bière.

— Je me souviens, oui… Gabriela m'a parlé d'une scientifique qui cherchait un passeur.

— Oui, je… hum… J'effectue un travail de recherche sur…

Elle s'interrompit tout à coup car, sans lâcher sa bière, il venait de lui donner une légère poussée du coude tout en lui désignant la porte. Elle remarqua alors deux hommes qui se levaient de la table la plus proche du bar. Le premier était grand, très brun, le crâne rasé. Le second, plus jeune, plus râblé, mâchon-nait une cigarette jaunie. Tous deux fixaient Travers d'un air mauvais.

Annie entrevit l'éclat d'une lame de couteau à la ceinture du plus jeune.

À cet instant, elle se remémora une autre rumeur qui courait sur William Sanchez Travers : durant son séjour dans la forêt amazonienne, il aurait découvert une cité d'or dans la jungle. Or, on pouvait difficilement ne pas remarquer les lourds bracelets qui ornaient ses poignets et sa cheville droite. Rien de tel pour attiser la convoi-tise des mercenaires et des bandits qui traînaient un peu partout au Brésil.

Certes, ceux qui avaient connu Travers à l'université juraient qu'il ne s'intéressait pas à l'or, mais seulement aux richesses archéologiques d'un tel site. D'un autre côté, on ne pouvait nier que l'homme avait changé…

Quoi qu'il en soit, il était en train de la pousser vers la sortie, alors que deux hommes à la mine patibulaire avaient manifestement l'intention de lui faire un sort.

— Le type au couteau, il nous regarde, chuchota-t-elle.

— Ce n'est rien, ne vous inquiétez pas.

Mais elle s'angoissait beaucoup, au contraire. Elle avait croisé bon nombre de fripouilles de cet acabit le long des rives du Rio Negro, ou encore dans les bars les plus paumés des États-Unis. Parfois, elle s'était retrouvée en position délicate.

— L'homme au couteau s'appelle Juanio. Celui qui essaie de planquer son holster sous son bras se nomme Luiz.

— Un holster ?

Annie s'alarma. Cela signifiait que ledit Luiz portait une arme à feu. La situation était en train de se corser.

— Ce sont des *garimpeiros*, expliqua Travers.

— Des chercheurs d'or, traduisit-elle à voix haute.

Ce n'était pas fait pour la rassurer. Ce genre de racaille lui avait déjà donné du fil à retordre par le passé.

— Pas de souci, ils sont juste ici pour me distraire, dit encore Travers.

— Oh, vraiment ? Vous les trouvez amusants ?

— Oui, beaucoup.

— Et la fille ?

— Cara ? Elle fait partie de la bande. Elle danse, Juanio me paie quelques coups à boire et Luiz s'assure que je ne suis pas distrait par les *garotas* qui passent dans la rue.

Essayait-il de la draguer ? Elle pouvait difficilement passer pour une *garota*, une jolie fille. Annie ne se faisait aucune illusion sur son physique. Pour la plupart des gens, et surtout pour ses collègues, elle était une

« botaniste aux genoux terreux » ou une « intellectuelle à lunettes », sûrement pas une fille sexy !

Ils reculèrent vers la sortie. Ivre ou non – et elle commençait à douter sérieusement qu'il le soit –, Travers avait réussi à la faire sortir du bar en un temps record.

— Luiz se débrouille très bien, assura-t-il en haussant les épaules.

Il recula encore et Annie se retrouva dehors. La pluie s'abattit sur eux. En quelques secondes, les vêtements de Travers lui collèrent à la peau. La tête rejetée en arrière, il passa rapidement les deux mains dans ses cheveux pour les rejeter en arrière. Il donnait l'impression d'être une créature de la rivière, souple, rapide et sinueuse, toute en muscles ; une sorte de mutant acclimaté tant au monde aquatique qu'au monde terrestre.

Puis, il se mit à l'abri sous le toit et cette impression se dissipa, laissant Annie bizarrement désorientée. Elle ne savait pas qui était ce type, mais, une chose était sûre, il n'était pas un ivrogne en voie de clochardisation.

— Si vous voulez aller jusqu'à Santa Maria, moi ça me va, reprit-il enfin. Ce sera cent vingt *reales*, plus les repas. J'amarrerai mon bateau ce soir au ponton de la RBC, et nous partirons demain dès l'aube.

Avant qu'Annie puisse articuler le moindre mot, il rentra dans le bar et se fondit dans la pénombre, sans doute pour retrouver ses *garimpeiros* et sa belle métisse. Dans le fond de la salle, le poste de radio beuglait une chanson.

Déconfite, Annie demeura interdite. Travers venait de la planter comme une malpropre. Les civilités n'étaient pas son style. Et qui étaient ces chercheurs d'or qui gravitaient autour de lui ? De toute façon, les *garimpeiros* étaient synonymes d'ennuis, surtout ceux qui étaient armés et buvaient sec. Quelles que soient les raisons qui poussaient Travers à les fréquenter, il jouait avec un baril de poudre prêt à lui exploser à la figure.

Peut-être aurait-elle mieux fait de chercher un autre passeur ?

Cette idée fugace lui traversa l'esprit. Mais bah ! Travers avait un bateau, il avait accepté de la prendre à son bord et il était sa meilleure chance de quitter Manaus le plus tôt possible.

*

* *

Accoudé au bar, Will Travers regardait Annie Parrish s'éloigner dans la rue. Une minute : c'est le temps qu'il lui aurait accordé si elle n'était pas partie de son propre chef. Heureusement, elle s'était décidée. C'est qu'il avait d'autres chats à fouetter, il était en pleines négociations et ne voulait surtout pas de témoins.

Deux heures plus tôt, il avait fait parvenir un message à Fat Eddie Mano pour lui préciser qu'il se trouvait en ville. Juanio, Luiz, Cara et quelques autres étaient arrivés peu de temps après Chez Pancha. Quant à Fat Eddie, il allait débarquer d'une minute à l'autre.

Souriant, Will porta le goulot de sa bouteille de bière à ses lèvres. Annie Parrish, la célèbre Annie Parrish ! Quand Gabriela lui avait parlé d'une scientifique, il était à cent lieues de se douter qu'il s'agissait d'elle. Ainsi donc, elle avait été autorisée à revenir au Brésil. Évidemment, Gabriela avait le bras long. Mais elle mettait sa réputation professionnelle en jeu en acceptant de travailler avec quelqu'un comme Annie Parrish. Pourquoi sa vieille amie prenait-elle un tel risque ?

Cela l'intriguait presque autant qu'Annie Parrish.

Étant donné sa réputation, il aurait cru tomber sur une femme plus imposante, hommasse, agressive. Elle lui arrivait à peine au menton ! Les premiers mots qui lui venaient à l'esprit pour décrire son visage étaient « douceur », « velouté », « pêche »... et cela en dépit de ses genoux écorchés et de ses mains calleuses.

Somme toute, elle ressemblait plutôt à un chaton trempé avec ses courts cheveux blonds hirsutes et ses yeux vert doré qui l'avaient étudié avec attention à travers ses verres de lunettes constellés de gouttes de pluie.

Après l'épisode du singe laineux, on l'avait surnommée Annie l'Amazone. Ensuite, toute la communauté scientifique lui avait tourné le dos.

À cette époque, Will naviguait sur le fleuve, très loin dans les terres. Il avait eu vent de l'histoire à son retour à Manaus, alors qu'Annie Parrish avait déjà été expulsée du Brésil. On la lui avait décrite comme une pasionaria revancharde et obstinée, très différente en fait de la jeune femme sérieuse qu'il venait de voir.

Elle avait l'air de sortir de nulle part avec sa loupe qui pendait à son cou au bout d'un cordon. Et pourtant, elle faisait partie de l'élite scientifique américaine. Un esprit brillant, une botaniste de renom qui avait entrepris de vastes travaux de recherche pour des instituts et des laboratoires pharmaceutiques internationaux, voilà qui était Annie Parrish.

Tout à l'heure, il avait remarqué une petite cicatrice sur sa tempe droite. Un souvenir de l'incident du singe laineux ? Apparemment, cela s'était soldé par un bain de sang…

Cette pensée le mit mal à l'aise. Dans une autre vie, dans un autre lieu, il n'avait jamais eu de pensées sexistes. Mais ici, aux confins du Brésil, dans les profondeurs de la jungle, aucune femme seule n'était en sécurité. Encore moins une femme comme Annie Parrish qui était la proie idéale.

Les codes qui régissaient d'ordinaire les relations humaines n'avaient pas cours sous les climats équatoriaux. Elle aurait dû au moins avoir une arme à feu. On murmurait qu'elle savait très bien s'en servir !

Il sourit de nouveau. C'était plutôt difficile à imaginer. Ce petit bout de femme avec son short trop large aux poches gonflées et sa chemise verte trois fois trop grande ressemblait plus à une adolescente maigrichonne qu'à une amazone.

Néanmoins, elle n'avait pas eu peur de Juanio et de Luiz. Elle avait paru simplement étonnée, puis elle avait compris qu'il était temps de partir sans faire d'histoires.

Juanio cria du fond du bar :

— *Senhor, vem aqui por favor !*

Will se retourna et vit s'approcher celui qu'il attendait : un homme énorme, une sorte de mastodonte confit dans sa graisse. Dans sa main, il tenait un petit sac de cuir dont Will connaissait le contenu. C'était son billet pour l'enfer et la raison pour laquelle il n'avait pas voulu qu'Annie Parrish reste dans les parages. Juanio et Luiz n'étaient pas si inoffensifs que cela.

Alors que Fat Eddie Mano s'avançait, Will se surprit à sourire de nouveau. Emmener Annie Parrish à Santa Maria à bord du *Sucuri* ne lui posait aucun problème. Un passager payant était toujours le bienvenu. Et bien qu'elle ne soit pas son type, il ne pouvait nier qu'elle avait suscité son intérêt.

Heureusement, il en savait assez sur son compte pour se méfier. Car, si sa mémoire était bonne, c'était son amant qu'elle avait tué d'un coup de fusil.

2

Trois jours, se réconfortait Annie. Le voyage jusqu'à Santa Maria ne prendrait que trois jours. Que pouvait-il arriver en si peu de temps ? Rien… ou l'apocalypse.

— Oh, ressaisis-toi ! marmonna-t-elle en soulevant une presse qui lui servait à fabriquer des planches de végétaux.

Elle sortit de la hutte qu'on lui avait attribuée sur le site de la RBC et rangea la presse dans une caisse.

Il n'était pas question de s'aventurer sur le territoire des chercheurs d'or au cours de ces trois jours. La logique voulait donc qu'il ne se passe rien avec les *garimpeiros* de Travers. Sauf si ces derniers les accompagnaient jusqu'à Santa Maria, ce qui serait vraiment le comble de la malchance ! Mais non, ils ne voyageaient certainement pas ensemble.

L'essentiel de son matériel était déjà empilé devant la hutte que Gabriela nommait ironiquement « le bungalow des invités ». Annie avait presque terminé les préparatifs. Elle avait perdu assez de temps comme ça à Manaus.

C'était déjà un miracle que les Brésiliens lui aient permis de revenir après le fiasco qui avait provoqué son départ en catastrophe la dernière fois, l'épisode du singe laineux, comme on disait. Grâce à Dieu et surtout grâce à Gabriela Oliveira, le gouvernement lui avait accordé un an pour effectuer ses travaux de recherche. Et, si tout se passait selon ses vœux, les autorités lui dérouleraient le tapis rouge !

Pour l'heure, elle marchait sur des œufs, bien consciente qu'on n'hésiterait pas à l'expulser au moindre faux pas. Or, Annie n'avait pas du tout l'intention de rester sagement dans le périmètre qu'on lui avait imposé. Ces consignes strictes qu'elle ne devait enfreindre sous aucun prétexte, elle en avait déjà violé une bonne demi-douzaine depuis son arrivée. La meilleure preuve se trouvait cachée dans les deux caisses étroites glissées entre la porte de la cabane et la couchette : la marchandise qu'elle avait achetée à Johnny Chang et que ce dernier voulait voir quitter la ville au plus vite.

Annie était bien d'accord. Elle ne tenait pas à avoir des ennuis avec la police. Un séjour dans une cellule puante et grouillante de cafards lui avait amplement suffi !

La dernière presse rangée, elle vérifia pour la seconde fois les réserves d'alcool, de formol et de gaz pour le réchaud, avant de tout sortir de la hutte. Elle avait du lait, un carton de riz et un autre de haricots secs, quelques conserves de viande et de fruits. Dénicher des légumes et des racines comestibles dans les potagers abandonnés par les Indiens faisait également partie de ses aptitudes.

Non qu'elle ait l'intention de passer beaucoup de temps à la cueillette. En dépit de ce qui était écrit sur son contrat avec la RBC, ce n'était pas dans le but de rassembler des données scientifiques sur les palmiers-pêches et la reforestation après écobuage qu'elle avait fait des pieds et des mains pour retourner en Amazonie. Son objectif était d'aller chercher le trésor qui l'attendait toujours quelque part près du Rio Cauaburi, un trésor qui serait déjà sien sans ce maudit major de l'armée, ce satané singe laineux et le stupide *garimpeiro* sur lequel elle avait dû tirer.

Aujourd'hui, Annie avait une seconde chance et elle entendait bien ne pas la laisser passer.

Elle poussa un soupir de satisfaction. Son regard glissa des caisses appuyées contre la paroi à son oreiller, sous lequel était caché son sac-banane noir. Avec précaution, elle s'en saisit, consciente de tenir entre ses mains non seulement son avenir, mais peut-être aussi celui de l'humanité tout entière.

Un bruit de pas lui fit soudain relever la tête. Ses mains se crispèrent sur le sac.

— Annie ! Annie ! appela une voix fluette. Mamie te dit de venir !

Annie se détendit et, souriante, sortit sur le pas de la porte, tout en glissant le sac sous les branchages qui constituaient le toit de la hutte.

Maria, la petite-fille de Gabriela, avait six ans. C'était un vrai trésor avec ses couettes noires, ses joues rondes et ses immenses yeux noirs. Le Dr Oliveira, en tant que directrice de la RBC, habitait un logement de fonction. Une vingtaine de chercheurs étaient logés dans les huttes. Certains, comme Annie, ne faisaient que passer. D'autres travaillaient à plein temps dans les laboratoires de la RBC.

— Annie, le chiot de Thomas a mangé ma grenouille et il ne veut plus me la rendre !

La mine indignée, Annie s'agenouilla près de l'enfant.

— C'est très vilain ! Mais, crois-moi, il vaut mieux que tu laisses cette malheureuse grenouille là où elle est, maintenant. Tu n'as qu'à en trouver une autre. J'en ai vu plein dans la fontaine, près du labo.

— Des grosses ?

— Énormes !

Consolée, Maria courait déjà sur le chemin.

— N'oublie pas mamie ! cria-t-elle par-dessus son épaule.

Annie ne risquait pas d'oublier cette maîtresse femme qui dirigeait la RBC et l'avait sauvée par deux fois, la première en l'arrachant à sa geôle de Yavareté, la seconde en lui permettant de quitter son job d'assistante dans un obscur laboratoire du Wyoming où Annie, mortifiée, rongeait son frein.

Toutefois, avant de se présenter dans le bureau de Gabriela, elle avait besoin de faire un brin de toilette. Elle ne s'était pas changée depuis qu'elle s'était mise en quête de Travers ce matin, sous une pluie battante.

Elle attrapa les habits de rechange qu'elle avait mis de côté, puis voulut récupérer sa trousse de toilette qu'elle avait glissée dans son sac de couchage.

Au moment où elle insérait la main à l'intérieur, une forme sinueuse lovée sur le sac attira son attention. Elle tressaillit et se figea aussitôt, le cœur tambourinant.

Une goutte de sueur lui coula le long de l'échine. Puis, lentement, très lentement, elle retira la trousse. Ce n'était qu'un inoffensif *Dipsas indica*.

D'un geste énervé, elle chassa le serpent qui se faufila par terre en sifflant de colère. Le meilleur ami d'Annie, son copain d'enfance Mad Jack Reid, lui avait assuré qu'elle finirait par surmonter sa phobie des reptiles. Eh bien, elle avait encore pas mal de progrès à faire !

Son regard fut attiré par le sac, toujours dissimulé au-dessus de la porte. Mad Jack serait fou furieux s'il savait ce qu'elle avait osé faire et ce qu'elle allait entreprendre !

À une certaine époque, elle avait bien cru posséder le monde. Mais l'épisode du singe laineux l'avait précipitée au fond d'un précipice si profond que, parfois, elle avait cru ne pas en sortir.

Eh bien, elle avait survécu. Mieux, elle était de retour au Brésil et, cette fois, rien ne l'arrêterait. Et ce grâce à ce que lui avait vendu Johnny Chang.

*
* *

— Il est temps que tu rentres au bercail, William, déclara Gabriela, assise à son grand bureau surchargé de piles de papiers et de plantes en pots à la vigueur déclinante.

À soixante-huit ans, la scientifique avait des cheveux d'un blanc neigeux qu'elle coiffait en chignon sur sa nuque. Si ses mains tremblaient légèrement, elle gardait l'esprit vif et l'œil perçant. Rien ne lui échappait de ce qui se passait à la RBC, et fort peu de chose partout ailleurs en Amazonie.

— Tu ne vas pas faire l'idiot toute ta vie, insista-t-elle.

Sur ce point, elle avait raison. Mais Will ne pouvait pas l'admettre. Aussi biaisa-t-il.

— Vous pourriez arroser vos plantes. Elles crèvent de soif !

— Je suis botaniste, pas jardinière. Et n'essaie pas de changer de sujet.

— Je vais emmener Annie Parrish à Santa Maria. C'est bien ce que vous vouliez, non ?

— En partie. Et j'aimerais qu'une fois là-bas, tu oublies un temps tes petits trafics pour assurer sa sécurité.

— Je ne suis vraiment pas le genre de type à qui on peut demander ça.

Il ramassa un petit galet rond posé sur le bureau et le fit nonchalamment sauter dans sa main. Gabriela ne se démonta pas.

— Ne me raconte pas d'histoires, je te connais mieux que quiconque !

Oui, Gabriela l'avait bien connu, mais c'était avant. Et aujourd'hui, il n'était plus le même homme.

Il reposa le galet.

— Le Dr Parrish a déjà travaillé à Santa Maria, non ? C'est bien là qu'elle était… avant de buter son amant à Yavareté ?

Gabriela secoua la tête.

— C'est à Yavareté que je l'ai retrouvée, oui, mais elle n'était pas là-bas de son plein gré. On l'y avait emmenée pour lui faire subir un interrogatoire.

— Qui ?

— Corisco Vargas, répondit la scientifique après une imperceptible hésitation.

Will croisa son regard. Il connaissait le major Vargas. Tout le monde le long du Rio Negro connaissait ce salopard.

Il saisit sur le bureau une poignée de graines et les fit couler au creux de sa paume.

— Où l'avez-vous trouvée ?

— En prison.

— Dans quel état ?

Gabriela haussa les épaules.

— Tu sais comment ça se passe dans ces circonstances. Pour sauver les apparences, les autorités l'ont renvoyée aux États-Unis et…

— Oui, j'ai appris qu'elle avait été expulsée.

— Pas officiellement.

— Et son amant ?

— Il n'y avait pas d'amant.

Will fronça les sourcils. Au bout du compte, qu'y avait-il de vrai dans ce qu'on lui avait raconté sur Annie Parrish ?

— Sur qui a-t-elle tiré, alors ?

— Un *garimpeiro* qui travaillait pour Vargas.

Le major Vargas appartenait à l'armée et était également l'un des trafiquants d'or les plus célèbres et redoutés du pays. Il menait ses opérations illégales dans la Serra Pelada et s'apprêtait à exploiter d'autres sites miniers le long de la frontière nord du Brésil.

Santa Maria, la ville qu'Annie Parrish cherchait à rejoindre, n'était située qu'à cent soixante kilomètres de cette frontière.

Will fit courir ses doigts sur la couverture d'un livre posé sur le bureau et les retira enduits de poussière.

— Si elle a l'intention de chercher des noises à Vargas, vous n'auriez pas dû donner votre aval à son programme de recherches, objecta-t-il.

— Elle est brillante, contra Gabriela, comme si cela justifiait tout le reste.

Will essuya ses doigts sur son pantalon avant de répliquer :

— Elle va nous attirer des ennuis et vous le savez très bien ! Regardez-la, bon sang ! Moi, j'appelle ce type de fille du « nanan pour les jaguars » ! Vous feriez mieux de la renvoyer aux États-Unis. Et la prochaine fois que vous me demanderez de prendre quelqu'un à bord de mon bateau, ne me cachez pas les détails les plus intéressants, d'accord ?

Il tourna les talons, prêt à partir, à abandonner la RBC et Annie Parrish. Mais Gabriela Oliveira ne l'entendait pas de cette oreille.

— Tu me dois bien ça, Will. À plus d'un titre, d'ailleurs.

C'était vrai. Il lui devait beaucoup. Mais, trois ans plus tôt, il avait contracté une autre dette qui occultait toutes les autres, une dette qui l'étranglait comme une seconde peau trop étroite. Et ce n'était pas au moment où il espérait s'en libérer qu'il allait s'embarrasser d'une femme qui ne pouvait que lui apporter des ennuis.

Il sentit sur sa poitrine le contact froid du cristal porte-bonheur qu'il caressa sans même y penser. Il ne regrettait pas cette année « perdue » qui avait bouleversé le cours de son existence, ni ce qu'il avait vu, entendu et appris dans la forêt, en compagnie de Tutanji. Douze mois plus tard, à son retour dans le monde civilisé, Tutanji l'avait quitté sur le Rio Negro. Le lien qui l'unissait à l'homme-médecine ne serait rompu que lorsqu'il abattrait enfin le démon que chassait Tutanji : Corisco Vargas.

Car Vargas était bel et bien un démon. Annie Parrish

n'aurait pu se faire pire ennemi dans toute l'Amazonie. Il était facile d'imaginer ce qu'elle avait enduré à la prison de Yavareté.

Et cette pensée le rendait malade.

— Autant lui tirer tout de suite une balle dans la tête, ça nous ferait gagner du temps, ironisa-t-il.

— Et si c'était *moi* qui vous faisais sauter le ciboulot? riposta une voix dans son dos.

Will hésita entre l'éclat de rire et le juron, mais préféra finalement se taire.

Annie Parrish se tenait sur le seuil de la porte, sa mince silhouette se découpant dans les derniers rayons du soleil.

— À quel moment êtes-vous entrée? demanda-t-il par pure curiosité.

— Juste avant que vous ne me compariez à du « nanan pour les jaguars ».

Elle attendait des excuses mais, en toute bonne foi, Will ne pouvait se dédire. Avec ses cheveux humides, ses yeux immenses derrière ses lunettes et son nez semé de taches de rousseur, elle correspondait tout à fait à ce dont il l'avait traitée.

Et elle était furieuse.

— Pour votre gouverne, enchaîna-t-elle, sachez que je n'ai nullement l'intention d'approcher Vargas, et que le dernier « jaguar » qui s'en est pris à moi a fini avec une balle dans la cuisse.

— Oui, il paraît.

Décidément cette femme ne cessait de l'étonner. À la voir, personne ne se serait douté qu'elle avait connu la prison de Yavareté. Une telle expérience devait laisser des stigmates, or il ne remarquait rien, excepté une courte cicatrice sur la tempe.

Son visage n'était pas parfait, mais néanmoins plaisant : un teint de pêche, des traits délicats, un regard vert pailleté d'or. Elle possédait un corps musclé. Et on percevait chez elle une certaine dureté.

Mais pas partout, corrigea-t-il en détaillant sans vergogne ses courbes féminines.

Enfin, il était plutôt soulagé. Elle savait se défendre. Tant mieux ! Étant donné l'endroit où elle voulait aller, elle en aurait besoin.

— William et moi discutons des conditions de votre transport, intervint Gabriela avec diplomatie. Si j'étais sûre que la vedette de la RBC serait réparée d'ici une semaine, je vous conseillerais d'attendre. Je me ferais certainement moins de souci pour vous, mais je sais que vous ne voulez pas rater la prochaine récolte pour votre étude sur les palmiers-pêches.

Les palmiers-pêches ? Ou Will se trompait fort ou Annie Parrish n'avait que faire de ces fichus palmiers.

— Inutile de vous inquiéter pour moi, Gabriela. Maria est venue me chercher. Vous désiriez me voir ?

— Oui, juste pour vous prévenir de l'arrivée de William.

— Dans ce cas, je vais appeler Carlos et commencer à charger mon équipement à bord. Je serai sur le ponton demain matin à l'aube, conclut-elle en franchissant le seuil.

Will attendit qu'elle soit sortie et se tourna vers Gabriela.

— Renvoyez-la chez elle, Gabriela. Vous trouverez bien un autre chercheur pour achever les travaux entamés à Santa Maria. Elle a quitté les lieux depuis un an, il ne doit plus rester grand-chose là-bas !

— Annie n'est pas n'importe quel chercheur.

— Si vous voulez, j'irai moi-même vérifier s'il reste des bricoles à sauver. Vous déciderez alors si cela vaut le coup de la renvoyer à Santa Maria.

Oui, il était prêt à faire le détour. De toute façon, il allait dans cette direction, droit vers l'enfer, droit sur le Cauaburi et Vargas.

— Tu n'es pas Annie Parrish, rétorqua Gabriela.

— J'ai perdu ma réputation, pas mon cerveau ! protesta-t-il en riant. Je serais vraiment surpris que ses travaux échappent à ma compréhension. Je suis tout de même capable de faire une estimation !

— Je n'en sais rien. Tu n'as jamais voulu me fournir d'explications sur ta disparition. Si j'en crois seulement la moitié de ce que l'on raconte sur toi…

— Vous préférez écouter mes détracteurs ?

— Tu n'as que des détracteurs, William.

— Vous pensez vraiment que je ne saurais pas faire le même boulot qu'Annie Parrish ?

— Tu en es capable, mais cela ne t'intéresse pas de travailler pour la RBC.

— Et vous, vous espérez que votre nom figure dans les livres d'histoire, c'est ça ?

La scientifique leva la main en soupirant.

— Il serait temps, William. L'heure de la retraite a sonné. Je vieillis et le conseil d'administration s'en rend compte. Ses membres souhaitent élire Ricardo Soleno pour me remplacer à la tête de la RBC.

— Ce sont vos années de travail dont on se souviendra, Gabriela. Quoi que découvre Annie Parrish, cela ne changera rien à l'héritage que vous laisserez aux générations futures.

Gabriela eut un sourire empreint de lassitude.

— Tu es trop cynique, William. Comme moi. Mais pas Annie. Elle est toujours persuadée que la forêt recèle des merveilles et ce sont ces gens-là qui font les plus belles trouvailles.

Ce raisonnement acheva d'exaspérer Will. Il s'obstina.

— Eh bien, je pense quand même que vous devriez la renvoyer !

— Non. Elle ira à Santa Maria. Contente-toi de veiller à son installation. Je la rejoindrai dès que la vedette sera réparée. En attendant, le père Aldo prendra soin d'elle à la mission.

— S'il la protège aussi bien que la dernière fois…

— Ce n'était pas sa faute ! s'emporta Gabriela. Annie était loin de Santa Maria quand elle a eu maille à partir avec Vargas.

— Où était-elle ?

— J'aimerais bien le savoir. Personne n'ose questionner Vargas à ce propos et Annie est restée muette comme une tombe. Tu n'auras qu'à lui poser la question toi-même puisque cela t'intéresse.

Will n'avait pas la naïveté de croire qu'elle lui lançait ce défi sans arrière-pensées. En fait, il venait brusquement de comprendre pourquoi la directrice de la RBC tenait tant à ce que sa protégée voyage avec lui.

— Vous voulez que je découvre ce qu'elle a en tête et si cela a quelque chose à voir avec les palmiers-pêches ! C'est bien cela ?

— Je n'ai jamais rien dit de tel...

— Gabriela, ne jouez pas à ce petit jeu avec moi ! s'énerva-t-il pour la première fois.

Sa vieille amie demeura parfaitement impassible et soutint son regard.

— J'ignore ce que tu as traficoté durant ces deux dernières années, William, mais je sais que tu n'as pas passé ton temps à te saouler de port en port. Et où étais-tu pendant les douze mois durant lesquels tu étais supposé faire de la recherche pour le laboratoire Howard ? Je connais le fils d'Elena Maria Barbosa Sanchez, ta mère et mon amie, et je crois pouvoir dire quand il est dépassé par les événements.

Elle n'était pas loin d'avoir raison, ce qui ne diminua en rien l'irritation de Will. Il n'était pas encore dépassé par les événements, mais il s'en fallait de peu.

— Tu veux savoir pourquoi Annie est revenue au Brésil ? Parce que je n'ai pas réussi à l'en dissuader. Ils l'ont battue à Yavareté. C'est moi qui l'ai recueillie, moi qui l'ai mise dans l'avion pour les États-Unis. À peine quatre mois plus tard, elle me harcelait au téléphone et me suppliait de l'introduire de nouveau dans le pays.

Je suppose qu'elle porte encore sur son corps les traces de coups.

Will serra les mâchoires. Il n'avait pas du tout, mais pas du tout envie d'entendre ce genre de propos.

— Peut-être pourras-tu m'apprendre ce qui la motive autant ? reprit Gabriela. Vous travaillez tous deux dans la même discipline et vous faites partie des meilleurs. Vous avez tous deux vos petits secrets et je suis curieuse.

Elle le regarda droit dans les yeux, comme si elle espérait une réponse.

— Ce que je fais n'a rien à voir avec Annie Parrish, je vis ma vie, point final, Gabriella.

— Non, tu ne vis pas ta vie. Je te vois ronger ton frein depuis deux ans, mais j'ai la conviction intime que, cette fois, ton heure approche. Ou peut-être ne suis-je qu'une vieille bonne femme qui radote en voyant sa fin approcher ?

C'était bien la dernière chose que Will souhaitait entendre.

— Je ne vous savais pas philosophe ! jeta-t-il.

— C'est que tu n'es pas assez attentif. Emmène Annie à Santa Maria et assure-toi qu'il ne lui arrive rien de fâcheux. C'est tout ce que je te demande.

Manifestement, le sujet était clos, et Will ne tenait pas à prolonger cette conversation. Sans un mot, il quitta le bureau.

Une fois dehors, il jeta un coup d'œil en direction des huttes.

Vargas avait molesté Annie Parrish. Et sans doute avait-elle subi des sévices pires encore, mais il ne voulait pas s'attarder sur cette pensée.

Même si elle avait mis hors d'état de nuire un *garimpeiro*, un autre prédateur, plus dangereux, avait réussi à l'avoir. Alors si ce n'était pas pour se venger, pourquoi était-elle revenue ?

Parfois, sous les tropiques, les botanistes devenaient cinglés. Au milieu de leur équipement sophistiqué, du matériel qu'ils traînaient en forêt, des échantillons qu'ils conservaient, il arrivait qu'ils perdent contact avec la réalité.

Apparemment, Annie Parrish faisait partie de ceux qui étaient restés trop longtemps au soleil.

Il pressa le pas, il avait rendez-vous avec Fat Eddie qui devait lui remettre un document très important s'il voulait rejoindre le bassin du Cauaburi : une carte des mines d'or établie par les *garimpeiros* sous le commandement d'un démon nommé Corisco Vargas.

3

Reino Novo, Brésil

L'Américaine reviendrait. Corisco l'avait toujours su.
Elle reviendrait à Manaus, puis elle lui tomberait toute
cuite dans le bec, grâce à Gabriela Oliveira, à la RBC
et au piège qu'il avait si savamment mis au point un
an plus tôt.

On pouvait parier qu'elle ne resterait pas longtemps
à Santa Maria et qu'elle remonterait le Rio Negro vers
le Cauaburi, puis franchirait la porte d'émeraude qui
menait au cœur de la forêt pour parvenir enfin à Reino
Novo.

Corisco se désintéressa du message qu'il venait de
recevoir de son informateur de Manaus. Il saisit avec
délicatesse le cylindre transparent posé près de la
lampe, sur le bureau et, une fois de plus, admira la délicate relique prisonnière de son écrin de verre.

Annie Parrish était de retour et le Cauaburi deviendrait sa tombe. Il aurait dû la tuer quand il en avait eu
l'occasion, au lieu de s'amuser à essayer de la faire
plier...

Mais, bon, on ne se refait pas.

— Fernando ! cria-t-il.

Un homme gigantesque au torse sanglé dans un uniforme militaire surgit. Il avait la figure balafrée, le crâne
rasé, et son regard n'exprimait pas le moindre sentiment.

Derrière lui, une forme animale se promenait lentement dans l'énorme vivarium encastré dans le mur.

— Fernando, amène-moi la boîte.

Fernando attrapa sur une étagère murale une petite boîte en or qu'il déposa respectueusement sur le bureau.

— Fernando, tu te rappelles la femme de Yavareté ?

La question était inutile. Fernando n'avait sûrement pas oublié Annie Parrish. Le colosse s'était particulièrement attaché à elle, surtout le troisième jour, lorsque Corisco l'avait fait enchaîner nue au mur de la cellule avant de laisser Fernando s'amuser un peu.

Le géant hocha la tête.

— Eh bien, bonne nouvelle : elle est au Brésil, à Manaus. Tu vas envoyer un message-radio à notre homme et lui dire de nous la ramener ici, au cas où elle s'égarerait en chemin. Elle va trouver Reino Novo bien changé, hein ?

De nouveau, Fernando acquiesça. Corisco le congédia d'un geste de la main, satisfait. Ce n'était pas compliqué de contenter les âmes simples.

Lui exigeait des plaisirs beaucoup plus raffinés.

L'air nocturne était oppressant malgré les ventilateurs qui vrombissaient. La pluie du soir avait jeté une cape humide sur le Cauaburi. La fontaine dans le patio, juste devant le bureau de Corisco, paraissait incongrue dans cet univers aquatique.

Il saisit la boîte en or placée devant lui, la soupesa avec satisfaction.

Gabriela Oliveira avait réussi à lui arracher Annie Parrish à Yavareté. Et le gouverneur de l'Amazonas qui, à la demande expresse de la directrice de la RBC, avait donné l'ordre de libérer la botaniste avait trouvé la mort dans de mystérieuses circonstances quelques mois plus tard.

Le nouveau gouverneur, lui, ne refusait rien à Corisco. Quant au gouvernement brésilien, il pouvait bien palabrer sur le pillage de la forêt, Corisco n'avait rien à craindre.

Rien ne le détournerait de son but.

Il retourna la boîte, admira les délicates ciselures gravées sur le métal scintillant. Il appréciait ce travail délicat, presque autant que son contenu mortel.

On pouvait périr de mille façons en Amazonie, mais l'ingestion du scarabée-roi était certainement l'une des plus douloureuses. L'insecte, dont la carapace irisée mesurait une douzaine de centimètres de long, contenait assez de poison pour éliminer deux personnes.

Annie Parrish avait de la chance. Elle aurait une fin bien plus glorieuse. Elle s'était montrée si butée, si rebelle… Comment aurait-il pu se priver du plaisir de la mater ?

Car il serait sorti victorieux de leur duel si ce crétin de gouverneur n'était pas intervenu. La prochaine fois, il lui apprendrait quelle est la place d'une femme et elle lui dirait tout ce qu'il voulait savoir.

Sa peau était si douce, si douce…

Il repoussa la boîte, reporta son attention sur le cylindre de verre dont il suivit la ligne pure du bout de l'index. Il ne comprenait rien aux scientifiques et à ces maudits écolos. N'avaient-ils donc aucun sens des réalités ? Lui, Corisco, avait les pieds sur terre. Il savait quel pouvoir incommensurable recelait la forêt.

Son regard glissa sur le spécimen fragile qui flottait à l'intérieur du tube dans un liquide qui le préservait de la destruction. Les scientifiques qui débarquaient en Amazonie avec leurs diplômes et leurs livres essayaient de comprendre ce monde selon leurs propres règles. Ils n'obéissaient pas à celles de la forêt. Leurs recherches, qui se voulaient rationnelles, ne menaient nulle part, car l'Amazonie possède sa propre logique.

Si on avait laissé faire Annie Parrish et ses semblables, ils auraient écumé cet univers végétal avec leurs appareils de mesure sophistiqués, pour tenter d'en capturer tous les secrets. Des secrets tels que cette fleur magique à l'abri dans son cylindre de verre ou encore l'hôte de son vivarium.

L'orchidée était resplendissante avec ses pétales effilés d'un bleu profond, frangés de jaune pâle et saupoudrés de paillettes dorées qui brillaient comme des étoiles dans la nuit.

C'est Parrish qui avait découvert cette merveille de la nature, juste avant qu'il ne la lui confisque.

Dans la pénombre du crépuscule, la fleur luisait doucement. Après douze mois passés dans une solution spéciale, les pétales ne s'étaient pas flétris, leurs couleurs avaient gardé le même éclat. Et elle émettait toujours cette lumière fascinante, dorée et cerclée de vert comme celle d'une aurore boréale.

Irrésistible! avait-il pensé en la voyant pour la première fois.

Et donc il avait su que Parrish reviendrait. Il avait déjà compris qu'elle avait trouvé la fleur près des mines, même si elle s'était obstinée à garder le mutisme. Il avait pourtant tout essayé pour lui délier la langue et il avait été sur le point de recourir à des tortures plus convaincantes quand elle avait été libérée.

Et elle était revenue, la petite idiote! Elle n'aurait pu choisir meilleur moment. Il était donc écrit qu'elle mourait avec tous les autres, lors du sacrifice collectif qui rendrait Reino Novo tristement célèbre dans le monde entier et lui apporterait la gloire à lui, Corisco Vargas.

Après, plus personne n'oserait s'opposer à lui. Quiconque voudrait pénétrer dans la forêt, que ce soit pour la préserver ou au contraire piller ses trésors, serait obligé d'en passer par lui. Il serait le roi du dernier territoire sauvage sur la planète. Le roi du Grand Enfer vert.

Le roi de l'Amazonie.

4

La nuit tombait rapidement sur le Rio Negro. Annie, Carlos et son fils Paco achevaient de charger le matériel à la lumière des lanternes suspendues le long du chemin qui descendait à la rivière.

Le bateau de Travers tanguait sur l'eau au bout du ponton, sa silhouette claire à peine dessinée à la lueur de l'ampoule blafarde accrochée à un poteau, près de la cahute dressée à l'extrémité du quai.

L'embarcation à moteur mesurait entre sept et huit mètres. La timonerie faisait office de cabine et était reliée par une passerelle à une autre, plus petite, située côté poupe. Une rambarde encerclait le pont où l'on pouvait ranger la cargaison.

La coque avait besoin d'un sérieux coup de peinture, mais le pont parut solide à Annie. Elle ne put réprimer un frisson d'excitation à la pensée que, demain matin, elle voguerait en direction du Cauaburi, le pays de ses rêves.

Après avoir entreposé les dernières caisses, les deux hommes et la botaniste se séparèrent en se souhaitant une bonne nuit. Carlos et son fils rebroussèrent chemin en direction des baraquements.

Annie s'attarda un moment pour vérifier que le matériel était bien attaché. Elle s'assura également que les caisses de Johnny Chang étaient bien dissimulées parmi les autres, sous les bâches qui protégeaient le matériel de la pluie. Même si Travers avait des activités plutôt louches, elle doutait qu'il apprécie d'apprendre qu'il y avait de la marchandise de contrebande à bord. Elle était même convaincue que, mis au courant, il n'attendrait pas une seconde pour la jeter par-dessus bord !

Voilà pourquoi l'idée de voyager par les moyens officiels ne lui avait même pas effleuré l'esprit.

Pourtant, dans le bureau de Gabriela, elle avait failli dire à Travers qu'il pouvait aller se faire voir.

Si seulement elle n'avait pas été si pressée de quitter la ville…

Du nanan pour les jaguars !

Irritée, elle resserra le nœud d'une corde. Quel culot ! Elle ne connaissait pas l'expression mais comprenait parfaitement ce qu'il avait voulu dire par là. Et il se trompait du tout au tout ! En fait, Travers aurait été surpris de savoir à quel point ils se ressemblaient. Enfin, surtout à l'époque où il exerçait encore son métier de botaniste, c'est-à-dire avant de se perdre dans la forêt.

Elle se retint de sourire. Après l'avoir rencontré deux fois, elle aurait pu miser sa dernière chemise que Travers ne s'était jamais perdu nulle part. Et certainement pas durant un an. Non, ce type savait toujours exactement ce qu'il faisait. Cet homme avait un secret, et Annie était très excitée de passer trois jours avec lui. Peut-être en saurait-elle plus sur cet étrange personnage.

Surtout, elle s'interrogeait sur ce qui avait bien pu métamorphoser un scientifique génial en rat de rivière dépenaillé.

Debout à l'avant du pont, elle scruta les méandres du fleuve qui se fondaient dans la nuit. La jungle en dévorait les rives, dense, impénétrable, fourmillant de plantes, de fleurs et de mystères. Les eaux noires reflétaient les rayons blanchâtres de la lune et, au sud-est, les lumières de la ville.

Elle avait un visa d'un an. Quand elle reviendrait à Manaus, il y avait gros à parier que toute la ville parlerait d'elle. À l'instar de Travers, elle avait l'intention de «disparaître» pendant un moment. Mais, contrairement à lui, elle comptait bien revenir en véritable héroïne.

Un bruit léger et proche lui fit tourner la tête vers le quai. La seconde suivante, elle perçut un chuintement, puis un bruit de course sur le ponton qui reliait l'embarcation à la berge. Annie s'élança sur la passerelle qui reliait les deux cabines. Elle eut juste le temps d'entrevoir la silhouette d'un homme qui se découpait dans la lumière des lanternes, avant que celui-ci ne se volatilise, happé par la frange de hauts palmiers qui bordaient le chemin. Sous les branches ployées vers le sol, tout n'était qu'obscurité.

C'était peut-être Paco, réfléchit-elle. Mais pourquoi aurait-il couru se cacher dans la forêt? Et il ne s'agissait sûrement pas de Carlos. Le vieil homme était bien incapable de se déplacer à une telle allure.

Restait la quarantaine de personnes qui travaillaient pour la RBC, logeaient sur place et auraient eu une raison légitime pour monter à bord du bateau de Travers. D'autant plus que l'intrus n'avait pas dû la voir là où elle se tenait un instant plus tôt.

Sans être perturbée outre mesure par l'incident, Annie se sentit intriguée.

Comme elle retournait vers la timonerie, elle se figea soudain, le regard rivé à la fléchette plantée dans la porte en bois. Un morceau de papier roulé se balançait au bout de la tige.

D'un geste vif, elle arracha la fléchette, puis déroula le papier.

Le message était bref, direct, lourd de menace.
QUITTEZ MANAUS!

5

Le soleil inondait de ses rayons la timonerie du *Sucuri* et formait une auréole sur la tête de Will, couché dans un hamac.

Lentement, il se réveilla. L'idée d'ouvrir les yeux et d'être aveuglé par la clarté du jour lui parut trop pénible et il se retourna en bougonnant.

La présence même du soleil lui disait qu'il avait dormi trop longtemps et, de fait, raté le départ prévu à l'aube. Annie Parrish avait-elle trouvé un autre bateau pour quitter Manaus ? Il fallait l'espérer. Ou mieux, que Gabriela ait repris ses esprits au cours de la nuit et annulé ce projet fumeux…

— Hum, hum…

La voix, indubitablement féminine, provenait de la timonerie. Évidemment, il aurait dû s'en douter.

Au prix d'un suprême effort de volonté, il redressa la tête et souleva une paupière lourde comme du plomb. Elle était là, naturellement, étrangement fraîche et dispose et, de toute évidence, furieuse.

Avec un soupir douloureux, il se renfonça dans son hamac.

Il ne pouvait pas lui en vouloir. Lui-même était assez contrarié de se trouver dans un état pareil. Il avait fallu deux bouteilles de *cachaça* pour que Fat Eddie Mano, à une heure avancée de la nuit, consente enfin à se défaire de la carte. Auparavant, Will avait dû endurer les jérémiades et les gémissements du gros lard qui venait de se faire voler tout un lot de marchandises dans un de ses entrepôts, presque sous son nez. Le responsable était sans doute un de ses *jagunços*, c'est-à-dire un de ses sbires, les seuls à avoir accès aux diverses tanières d'Eddie.

Bien que Fat Eddie se soit montré plutôt évasif quant aux détails, Will se doutait bien du contenu des caisses dérobées. De la contrebande. Du coup, le gros ne pouvait pas aller se plaindre à la police ! D'autant que la camelote avait à l'origine été subtilisée par Fat Eddie lui-même.

Au moment d'ouvrir la deuxième bouteille de *cachaça*, le caïd s'était un peu détendu. Il s'était lamenté sur le sort des « honnêtes » hommes d'affaires, à la merci des officiers de police corrompus et des fonctionnaires véreux. Il avait crié vengeance, évoqué plusieurs supplices sophistiqués, tandis que les heures s'étiraient et que s'enchaînaient les tournées de *cachaça*.

Will avait clairement compris le message. De toute façon, il n'avait nullement l'intention de faire main basse sur les pierres précieuses que Fat Eddie lui avait confiées Chez Pancha dans le but de les remettre à Corisco Vargas. Will comptait pénétrer dans le repaire du démon de l'Amazonie, et ce job était le prétexte idéal.

Doucement, Will glissa la main dans la poche de son pantalon pour s'assurer que la carte pliée en quatre y était toujours. Au bout du compte, la fin justifiait les moyens, raisonna-t-il, alors qu'il jugeait d'habitude cette maxime totalement fallacieuse.

Mais à quoi bon essayer de réfléchir quand on avait aussi mal au crâne ? Il avait l'impression qu'un marteau-piqueur lui transperçait la tête. Sa langue sèche et râpeuse semblait avoir doublé de volume.

La dame en colère annonça d'une voix tranchante :

— Il est 7 h 30. Je suis arrivée à 5 heures pile et vous n'avez pas daigné bouger jusqu'à maintenant. Un moment, je vous ai même cru mort !

Et elle ne s'était pas trompée de beaucoup. En tout cas, il n'était pas au mieux de sa forme.

— Êtes-vous capable de vous lever ou dois-je demander de l'aide à Carlos ?

Il faillit répliquer du tac-au-tac : « C'est ça, allez chercher Carlos ! », non pas parce qu'il avait besoin de celui-ci, mais parce qu'elle se serait défoulée en courant jusqu'aux baraquements. Le Dr Parrish n'avait vraiment pas l'air commode et, avec la migraine qui le taraudait, il redoutait la litanie de reproches qu'elle lui réservait.

Ce qu'il voulait, c'était commencer la journée *piano piano*, ou mieux encore : retomber dans un coma bienheureux. Quoi qu'il en soit, il ne voyait pas l'intérêt de se dépêcher maintenant que la carte était en sa possession. Le Cauaburi n'allait pas s'envoler et les attendrait bien une semaine ou deux. Plutôt deux, à en juger par la façon dont le voyage commençait…

— Pensez-vous que nous ayons une chance de partir avant midi ? Je suis pressée, figurez-vous. Extrêmement pressée !

Il ricana et crut que sa tête explosait ! Elle était pressée ! Mais personne n'était pressé en Amazonie. Sur le fleuve, on n'avait que deux possibilités : se traîner ou faire du surplace. Restait éventuellement une troisième possibilité : reculer. Mais inutile de se fixer des délais. C'était absurde.

Tout à coup, il se remémora ce que Gabriela avait dit à propos des palmiers-pêches qu'Annie Parrish était censée étudier. Un boulot enfantin. Il aurait pu le faire les yeux fermés ! Mais justement, c'était louche et cela cachait sûrement quelque chose. D'ailleurs, Gabriela avait paru également de cet avis…

Malheureusement, il avait oublié la majeure partie de leur conversation.

— Vous feriez mieux… de rentrer chez vous, ânonna-t-il.

— Je vous demande pardon ?

Il tressaillit au son de sa voix qui avait grimpé dans les aigus. Où était la fragile jeune femme aux allures de chaton mouillé qu'il avait croisée hier Chez Pancha ? Aujourd'hui, elle ressemblait plutôt à une chatte en furie.

— Comment avez-vous fait pour entrer ?

En revenant cette nuit avec les pierres précieuses de Fat Eddie, il avait jugé bon de prendre quelques précautions. Il avait verrouillé la porte, puis s'était endormi dans le hamac, son fusil posé sur la poitrine.

— J'ai forcé la serrure, expliqua-t-elle sans ciller.

À quoi bon lui faire remarquer que la loi interdisait de pénétrer par effraction chez les gens, et que cela valait même à bord d'un bateau ? Elle s'en fichait. Et Will était de plus en plus convaincu que son impatience qui frisait l'hystérie n'avait aucun rapport avec les palmiers-pêches. Annie Parrish poursuivait un tout autre but.

Mais lequel ?

— D'accord, allez chercher Carlos. Et du café. S'il vous plaît.

Marmonnant quelque chose à propos du café qui ne suffirait certainement pas à le faire bouger – ce dont il convenait volontiers –, elle tourna les talons et disparut.

Un silence béni retomba dans la timonerie. Chaque cellule du corps de Will le suppliait de retomber dans le sommeil. Il les ignora. Il s'assit avec précaution dans le hamac, posa les pieds par terre. À la réflexion, gueule de bois ou pas, mieux valait ficher le camp de Manaus. Il devait se secouer.

44

Vingt minutes plus tard, quand le Dr Parrish revint en compagnie de Carlos, Will était toujours dans la même position, la tête entre les mains.

— *Como vai, Guillermo ?* demanda le vieux avec sollicitude.

Carlos était à moitié indien et avait la peau aussi fripée qu'une feuille de tabac.

— Ça va, prétendit Will.

Le vieux gloussa en montrant ses dents noircies, avant de mettre de l'eau à chauffer sur le réchaud à gaz.

Adossée au chambranle, Annie le regarda prendre dans un petit sac en tissu une poignée d'une substance végétale séchée, qu'il jeta dans l'eau frémissante et dans une timbale en fer-blanc.

Annie était bien incapable d'identifier la plante, mais elle ne s'inquiétait pas, Carlos savait certainement ce qu'il faisait. Aucun thésard ayant travaillé à la RBC n'ignorait que le vieil homme avait un remède miraculeux pour les lendemains beuverie.

Car, de toute évidence, William Sanchez Travers tenait une colossale gueule de bois.

Il s'était imbibé à ne plus pouvoir remuer un orteil. Bien sûr, elle s'était préparée à trouver une épave humaine, mais quand même... Quelle déchéance !

Ce matin à 5 heures, quand elle l'avait trouvé ivre mort dans son hamac, elle ne s'était pas affolée et en avait profité pour procéder aux ultimes vérifications et – méfiante – pour inspecter le bateau. Mais, à mesure que le temps passait, son fatalisme avait cédé la place à l'irritation. C'est cela qu'il appelait « partir à l'aube » ?

Carlos avait tiré de son pochon son *shinki-shinki,* un fagotin de feuilles craquantes de *Piperacea* sauvage, qu'il agita autour du crâne et des épaules de Travers. Annie l'observait, perplexe, et sa consternation atteignit son comble quand le vieil homme entonna une mélopée syncopée.

Si Carlos comptait soigner Travers de cette manière, ils seraient encore là ce soir! Mais c'était bien fait pour elle. Voilà le genre d'aléas auxquels on s'exposait lorsqu'on dépendait du bon vouloir d'un rat de rivière alcoolique. L'heure tournait, et ils n'avaient toujours pas quitté le ponton de la RBC.

Elle était maudite.

— Hum… Tu ne peux pas… faire un peu plus vite, Carlos?

Travers lui coula un regard oblique et grommela:

— Ouais, Carlos, magne-toi. La dame est pressée.

Annie ne daigna pas faire de commentaire. Pas la peine de perdre son temps en chamailleries. Du moment qu'on partait…

— Oui, *extrêmement* pressée! insista Travers, goguenard.

Son sourire rendit un peu espoir à la jeune femme. Enfin un signe de vie sur son visage! Si elle parvenait à Santa Maria, il pouvait bien boire jusqu'au coma éthylique, pour ce qu'elle en avait à faire!

Peu à peu, William Travers se ressaisissait. Penché en avant, il se frotta la nuque, ses cheveux raides cachant son front bronzé. Une seconde, Annie craignit qu'il ne pique du nez et ne s'écroule sur le plancher. Finalement, il se redressa, et Annie contint un soupir de soulagement.

Trois jours de sobriété, c'est tout ce qu'elle lui réclamait. Ensuite, elle filerait droit sur le lieu où, un an plus tôt, le singe laineux avait dégringolé de son arbre pour lui tomber dans les bras.

Carlos secouait maintenant énergiquement son *shinki-shinki*, sans doute pour accélérer le sortilège, comme l'en avait prié Annie. Au bout d'un moment, il tira de sa poche un cigare qu'il tendit à la jeune femme. Sans hésitation, elle l'accepta, coupa d'un coup de dent l'extrémité qu'elle cracha par l'écoutille, avant de se pencher vers la flamme du réchaud. Elle aspira quelques bouffées.

46

Will, qui l'observait, la vit avec stupeur produire un parfait rond de fumée bleue qui, lentement, s'éleva vers le plafond.

Près de lui, Carlos étouffa un gloussement.

Suivant les instructions du vieil homme, Annie Parrish souffla des volutes à la saveur épicée dans le sillage du fagotin qui dessinait un tracé mystérieux autour du crâne du malade. L'aide de la jeune femme parut inspirer le chaman qui se remit à psalmodier de plus belle. Sa voix monocorde, de plus en plus aiguë, emplit la cabine enfumée.

C'était typiquement en de telles circonstances que Will se demandait ce qui était arrivé à sa vie. Il était promis à un tel avenir ! Il aurait sans doute fini par quitter les tropiques quand on lui aurait offert une chaire à l'université de Harvard. Ou bien il aurait recommencé à écrire des livres. Il aurait donné des conférences dans le monde entier, aurait accepté le poste de directeur d'un grand jardin botanique. Puis, l'heure de la retraite approchant, il aurait dicté sa biographie à un étudiant enthousiaste et plein de déférence.

Et pourtant il était là, courbé en deux dans son hamac, la tête sur le point d'éclater, à bord d'un rafiot déglingué prêt à remonter le Rio Negro une fois de plus. La dernière peut-être ? Il possédait à peine deux cents *reales* – y compris ce que lui avait donné Annie Parrish pour son voyage –, et il n'en avait même pas besoin.

Parfois, il avait le sentiment d'avoir disparu. D'ailleurs, Tutanji le lui confirmait. Non, le Dr William Sanchez Travers n'existait plus depuis que son âme avait été dévorée par l'esprit de l'anaconda du vieil Indien. C'était du moins sa théorie car, dans le souvenir de Will, il y avait eu trop de sang versé lors du drame pour que le serpent n'ait pas été une créature de chair du monde réel.

Un autre rond de fumée lui caressa les cheveux et il se rendit compte tout à coup qu'il se sentait nettement mieux. Carlos n'était pas Tutanji, et un cigare acheté dans le commerce n'avait rien à voir avec une feuille de tabac vert roulée, cependant Will avait vécu trop longtemps au cœur de la jungle pour ne pas sous-estimer le pouvoir d'un chaman, même citadin et civilisé comme Carlos.

Quand celui-ci lui tendit la timbale pleine de tisane odorante, il avala d'un trait le breuvage âcre. Aussitôt, il fut saisi de tremblements incoercibles et vacilla.

Le cigare coincé entre les dents, Annie s'empressa de le retenir par l'épaule, tout en glissant un œil vers sa montre : 8 heures. Super ! Carlos battait des records de vitesse. Avec un peu de chance, ils pourraient lever l'ancre d'ici une heure.

Travers s'apaisa peu à peu. La médecine de Carlos agissait. Il n'y avait pas un botaniste, pas un biochimiste de la RBC qui n'ait tenté d'analyser les ingrédients de cette prodigieuse infusion qui guérissait de la gueule de bois. Tous avaient abouti aux mêmes conclusions : ce n'était qu'un mélange de plantes séchées inoffensives. Le secret tenait donc aux ingrédients mystérieux dont seul Carlos connaissait la provenance.

Distraitement, Annie regarda par le hublot et aperçut une tâche claire en aval du fleuve. Une vedette s'approchait. Elle chercha des yeux une paire de jumelles, en découvrit une suspendue au-dessus de la barre.

Mais elle n'avait pas besoin de s'en servir pour savoir que sa chance était en train de tourner.

— Nous avons de la visite, annonça-t-elle.

— Je ne suis pas d'humeur à faire des salamalecs ! bougonna Travers.

— Moi non plus ! Alors, je vous suggère de démarrer ce foutu bateau et de ficher le camp avant que nous ne soyons abordés par... la police.

— Personne ne montera à bord du *Sucuri*, rétorqua Travers avec assurance.

Annie sursauta. Les jumelles à la main, elle se tourna vers lui.

— Le *Sucuri* ? C'est comme ça… que vous avez baptisé… votre bateau ?

Avec un sourire sinistre, il acquiesça d'un hochement de tête. Annie se mordit la lèvre. Comment ne pas y voir un mauvais présage ? Pour couronner le tout, il fallait qu'elle soit à bord d'une embarcation qui portait le nom d'un serpent. Et pas n'importe lequel ! Un anaconda géant, d'une force herculéenne, capable des soubresauts les plus violents lorsqu'il enroulait ses anneaux autour de ses proies, et dont le plat préféré était les botanistes du Wyoming.

Elle en était absolument convaincue.

Elle en avait rêvé des milliers de fois.

6

Le hurlement d'une sirène retentit sur la rivière. Annie regarda par le hublot : le bateau fonçait vers eux. Même sans jumelles, elle distinguait maintenant l'insigne de la police de Manaus peint sur la coque du petit hors-bord. Et, en cet instant, elle n'aurait su dire laquelle des deux embarcations lui inspirait le plus de répulsion : celle de ses ennemis ou le *Sucuri*.

Le *Sucuri* ! Il fallait vraiment être dingue pour baptiser son bateau ainsi ! Les herpétologistes se disputaient depuis des lustres pour déterminer qui de l'anaconda ou du python réticulé était le plus long. Toutefois, à taille égale, l'anaconda possédait une force bien supérieure.

Heureusement, Annie n'en avait encore jamais croisé dans la jungle. Pourvu que cela dure !

En revanche, elle avait eu affaire à bon nombre de policiers brésiliens, en particulier ceux de Yavareté. Et elle n'était pas prête à retomber entre leurs mains.

La sirène retentit de nouveau. Annie se tourna vers Travers. Elle n'avait plus le choix : c'était le *Sucuri* ou rien.

— Vous savez, parlementer avec les flics va vraiment nous retarder, articula-t-elle aussi calmement que possible.

— Je n'ai pas du tout l'intention de parlementer avec eux, répondit-il en bâillant.

D'accord, mais s'il ne se s'activait pas, personne ne lui demanderait son avis ! Annie enrageait. Et, alors qu'il s'étirait avec nonchalance absolue, elle entrevit le pistolet glissé dans la ceinture de son pantalon.

Tout à coup, il se figea, le regard rivé au hublot.

— Le sale fils de… !

D'un bond, il se leva et vint à son tour coller son front au hublot, ce qui, étant donné l'exiguïté de la cabine, força Annie à se plaquer contre un placard. Son cœur se mit à battre la chamade. Elle eut beau se tasser au maximum, le corps immense de Travers était tout contre le sien.

Paniquée, elle osait à peine respirer. Sans le savoir, Travers venait d'abattre la barrière qu'elle érigeait entre elle et les autres. Depuis son séjour à Yavareté, elle ne tolérait aucune proximité physique avec quiconque. Et voilà qu'elle se retrouvait coincée contre un homme dans une cabine minuscule !

La sueur perla à son front. Hagarde, elle nota qu'il portait toujours dans les cheveux ses plumes d'ara attachées au moyen d'une bandelette de tissu rouge délavé, et que, bizarrement, il émanait de lui une légère odeur de savon.

— *Tchau*, Carlos. *Obrigado*, lança-t-il au vieux, avant de sauter sur le pont pour l'aider à gagner le ponton.

Annie ferma les yeux un instant. C'était fini. Leur promiscuité n'avait duré que quelques secondes, mais c'était déjà trop. Le bateau n'était pas assez grand pour eux deux.

Ce qui était incroyable, c'est qu'elle n'avait pas esquissé un geste alors qu'elle aurait très bien pu le repousser, voire le jeter à terre si elle en avait eu envie. Elle n'avait même pas levé la main pour le tenir à distance. D'ordinaire, elle était toujours sur le qui-vive, dans un état d'alerte permanent. Alors pourquoi n'avait-elle pas réagi cette fois ?

Travers était pourtant quelqu'un dont il fallait se méfier. Elle l'avait tout de suite compris, et elle avait été confortée dans cette opinion en le découvrant ivre mort ce matin.

Il n'y avait qu'une explication possible, et Annie ne voulait même pas l'envisager.

Elle inspira profondément, se tourna vers le hublot... et demeura bouche bée : sur le fleuve, une autre vedette approchait à toute allure. Le plus étonnant était le pilote, une sorte de géant affublé d'une queue-de-cheval et d'une longue moustache tombante. Le bateau semblait trop petit et fragile pour supporter un homme aussi massif et pourtant il filait sur l'eau, laissant dans son sillage une frange d'éclaboussures blanches.

— C'est bien... qui je crois ? bredouilla-t-elle à Travers qui venait de se mettre à la barre.

— Oui. Fat Eddie Mano ou la cavalerie. À vous de choisir.

Travers tourna la clé de contact et tapota ses niveaux de l'autre. Annie ne quittait pas des yeux la vedette. Elle avait bien sûr entendu parler de Fat Eddie, le seigneur des bas-fonds de l'Amazonie. Toutefois, elle ne l'avait jamais vu en chair et en os. D'ailleurs, à en croire Johnny Chang, fort peu de gens avaient eu cet honneur. Fat Eddie avait son quartier général dans un entrepôt près de Praça de Matriz, et on venait l'y voir de tout le pays. Ses subordonnés réglaient la majorité des affaires, mais quelques rares privilégiés étaient admis dans le sanctuaire. Enfin, privilégiés... façon de parler. Car la plupart disparaissaient sans laisser de traces.

La vedette vira d'un coup sur la droite, coupant la route au hors-bord de la police. À cet instant, Annie distingua un homme debout derrière Fat Eddie. Il brandit une mitrailleuse et tira une salve d'avertissement en l'air.

Suffoquée, Annie reconnut Johnny Chang dont le crâne chauve luisait au soleil.

— La... cavalerie ? répéta-t-elle enfin, ahurie.

— Ouais, confirma Travers. Le gros va retenir les flics. Si vous avez changé d'avis, c'est le moment ou jamais. Je ferai en sorte que vous récupériez votre fric et votre cargaison à Santa Maria.

Il lui offrait un sursis. Une personne normale, qui n'aurait rien eu à redouter des autorités, aurait sauté sur l'occasion. Annie ne broncha pas. Puis, comme Travers la regardait avec insistance, elle détourna les yeux. Elle ne pouvait pas se raviser. Pas depuis qu'elle avait reconnu Johnny Chang.

— Je reste, déclara-t-elle en se forçant à le regarder de nouveau.

— Alors, bougez-vous !

Annie ne se le fit pas dire deux fois. Quand la dernière amarre retomba sur le pont et que le *Sucuri* glissa dans le courant, moins de deux cents mètres le séparaient des deux autres bateaux.

Réussirait-il à conserver cette mince avance ?

Le pari semblait déjà perdu.

Mais c'était compter sans Fat Eddie. L'obèse fit rugir son moteur et, trois secondes plus tard, la vedette rasa l'avant du hors-bord de la police, manquant de peu la collision. Cette fois, ce furent les policiers qui firent feu sur la vedette, puis sur les fugitifs. Une balle transperça la coque du *Sucuri* et Travers égrena un chapelet de jurons.

Annie retint un cri. Même si elle avait toujours su qu'il serait périlleux de retourner au Brésil, elle n'avait pas imaginé qu'elle pourrait être abattue sans sommation avant même d'avoir quitté Manaus !

— Baissez-vous ! lui ordonna Travers.

Il augmenta la vitesse et manœuvra afin d'amener le bateau le plus près possible de la rive.

Annie lui obéit mais garda la tête assez haute pour scruter la berge à la recherche d'un passage. Elle savait qu'à huit kilomètres environ en amont, un petit affluent se déversait dans le Rio Negro. Durant la saison des pluies, quand toutes les rivières sortaient de leur lit, un véritable dédale aquatique se formait entre les arbres. Annie était sûre que Travers avait eu la même idée qu'elle : s'ils parvenaient à se faufiler dans l'un de ces canaux naturels, ils se perdraient dans la végétation et s'y cacheraient. Une fois tout danger écarté, ils n'auraient plus qu'à regagner le cours principal en toute quiétude.

Une autre pétarade la fit sursauter. Elle avait du mal à comprendre ce qui se passait. Si Johnny l'avait dénoncée à la police, pourquoi diable se trouvait-il à bord du bateau de Fat Eddie ? Et si c'était après Travers que couraient tous ces gens, elle commettait une erreur monumentale en partant avec lui.

Pourvu qu'elle puisse atteindre le Cauaburi sans encombre !

Un grondement en provenance du ciel lui fit lever la tête. Près d'elle, Travers marmonna entre ses dents un mot qui traversa la conscience d'Annie et lui noua la gorge avant même qu'elle en saisisse le sens.

— Quoi ? Que dites… ?

Elle fut interrompue par une nouvelle rafale de balles qui crépita sur le pont. Annie plongea à terre, au moment précis où la luminosité baissait d'un coup autour d'eux. De gros nuages, arrivés de nulle part semblait-il, venaient de cacher le soleil. Un éclair zébra le ciel, suivi d'un craquement assourdissant.

— Ça, c'est le comble ! gémit Annie.

Elle avait vu des orages éclater subitement, mais aussi vite que celui-ci, jamais. Le coup de tonnerre suivant se répercuta le long de la rivière et un déluge torrentiel s'abattit des nues. On aurait dit que le ciel venait de s'ouvrir en deux pour déverser des trombes grises sur le pont du bateau.

Annie risqua un œil en arrière. Elle discerna, à travers le rideau de pluie, la vedette de Fat Eddie qui remontait le courant laborieusement. Quant aux policiers, ils avaient préféré accoster au ponton de la RBC. Deux d'entre eux s'agenouillèrent pour se mettre en position de tir, et Annie entendit plusieurs détonations. Mais le *Sucuri* était hors de portée, à présent.

L'instant d'après, Travers fit bifurquer le bateau dans un passage entre deux troncs de *lupuna* à demi submergés.

Annie se releva en poussant un profond soupir. Son soulagement fut de courte durée.

— Descendez vite colmater les brèches avant que nous coulions! lui jeta Travers.

Regardant par l'écoutille, elle vit l'eau qui s'engouffrait à travers les lattes de la cale. Elle faillit crier de rage. Elle aurait dû se douter que ce fichu rafiot ne serait pas plus fiable que son propriétaire!

— Vous avez une écope?

— Il y a un seau en bas.

Annie leva les yeux au ciel. Seigneur! Ces trois jours s'annonçaient décidément comme les plus longs de toute son existence...

*
* *

Des heures plus tard, le moteur se retrouva partiellement au sec. L'orage s'était calmé, remplacé par une pluie fine qui tombait par intermittence.

Selon Annie, ils n'avaient même pas encore atteint Navo Airao. À cette allure, il leur faudrait au moins une semaine pour gagner Santa Maria.

Travers avait amarré le *Sucuri* dans une anse où s'enchevêtrait un fatras de lianes et branchages sous un dais de palmes gracieuses. Les grenouilles et les cigales avaient entonné leur sérénade nocturne, alors que les derniers rayons du soleil rasaient la canopée.

L'obscurité tomba rapidement. Annie alluma les deux lanternes à pétrole qu'elle avait dénichées dans la timonerie, puis les accrocha au garde-fou du pont. Elles dessinèrent deux halos jaunâtres. Dans la cale, Travers s'escrimait sur le moteur à la lumière d'une lampe torche.

Annie s'agenouilla devant l'écoutille et lança :

— Comment ça va en bas ?

Un grognement inintelligible lui répondit. Elle tendit le cou et mesura l'étendue des dégâts : le *Sucuri* prenait l'eau de toutes parts et la vieille pompe fonctionnait à tout-va. C'est Travers qui avait effectué le plus gros de la besogne, mais l'entendre jurer sans cesse avait épuisé Annie.

— J'ai préparé à manger, annonça-t-elle.

« Un repas chaud », faillit-elle ajouter. Au déjeuner, ils s'étaient contentés de quelques galettes de manioc agrémentées de sauce au piment, qu'Annie avait grignotées d'une main tout en tenant la barre de l'autre. Elle avait eu faim toute la journée et, quand ils s'étaient enfin arrêtés pour passer la nuit, elle ne s'était pas gênée pour fouiller les placards à la recherche de provisions. Elle avait suffisamment navigué pour savoir qu'un coup de main était toujours bienvenu à bord.

Travers jura de nouveau. Pas vraiment déçue, Annie se releva. Elle savourerait aussi bien toute seule son plat composé de haricots, de riz et de boulettes de poisson. Et après, elle irait se coucher, tout simplement.

Depuis qu'ils avaient quitté le ponton de la RBC, Travers et elle avaient eu à peine le temps d'échanger deux mots. Et c'était très bien ainsi. Elle n'avait pas l'intention de lui faire la conversation.

Les muscles noués, elle s'étira, jeta un coup d'œil autour d'elle. On ne voyait rien dans la pénombre, mais on entendait les bruits de la forêt et l'incessant concert de gouttelettes qui tombaient de feuille en feuille avec la régularité d'un métronome. La luxuriance de la jungle envoûtait Annie. Pour quelqu'un qui avait passé les premières années de sa vie dans les plaines arides et venteuses du Wyoming, l'Amazonie était un paradis, le contraire du ranch désolé où elle avait grandi.

Pourtant, en cet instant, elle se sentait complètement perdue au cœur de cette immensité verte.

Depuis leur départ, Travers et elle se remplaçaient à la barre. Annie avait soutenu la cadence, mais n'avait pas cherché à s'orienter et maintenant elle n'avait aucune idée de l'endroit où ils se trouvaient.

Elle ne savait qu'une chose : où qu'ils soient, ils ne seraient jamais assez loin de Manaus. Ils s'étaient enfoncés autant que possible dans l'*igapo*, la zone de forêt envahie par la crue, avant de revenir vers le Rio Negro et, à plus d'une reprise, Annie s'était demandé s'ils n'avaient pas tourné en rond. Elle ne cessait de penser à Fat Eddie. Pourquoi s'était-il lancé à leur poursuite ? Pourquoi ne s'était-il pas arrêté comme les policiers ?

Une stridulation aiguë, suivie de quelques notes syncopées, ponctua le chant des cigales et des grenouilles. Annie leva la tête, intriguée. Quel animal poussait ce cri ?

— *Aramus guarauna*, un courlan brun, fit Travers derrière elle.

Annie sursauta. Sapristi, il se déplaçait aussi silencieusement qu'un chat ! Il avait réussi à la surprendre.

— Un courlan brun ? J'en ai entendu parler, mais je n'en ai jamais vu, articula-t-elle en s'obligeant à se tourner lentement vers lui.

Tous deux étaient trempés. Alors que les vêtements d'Annie lui collaient à la peau, ceux de Travers semblaient glisser petit à petit le long de son corps pour finir peut-être en tas à ses pieds. Normal, puisqu'il paraissait ignorer l'usage des boutons et des ceintures.

À présent, il avait l'air crispé, comme si le remède de Carlos avait fini d'agir. Il laissa tomber un tournevis et une clé à molette dans la boîte à outils posée sur le pont, puis ramassa un chiffon sale afin d'essuyer ses mains pleines de cambouis.

La lumière de la lanterne jouait sur son visage, éclairant sa mâchoire carrée mangée par une barbe naissante. Le nez était droit, les sourcils à la ligne foncée contrastaient avec la chevelure châtain striée de mèches décolorées.

Malgré la moiteur de la nuit, Annie fut parcourue d'un frisson. Instinctivement, elle resserra les bras autour de ses épaules.

— Vous, je parie que vous en avez déjà vu, reprit-elle. Je parie que vous avez vu des tas de choses dont personne n'a jamais été témoin !

Comme des cités d'or englouties, des rites chamaniques interdits...

Son rire désabusé la prit au dépourvu.

— Oui, j'ai vu des choses que la plupart des gens ne voudraient pas voir, acquiesça-t-il d'une voix sourde. Et vous ? Apparemment, vous avez aussi roulé votre bosse.

— Moi, ce sont les plantes qui m'intéressent, rien d'autre, où que j'aille. Les plantes, point final. Mais, parfois, je trouve quelque chose qui est assis dessus ou en train de les manger.

— Comme un singe laineux, par exemple ?

Son regard la transperça. Eh bien, il n'était pas du genre à tourner autour du pot ! Droit au but. Il venait de prononcer les deux mots qu'elle avait le moins envie d'entendre, des mots qui remettaient en cause sa compétence et son intégrité morale. Le salopard ! Elle aurait dû s'isoler dans un coin pour avaler son dîner et laisser le sien carboniser sur le réchaud.

— J'ai rencontré des singes, concéda-t-elle sans se

compromettre. J'en ai même mangé. Mais au menu de ce soir, nous avons un *prato feito* confectionné avec ce que j'ai trouvé dans votre réfrigérateur.

— Je me doute que vous avez déjà vu des singes, docteur Parrish. Je faisais allusion à un singe en particulier. Notre départ de Manaus a été plutôt mouvementé, vous ne trouvez pas ? Plus tôt vous me fournirez des explications, mieux ce sera. Vous me devez bien ça. Venez, il y a des serviettes sèches dans la timonerie, jeta-t-il en laissant tomber le chiffon graisseux dans la boîte à outils.

Annie lui jeta un regard narquois. S'il pensait lui tirer les vers du nez, il se fourrait le doigt dans l'œil. Loin d'être impressionnée par ce ton paternaliste, elle s'en amusait. Personne, non *personne* n'intimidait Annie Parrish. Depuis qu'elle était en âge de marcher, elle jouait dans la cour des garçons, et à la dure encore !

— Détrompez-vous, rétorqua-t-elle avec flegme, tout en le suivant sur la passerelle. Je ne vous dois rien. Je vous ai donné cent vingt *reales* pour le voyage que vous avez certainement déjà dépensés. Et peut-être un petit bonus pour que vous fassiez réparer votre bateau ?

— Je me permets de vous rappeler qu'on nous a tiré dessus.

— C'est vous qui avez de mauvaises fréquentations, qui trafiquez avec Fat Eddie Mano et les *garimpeiros*, pas moi.

Dans la timonerie, il sortit deux grandes serviettes d'un placard et en tendit une à Annie. D'un mouvement énergique et qui se voulait naturel, elle s'essuya le visage, les cheveux et les bras, sans chercher à éviter le regard de Travers. Il ne fallait pas qu'il s'imagine qu'elle était gênée en sa présence.

— Ce n'est pas Fat Eddie qui nous a canardés, objecta-t-il. Ce sont les policiers et je sais que vous avez déjà eu de sérieux ennuis avec les autorités brésiliennes. Depuis combien de temps êtes-vous au Brésil ?

Une semaine? Il ne vous aura pas fallu longtemps pour déclencher la pagaille, dites-moi!

Tout en parlant, il avait ôté sa chemise. Annie se tourna vers le réchaud à gaz et se servit de *prato feito*. Comme elle gardait le silence, il poursuivit:

— La police de Manaus n'est pas réputée pour son efficacité. Il leur a fallu sans doute la semaine pour vous localiser en ville, et environ deux secondes pour se décider à finir le boulot commencé il y a un an. Ce que je veux savoir, c'est ce que vous mijotiez à l'époque, et pourquoi diable vous êtes revenue! Inutile d'invoquer les palmiers-pêches, Gabriela elle-même n'y croit pas!

— Allez vous faire voir, répliqua Annie d'un ton suave, tout en déposant un morceau de poisson sur son riz.

Il fouillait les placards. Un ustensile de cuisine tomba, et Travers poussa un juron. Bizarrement, Annie éprouva une pointe de remords. La journée avait été longue et particulièrement rude. Ils avaient trimé des heures d'arrache-pied, surtout lui, le ventre vide. C'était même un miracle qu'il tienne encore debout, d'autant plus que, le matin même, il tenait une cuite carabinée.

Elle se montra conciliante.

— Écoutez, nous ne nous connaissons pas, nous n'allons passer que quelques jours ensemble à bord de ce bateau, aussi je ne vois pas l'intérêt de nous disputer. Laissez tomber. Je veux juste que vous me conduisiez à Santa Maria. Si je peux vous filer un coup de main, j'en serai ravie. Efforçons-nous de nous entendre le temps de ce voyage, non?

Par-dessus son épaule, Will lui jeta un regard incrédule. Rien que ça? Cette fille était incroyable! Continuer en faisant comme si de rien n'était? À d'autres! Pas après cette journée épouvantable!

Le remède de Carlos avait marché jusque vers midi,

puis l'effet s'était estompé. Depuis, Will souffrait le martyre. Durant des heures, il n'avait eu qu'une envie : amarrer le bateau le plus tôt possible pour attendre que la tempête s'apaise, ce qui s'était révélé impossible avec cette satanée passagère qui traînait une cascade d'ennuis dans son sillage !

C'était une fille déroutante et extrêmement jolie. Il avait pu s'en rendre compte en étudiant malgré lui son physique. Ses courts cheveux se dressaient sur sa tête depuis qu'elle les avait essuyés à l'aide de la serviette, mais cela ne faisait qu'accentuer son côté « chaton mouillé » et la finesse de ses traits. Son pur profil se détachait à la lueur des lanternes et il nota les taches de son sur son petit nez légèrement retroussé. La chemise trop grande et le short informe ne parvenaient pas à cacher des bras musclés et des jambes galbées de sportive. Bref, elle avait des jambes parfaites, pour le malheur de Will qui n'avait cessé de les reluquer. Elles l'obnubilaient depuis que, jaillissant de l'écoutille tout à l'heure, il s'était retrouvé le nez à hauteur de ses mollets.

Cela le perturbait encore plus que de savoir que la coque du *Sucuri* était criblée de balles. Beaucoup plus. Et ce n'était pas bien. Il n'avait pas de temps à consacrer à cette fille ni pendant les trois jours qui suivraient ni durant le reste de sa vie.

Gabriela lui avait demandé d'emmener le Dr Parrish à Santa Maria et s'était débrouillée pour qu'il lui soit impossible de refuser. Il lui était trop redevable, du moins en était-il convaincu hier. Immense erreur, sensiblerie inepte, faiblesse impardonnable, qu'il était en train de payer très cher ! À l'issue d'une gueule de bois faramineuse et d'une journée pourrie, il était bien obligé de le reconnaître.

D'accord, il prenait souvent des passagers à bord, presque à chaque trajet, mais d'habitude il avait assez de bon sens pour éviter les gens à problèmes, ce qu'était Annie Parrish.

Il aurait dû la débarquer de force avant de partir. S'il ne l'avait pas fait, c'était sûrement parce que le rituel de Carlos lui avait fait perdre temporairement son bon sens… à moins que ce ne soit les jambes du Dr Parrish ? Question superflue ! De toute façon, ce périple sur le fleuve ne ressemblait à aucun autre, ce qui aurait dû être une raison suffisante pour refuser la requête de Gabriela.

Mais cette dernière avait vu juste. Il arrivait au bout de son voyage personnel. Quel voyage, au juste ? Il n'en savait trop rien. Mais depuis qu'il avait associé le visage de Corisco Vargas au démon pourchassé par Tutanji, il sentait que l'histoire touchait à sa fin. Se conclurait-elle par la destruction de Vargas ou la sienne ? Quoi qu'il en soit, le pacte passé avec Tutanji la nuit du grand *sucuri* lui avait ouvert un monde de secrets insoupçonnés.

Will ferma les yeux et revit avec netteté l'animal, un *Eunectes murinus*, énorme même pour un représentant de son espèce : plus de douze mètres.

Il frissonna et une sensation de malaise familière monta en lui. Il n'avait oublié ni la douleur, ni l'impuissance, ni la peur. La morsure avait failli lui briser l'épaule et il avait une cicatrice longue d'une dizaine de centimètres. Le souvenir du serpent monstrueux restait à jamais gravé dans sa mémoire.

Une soudaine lassitude le submergea. Il se passa la main dans les cheveux. Décidément, il n'avait pas le temps d'admirer les jambes des femmes. Il enfila un tee-shirt propre avant de se tourner face à Annie Parrish.

Il s'apprêtait à lui mettre vertement les points sur les *i* quand, tout à coup, une vibration sourde attira son attention. Il la sentit plutôt qu'il ne l'entendit, et il ne lui fallut qu'une demi-seconde pour identifier le bruit familier d'un moteur de bateau en quart de régime.

Annie l'entendit également et se figea. Pour la première fois, il détecta la peur dans son regard et dans sa voix lorsqu'elle s'exclama :

— Fat Eddie nous suit depuis le début !

Will s'en était douté, toutefois il ne le croyait pas capable de les pister durant toute une journée de pluie. Il l'avait donc sous-estimé. Ce voyage tournait décidément au désastre. Tomber sur Fat Eddie dans une mangrove était bien le pire qui puisse leur arriver. Car c'était certainement l'obèse qui approchait sur sa vedette, Will en aurait mis sa main à couper. Comme tout caïd digne de ce nom, Fat Eddie ne lâchait jamais prise.

Le ronron du moteur se faisait de plus en plus fort.

— Ne vous inquiétez pas. Personne n'abordera le *Sucuri*. Pas même Fat Eddie Mano, promit-il.

Annie lui jeta un regard interrogateur. C'était la deuxième fois qu'il lui assenait cette affirmation. Comment pouvait-il être aussi sûr de lui ?

Il saisit le pistolet passé à sa ceinture. Impassible, il vérifia le chargeur. Ses doigts maniaient l'arme avec une dextérité qui trahissait une longue pratique.

Annie serra les poings. Elle n'imaginait pas pire façon d'achever la journée que de se faire coincer par Fat Eddie et Johnny Chang au milieu des marais.

Elle baissa les yeux sur le pistolet que Travers tenait à la main. Un Calvary, la belle affaire ! Un instant, elle fut tentée de lui dire qu'elle avait caché parmi le matériel embarqué deux Galils israéliens, une Kalachnikov, un vieux Remington, six Taurus 9 mm, douze cartouchières, vingt-huit boîtes de munitions, douze grenades et vingt bâtons de dynamite.

Pourtant elle se tut. Son petit doigt lui soufflait que la nouvelle n'améliorerait pas l'humeur de Travers.

7

— *Guillermo !* appela une voix dans la nuit.

Fat Eddie, bien sûr. Une façon de parler caractéristique, où la moitié des mots étaient avalés, comme si le gros n'avait pas l'énergie de prononcer toutes les syllabes.

Will remit le pistolet sous sa ceinture et recouvrit la crosse de son tee-shirt. Puis, il se campa sur le seuil de la timonerie en faisant signe à Annie de ne pas se montrer.

— *Senhor Eduardo !* lança-t-il.

Crevant la nuit, le faisceau d'un projecteur ultrapuissant balayait la mangrove. La vedette de « M. Édouard » approchait.

À voix basse, Will intima à sa passagère :

— Ne bougez surtout pas. Je préfère que Fat Eddie ignore qu'Annie l'Amazone est de retour sur le Rio Negro.

Recroquevillée sous le hublot, Annie plissa le nez. « L'Amazone »… Ce surnom ne lui plaisait pas plus que l'allusion au singe laineux. On aurait dit le sobriquet d'une héroïne de comédie musicale des années 1940…

— Je déteste qu'on m'appelle ainsi ! souffla-t-elle en dressant la tête.

— Je vous comprends. Disons que ça restera entre nous.

Le faisceau lumineux balaya la cabine. Annie se rejeta en arrière.

Elle attendit quelques secondes avant d'oser jeter un coup d'œil. Posté à l'avant de la vedette, le caïd adipeux orienta le projecteur de manière à éclairer directement Travers qui, ébloui, leva la main pour se protéger les yeux.

— Vous avez pigé ? Surtout ne vous montrez pas ! grommela-t-il encore entre ses dents serrées, avant de s'avancer sur le pont d'un pas hésitant, comme quelqu'un qui a du mal à marcher droit.

— *Guillermo, meu amigo !* lança le gros, jovial.

— *Oi, senhor Eduardo !*

Travers s'exprimait d'une voix légèrement zozotante qu'Annie eut du mal à reconnaître. Si elle n'avait pas passé la journée en sa compagnie, elle aurait juré qu'il venait de s'enfiler des canettes de bière à la chaîne.

— *Tudo bem ?* s'enquit Fat Eddie dont la vedette était venue s'accoler à la coque du *Sucuri*.

— *Tudo bem.*

Et les deux hommes se mirent à bavarder du temps, de la pluie et de la navigation sur le fleuve.

De sa cachette, Annie ne pouvait plus voir Travers, mais elle distinguait Fat Eddie, du moins son dos massif et ses bourrelets qui tendaient à craquer les coutures de sa chemise à rayures orange et marron. Sa queue-de-cheval formait un point d'interrogation incongru dans son dos. Il était vraiment monstrueux. Son poids devait avoisiner les deux cents kilos.

Si jamais ce pachyderme réussissait à grimper sur le pont du *Sucuri*, ils se noieraient tous !

Elle s'attendait à entendre Johnny Chang saluer Travers à son tour, mais non, Chang devait se tenir à l'arrière de la vedette afin de surveiller les environs. Il y avait toujours une chance pour que Fat Eddie et lui ignorent qu'elle se trouvait à bord.

Elle avait vraiment intérêt à se faire toute petite.

— Tu as vu la police, ce matin ? Ils ont bien failli t'alpaguer, fit remarquer Fat Eddie.

— Ouais, c'était moins une. Sans toi, j'étais coincé. Merci.

— De rien, Guillermo, de rien. Je suis heureux que tu sois en bonne santé, mais où est la fille, la petite chatte blonde ?

Le cœur d'Annie bondit dans sa poitrine. Eh bien, elle était fixée, maintenant !

— Elena Maria Barbosa ? Je l'ai laissée à Santo Antonio, répondit Travers du tac au tac. Je lui ai rendu son fric. Ça puait trop, cette affaire ! Ce matin, j'étais trop bourré pour m'en rendre compte, mais ensuite j'ai tout de suite vu qu'elle ne pourrait m'apporter que des ennuis ! acheva-t-il d'un ton dégoûté.

Annie retint une exclamation indignée. Si Travers lui avait raconté n'importe quoi, si Eddie et Johnny montaient à bord, elle serait découverte en un rien de temps. Elle ne pouvait se cacher nulle part dans la cabine, sa seule possibilité était de ramper sur le pont et de se laisser glisser dans l'eau. Dans l'obscurité, à trois mètres du *Sucuri*, elle serait invisible.

Il ne lui resterait plus qu'à patienter jusqu'au départ de Fat Eddie – s'il daignait s'en aller –, puis elle remonterait à bord – à supposer que Travers l'attende.

Cela faisait beaucoup de suppositions. Sans compter les autres prédateurs peut-être lancés à leurs trousses : un caïman de quatre mètres, un banc de piranhas affamés…

Ou pis encore…

D'une voix contrite, Fat Eddie objecta :

— Désolé de te dire ça, mon ami, mais cette fille t'a menti. Elle ne s'appelle pas du tout Elena Barbosa. En réalité, c'est Annie Parrish – la *Doutora* Parrish –, et il se trouve qu'elle a emporté quelques petites choses qui ne lui appartiennent pas…

Annie se mordit les lèvres pour ne pas jurer. Ce traître de Johnny l'avait dénoncée !

— Elle t'a volé ? s'indigna Travers. Oui, en effet, je me rappelle… Elle transportait des caisses. Beaucoup trop de caisses pour ce qu'elle était prête à payer ! Elle les a chargées à bord hier soir, pendant que nous buvions ensemble. Mais j'ai tout débarqué à Santo Antonio il y a quatre heures, la fille et la cargaison. Ah ! c'était un beau bordel ! Enfin, je n'allais pas garder ces saloperies sur mon bateau.

— Des caisses, tu dis ?

— Oui, une douzaine au moins. Alors que je dois déjà emmener tout ça à São Gabriel…

Annie vit Fat Eddie tourner la tête vers le pont avant vers lequel Travers avait sans doute tendu la main.

— Moi, je recherche des caisses bien précises, longues et étroites, expliqua le gros.

Il se tut, comme s'il réfléchissait. Au bout d'un moment, il leva les mains dans un geste de résignation.

— Guillermo, elle m'a piqué deux caisses de flingues et il va bien falloir que je les récupère.

Yeux fermés, Annie se traitait mentalement de tous les noms. Johnny lui avait vendu des armes qu'il avait en fait dérobées à Fat Eddie Mano ! Le salopard !

En fin de compte, la probabilité pour qu'elle finisse dévorée par un caïman était plutôt mince. *Idem* pour les piranhas. Non, selon toute vraisemblance, il lui arriverait quelque chose d'épouvantable dès que Fat Eddie aurait mis la main sur elle.

— Des flingues ? s'écria Travers qui, tout à coup, n'avait plus l'air du tout saoul. Elle t'a volé des flingues ?

— Hélas oui, mon ami ! As-tu vu des armes quand tu l'as débarquée à Santo Antonio ?

— Non, mais je t'avoue que je n'en cherchais pas. Avec toute cette pluie et après la nuit que j'ai passée, je ne pensais qu'à me débarrasser d'elle le plus vite possible.

— Je dois retrouver ces caisses, soupira Eddie. Sinon, un certain banquier de São Paulo va être très, très contrarié.

Annie était elle aussi très contrariée, sacrément contrariée même, et cela empirait de minute en minute.

Elle chercha la silhouette de Johnny Chang. Où se cachait ce rat sournois ? Restait-il planqué derrière les deux cents kilos de Fat Eddie ?

— Ouais, c'est bien embêtant, convint Travers. Mais en ce moment, Elena... je veux dire le Dr Parrish est à Santo Antonio.

— Alors, il va falloir que j'aille là-bas. Et toi, Guillermo, que vas-tu faire maintenant ?

— Dormir. Demain matin, je continuerai à remonter le fleuve. Et je te garantis que la marchandise que tu m'as confiée hier soir arrivera à bon port.

— C'est une bonne nouvelle. Je sais qu'on peut toujours compter sur toi. Certaines personnes prétendent que tu es fou, mais moi je dis que t'es un mec super.

Annie ne saisit pas la réponse de Travers, elle devait être très drôle car le gros éclata de rire.

— C'est bien vrai ! acquiesça-t-il, avant d'ajouter en soupirant de nouveau : Avant de partir, j'aimerais voir les cailloux. Peux-tu aller chercher le sac, Guillermo ?

— Bien sûr.

Annie fronça les sourcils. Des cailloux ? Une seule catégorie de minéraux était susceptible d'intéresser Fat Eddie : des pierres précieuses. Travers lui servait donc d'intermédiaire dans ses trafics.

Bon sang ! elle était encore plus dans le pétrin qu'elle ne l'avait cru !

Le moment était peut-être venu d'attraper une de ces armes qu'elle avait eu tant de mal à se procurer ?

Pour quelqu'un qui n'était pas censé avoir récupéré de la cuite de la veille, Travers se déplaçait plutôt vite. Il se dressa tout à coup sur le seuil de la timonerie, au moment précis où Annie ébauchait un mouvement vers la porte.

Il pénétra à l'intérieur, si bien qu'elle fut obligée de se plaquer contre un placard.

Il se pencha, et elle aperçut la lueur de colère qui flambait dans son regard sombre.

— Des armes volées ? murmura-t-il.

— Je les ai payées !

Annie ne bougeait plus.

— Vous les avez payées, vous et aussi ce banquier de São Paulo. Ça fait beaucoup de monde ! ironisa Travers.

Il leva la main pour ouvrir la porte du placard juste au-dessus de la tête de la jeune femme. Elle se rebiffa :

— Ça vous va bien de me faire la morale ! Et vous, que transportez-vous pour le compte de Fat Eddie ? Des diamants brésiliens ? Des émeraudes de Colombie ?

— Les deux.

Il avait tiré du placard une petite bourse en cuir qu'il lui agita sous le nez. Annie enchaîna avec aplomb :

— Alors, nous détenons tous deux des biens de contrebande grâce à Fat Eddie Mano.

— Vraiment ? Moi je n'ai qu'un petit sac de pierres précieuses, docteur Parrish. *Vous*, vous transportez deux caisses emplies d'armes ! Et pas n'importe lesquelles ! Des armes que Fat Eddie a volées aux flics de Manaus.

Annie frémit. Pas étonnant que la journée ait démarré en trombe ! Bientôt, son nom serait sur toutes les lèvres dans les milieux officiels. Elle devait disparaître, se fondre dans la forêt le plus vite possible.

Dieu merci, la frontière nord était longue ! Il lui fallait maintenant sortir de cette mangrove sans se faire tuer, se débarrasser de Will Travers et remonter jusqu'à Santa Maria en canoë. Seule, elle se débrouillerait et personne ne la retrouverait.

— La prochaine fois, je vous promets de mieux me renseigner sur la provenance de la camelote ! répliqua-t-elle, furieuse.

Elle fit mine de s'écarter. Elle n'alla pas loin. Il lui encercla la taille et la retint.

— Ne bougez pas d'un pouce sans mon autorisation et peut-être, je dis bien *peut-être*, aurons-nous une chance de nous en sortir vivants.

— Je suis une grande fille, je n'ai pas besoin de vous !

Elle avait répondu d'une voix qui se voulait calme, alors qu'elle était au bord de la panique. Fat Eddie se trouvait à moins de six mètres et Travers la dominait de toute sa haute taille. Elle osait à peine respirer de peur que leurs poitrines ne se frôlent.

Soudain, le regard de Travers fixa sa bouche.

Un changement subtil, quoique indéniable, s'opéra en lui et sa proximité physique devint encore plus intolérable à Annie. Elle entendait sa respiration, percevait son odeur – un mélange de pluie, de cambouis et de parfum corporel *très* viril.

Il n'avait pas bougé d'un millimètre, pourtant elle le sentait plus proche, bien plus proche.

— Ouais, dit-il dans un souffle, tandis que son regard revenait se river au sien, je ne doute pas que vous soyez capable de vous débrouiller seule, mais pour le moment, c'est moi qui décide, pigé ? Alors restez là et interdiction de vous approcher de la porte !

Il la lâcha brusquement et retourna sur le pont. Annie laissa échapper un long soupir.

À sa décharge, Travers savait garder son sang-froid. C'était plutôt rassurant. D'un autre côté, elle avait crapahuté toutes ces années dans diverses jungles d'Amérique du Sud sans compter sur personne pour assurer sa survie. Elle n'allait pas commencer à se fier à un type qui était comme cul et chemise avec Fat Eddie, le caïd de l'Amazonie interlope.

Elle s'approcha du hublot pour voir ce qui se passait.

Le bateau de Fat Eddie avait légèrement progressé vers la poupe du *Sucuri*. Elle distinguait donc mieux son visage en forme de poire, ses petits yeux sombres enfouis sous de lourdes paupières, ses bajoues tremblotantes, son petit nez incongru dans ce faciès aux traits lourds, à la peau luisante de sueur. Annie discernait même la brillantine dont il s'était enduit les cheveux. En fait, il n'avait pas vraiment l'air dangereux…

… jusqu'au moment où il ouvrit la bouche !

Annie retint une exclamation écœurée. Fat Eddie souriait de toutes ses dents, et il avait la denture d'un requin ! Ses dents triangulaires étaient incroyablement acérées et lui donnaient l'apparence d'un démon ricanant et ventripotent.

Elle réprima un frisson de dégoût. En Amazonie, les hommes avaient souvent des penchants sexuels bizarres, influencés par le machisme ambiant et la férocité de la nature environnante. Annie ne voulait surtout pas penser à ce que les dents de Fat Eddie trahissaient de sa libido !

Non, elle ne songeait qu'à s'emparer d'un fusil et à se tirer vite fait !

Ravi, Fat Eddie contemplait les pierres précieuses que Travers, agenouillé sur le pont, avait recueillies au creux de sa paume et lui montrait.

— Elles sont superbes, pas vrai, Guillermo ?

Il se pencha avec un gémissement poussif et, de ses doigts boudinés, caressa les gemmes encore brutes qui ressemblaient du gravier.

Il y en avait pour une petite fortune, constata Annie, intriguée. À qui diable étaient destinées ces pierres ? Au nord-ouest de Manaus, il n'y avait que la jungle, des campements de misérables *caboclos*, mais il y avait aussi des sites miniers ! se rappela-t-elle tout à coup. Des centaines d'exploitations illégales, dirigées par des patrons qui se livraient au trafic de l'or et de pierres précieuses.

Quelle mouche avait donc piqué Gabriela quand elle avait suggéré à Annie de voyager en compagnie de Will Travers ? La directrice de la RBC était certainement au courant de ses activités illicites. Soit, il était malin. Mais, de toute évidence, il n'utilisait ses facultés que pour mieux s'épanouir dans la criminalité. Faire de la contrebande pour le compte de Fat Eddie Mano n'était franchement pas le passe-temps idéal pour un universitaire désabusé. Il s'agissait quand même d'un délit majeur !

Bon, acheter un stock d'armes d'origine inconnue à un pourri de l'acabit de Johnny Chang n'était pas non plus la preuve d'une moralité irréprochable…

D'accord, elle ne valait pas mieux que lui. Et après ? Cela ne l'avançait pas à grand-chose de l'admettre. Il fallait être pragmatique, trouver le moyen de gagner Santa Maria et, de là, le Cauaburi.

Annie posa la main sur le petit sac-banane qu'elle avait fixé à sa taille le matin même avant d'embarquer. Elle était sur le point de faire la découverte la plus extraordinaire de toute l'histoire de la botanique, elle n'allait pas laisser un gros porc attardé, vénal et criminel comme Fat Eddie lui mettre des bâtons dans les roues.

— Envoie-le paître ! murmura-t-elle en regardant Travers qui palabrait toujours avec leur visiteur indésirable.

Travers n'avait pas pu l'entendre, néanmoins il se releva à cet instant précis. Il était en train de ranger les pierres précieuses dans le sac quand quelque chose qui flottait dans l'eau attira son attention. Il tendit le cou, marmonna quelques mots qu'Annie ne put saisir, mais qui firent sourire Fat Eddie de son immonde sourire de requin prêt à tout dévorer.

Au prix d'un effort notable, le gros se pencha de nouveau pour saisir un filin qui traînait sur le pont de la vedette. Il se mit à tirer dessus et sortit de l'eau un étrange objet rond, rouge et noir…

Annie le fixa un moment, sans comprendre de quoi

il s'agissait. Puis, soudain, le choc la terrassa. Ses jambes flageolèrent et, lentement, elle s'affaissa, la main plaquée sur sa bouche, horrifiée.

Sur le pont, Will réprima une brusque nausée. Il avait bourlingué dans sa vie et vu bien des choses. Il était capable de reconnaître une tête humaine, même quand celle-ci avait fait un séjour de plusieurs heures dans l'eau.

— C'est... le type qui t'a volé les flingues dans l'entrepôt ?

Ce n'était pas vraiment une interrogation, plutôt une déduction évidente. La seule question – stupide – que Will se posait, c'était de savoir comment Fat Eddie s'y était pris pour décapiter ce malheureux sans que ses vêtements soient aspergés de sang.

— C'est l'un des coupables, précisa le gros avec un gloussement. Il s'appelait Johnny Chang. Maintenant, il me faut la fille, la petite chatte blonde. Ils feront une belle paire au bout de ma corde, hein, Guillermo ?

Will haussa les épaules d'un air indifférent. Il avait vu ce Chang le matin même à bord de la vedette, un homme manifestement robuste et, de surcroît, armé d'une mitrailleuse. Fat Eddie aurait été physiquement incapable de le terrasser, c'est d'ailleurs pourquoi il payait des tueurs à gages pour effectuer ce genre de besognes.

Cela signifiait donc qu'il n'était pas venu seul. Quelque part dans les environs, des hommes les épiaient et cherchaient Annie Parrish, la «petite chatte blonde».

Will noua le lacet de cuir qui fermait le sac.

— J'ai un pote jivaro qui me réduira cette caboche sans problème, poursuivit Fat Eddie en rejetant à l'eau la tête de Johnny Chang. Quand je l'accrocherai à Praça de Matriz, plus personne n'osera escroquer le *senhor Eduardo*. Tu ne crois pas, *Guillermo* ?

— Bien sûr, mais il faut être stupide pour essayer de rouler quelqu'un comme toi. De Yavareté à Belem, cela ne viendrait à l'idée de personne ayant deux sous de jugeote.

— Content de te l'entendre dire! Alors, je vais retourner à Santo Antonio chercher mes armes et la tête de ma petite chatte blonde. Au revoir, Guillermo!

— À la prochaine! lança Will.

Même s'il allait faire tout son possible pour que ce moment n'arrive jamais!

Sur un signe de la main, Fat Eddie s'arc-bouta contre la coque du *Sucuri* pour éloigner sa vedette. Il remit le moteur en marche et s'éloigna entre les arbres, en direction du lit principal du Rio Negro.

Will regarda la lumière du projecteur glisser sur les troncs enchevêtrés de lianes, jusqu'à ce qu'il ne reste plus qu'un point lumineux au lointain. Alors, il éteignit les deux lanternes, ce qui plongea le *Sucuri* dans une obscurité totale et veloutée.

Santo Antonio était à deux heures de navigation. Ils avaient donc un répit de quatre heures, la petite chatte blonde et lui.

Mais cela suffirait-il à les sauver?

8

Will pénétra dans la timonerie et connut un instant de panique : elle avait disparu !

Bon sang ! Qu'elle aille au diable ! Il lui avait pourtant dit de ne pas bouger !

Il se retourna pour sortir sur le pont lorsque, sous le placard, il entrevit une touffe de cheveux blonds. Elle était là, recroquevillée dans les rayons de lune, les bras repliés sur les genoux, ses lunettes remontées sur le front, la tête courbée.

Soulagé, il s'approcha. Elle avait l'air minuscule dans sa chemise immense, ses petits pieds glissés dans des tennis avachis. Pourtant, elle était, sans le moindre doute, le pire ennui qu'il ait connu depuis l'anaconda de Tutanji !

Piquer ses flingues à Fat Eddie ! Elle était suicidaire ou quoi ?

Il jura et la vit relever vivement la tête. Leurs regards se nouèrent. Elle avait les traits tirés et des cernes accusés. Lui avait sans doute la mine plus féroce qu'il ne l'aurait souhaité, mais bon... c'était sa faute. Pour sauver sa peau, il avait été contraint de mentir à Fat Eddie, ce qui signifiait qu'à partir de maintenant ses jours étaient comptés.

— Que vais-je faire de vous ? soupira-t-il.

— Il faut que j'aille à Santa Maria.

Il ne s'attendait pas du tout à cette réponse. Elle avait peur. Elle ne pouvait pas le cacher, avec ses yeux écarquillés et sa bouche pincée, aux lèvres si douces, si bien modelées… comme ses jambes.

C'était bien le moment de penser à ça !

— Je vous le déconseille. Vous avez entendu Fat Eddie ? Il veut votre tête et, si vous aviez regardé par le hublot tout à l'heure, vous sauriez que ce ne sont pas des paroles en l'air.

— J'ai regardé.

Évidemment. Voilà pourquoi il la retrouvait dans cet état, en position quasi fœtale. Lui, il en fallait plus pour le déstabiliser, mais elle, elle avait sans doute rarement vu une tête humaine fraîchement séparée de son corps.

— À mon avis, nous pouvons rejoindre São Gabriel avant que Fat Eddie ne se rende compte que je lui ai menti et qu'il nous rattrape. De là, vous pourrez prendre un avion pour Bogotá, São Paulo ou Rio. Au choix. Et vingt-quatre heures plus tard, vous serez de retour aux États-Unis.

Il s'étonnait lui-même. D'où lui venait ce sens des responsabilités ? Après tout, elle était majeure, elle avait vu du pays, elle connaissait les règles de prudence élémentaires. De toute façon, il ne pouvait rien lui proposer de mieux. Elle devait le savoir, même si, au lieu de sauter sur l'occasion, elle se contentait de le fixer de ses grands yeux effrayés, avec cette mimique butée, cette expression obtuse.

— Fat Eddie règne sur le fleuve en maître absolu, insista-t-il. Si vous restez, vous finirez découpée en tranches. C'est ce que vous cherchez ?

On ne pouvait pas être plus clair.

Elle soutint hardiment son regard, remit ses lunettes sur son nez et, lentement, se leva.

— Vous ne savez pas ce que je cherche.

Les poings serrés, il maîtrisa un mouvement d'humeur. C'était la fille la plus têtue qu'il ait jamais rencontrée ! Tout à fait le genre de personne à se faire buter dans les parages.

Il persista.

— Hier, Chez Pancha, quand j'ai accepté de vous conduire à Santa Maria, vous n'étiez qu'une botaniste qui m'était recommandée par Gabriela Oliveira. Vous cherchiez juste un moyen de locomotion. Mais nous n'en sommes plus là. Gabriela m'a dit ce qui s'est passé à Yavareté.

Elle se raidit, redressa les épaules pour se grandir et rétorqua :

— Ce ne sont pas vos affaires !

— Peut-être. Mais quand Fat Eddie arrivera à Santo Antonio, il va vite comprendre que je l'ai roulé. Et ce n'est pas deux, mais trois têtes qu'il voudra alors exhiber à Praça de Matriz !

Elle ne pouvait rien objecter. Elle détourna le regard avec un léger battement de cils, dans un mouvement si féminin qu'il en eut le souffle coupé. Et, tout à coup, il eut comme une intuition terrifiante de ce qui éveillait chez lui ce bizarre sens des responsabilités.

La vérité, c'est qu'il la désirait, *elle*. Pas n'importe quelle femme. Elle.

Cela n'avait aucun sens et pourtant c'était la réalité. La petite scientifique à l'air rebelle était là devant lui, avec ses cheveux hirsutes, ses jambes parfaites, et sa volonté de fer, et il avait terriblement envie d'elle.

Il ravala un juron. Déjà, sa vie ne tenait plus qu'à un fil. Il n'avait pas besoin en plus de ce genre de contretemps. Il lui fallait au contraire se débarrasser d'elle, l'envoyer le plus loin possible.

Annie l'Amazone…

Il avait pourtant du mal à croire toutes ces histoires qu'on racontait sur elle. Annie l'Amazone avait franchi les chutes de la rivière Vaupes, en Colombie, et confirmé la présence de souches de *Griffinia concinna*, cette élégante amaryllis bleue en voie de disparition. Grâce à elle, le jardin botanique de Saint-Louis cultivait désormais cette espèce rarissime. Ses publications concernant les broméliacées étaient le résultat d'années de travail sur le terrain, de jours et de jours de marche dans les jungles tropicales d'Amérique du Sud. Et, comme tous les naturalistes qui étaient partis avant elle, elle avait des tas d'anecdotes à raconter, parfois drôles, souvent terrifiantes.

Certaines des péripéties qu'elle avait vécues s'étaient muées en légendes. Jusqu'à la dernière, celle du Singe laineux. Celle qui avait détruit sa réputation.

Sous son regard qui la défiait, elle finit par capituler :

— D'accord. Je vous dois une fière chandelle. Mais c'est le genre de dette qui est difficile à rembourser.

— À Yavareté… il paraît que vous avez tiré sur votre amant ?

— Ce n'était pas mon amant !

Elle n'ajouta rien de plus. Will, qui avait déjà eu ce renseignement par Gabriela, haussa les sourcils d'un air interrogateur pour l'encourager à poursuivre.

— C'était un *garimpeiro*, un chercheur d'or, précisat-elle sur la défensive. Je travaillais sur le terrain et je ne savais même pas qu'ils étaient dans le coin. Eux ne s'attendaient pas non plus à tomber sur une botaniste à quelques kilomètres de leur campement. Il y a eu… disons une divergence d'opinion… due au choc des cultures…

— Le choc des cultures, vraiment ? Je suis sceptique. En général, les scientifiques de votre envergure n'ont pas l'habitude de bousculer le mode de vie indigène. Et le singe ?

— Deux mineurs ont vu un singe dans la canopée. Ils voulaient de la viande fraîche, ils lui ont tiré dessus. Moi, je me trouvais au pied d'un arbre, et je me suis retrouvée avec un singe ensanglanté dans les bras. Il était fichu… j'ai dû abréger ses souffrances. Et c'est à ce moment que les *garimpeiros* sont arrivés. Ils m'ont accusée de vouloir voler leur gibier. Ensuite… hum… la situation a dégénéré.

Will imaginait sans peine comment.

— Alors vous avez abattu l'un d'eux, c'est bien cela ?

— Pas vraiment. À cette époque, je ne portais pas d'arme à feu sur moi. Mais le *garimpeiro* en avait une. Il y a eu une sorte… d'échauffourée…

Bizarre comme elle réussissait à livrer un minimum de détails en faisant semblant de répondre à ses questions. Il tenta de se la représenter dans la forêt, éclaboussée de sang, en train d'achever l'animal, sans doute à la machette… À moins qu'elle ne lui ait cassé les vertèbres du tranchant de la main ?

Avec elle, tout était possible.

Il se contenta de cette version édulcorée des faits et prit soin de ne montrer aucune compassion. Si elle suivait son conseil et s'envolait pour Bogotá, cette conversation était la dernière qu'ils auraient – une pensée déprimante. Mais si elle s'obstinait à rester, il n'allait pas rester gentil très longtemps.

— Et Yavareté ?

Elle parut réfléchir un long moment avant de se décider à répondre :

— J'ai échoué dans le campement des *garimpeiros*, là où ils exploitaient le filon d'or le plus gros que j'aie jamais vu en Amazonie. En toute illégalité, bien sûr. Le patron de la mine était furieux, mais il n'a pas osé descendre une scientifique américaine. Alors, il a fait venir un Cessna et m'a envoyée à Yavareté, pour que son boss décide ce qu'il fallait faire de moi.

— Vous voulez parler de Corisco Vargas ?

— Oui.

Elle garda le silence, mais il refusa d'en rester là.

— Et Vargas n'a pas osé vous tuer, lui non plus, c'est ça ?

— Il ne m'a pas tuée. Et trois jours plus tard, Gabriela est arrivée. Dans la foulée, j'ai été expulsée du Brésil.

Elle avait parlé sans marquer de pause, comme si tout cela coulait de source. Un singe laineux, une petite bousculade dans la jungle avec des *garimpeiros*, et trois jours d'intimité avec Corisco Vargas.

Will eut soudain envie de la saisir par les épaules et de la secouer comme un prunier. Il aurait voulu brandir la tête de Johnny Chang pour la terrifier. Comment cette fille faisait-elle pour être encore en vie? Elle avait eu une chance phénoménale! Et pourtant elle était revenue.

Elle était folle!

Il jeta un coup d'œil en direction de la proue. Ils devaient partir, trouver un autre endroit pour s'amarrer et passer la nuit. Fat Eddie pouvait toujours changer d'avis et rebrousser chemin.

Il se remémora ce que lui avait dit Gabriela la première fois à propos de la jeune femme: «C'est juste une botaniste qui veut se rendre à Santa Maria, Will…» Gabriela lui avait menti. Annie Parrish était beaucoup plus qu'une simple botaniste. Elle était folle. Et dangereuse.

Will avait convoyé de nombreux scientifiques de la RBC sur le Rio Negro. Des hommes, des femmes. La plupart avaient poursuivi leurs recherches jusqu'à la date prévue, mais il était arrivé que certains craquent et repartent plus vite que prévu. Dans l'ensemble, tous étaient des gens équilibrés, sains d'esprit, des universitaires qui avaient simplement le goût de l'aventure.

Il n'en avait encore jamais rencontré qui aient négocié un lot d'armes de contrebande dans le port de Manaus pour agrémenter le voyage.

Et aucun ne lui avait inspiré un brûlant désir charnel.

En silence, il l'étudia avec attention. Sa chemise humide épousait sa poitrine menue, en dessinait les courbes avec précision…

Il soupira, se passa la main sur la nuque, détourna les yeux.

« Vous faites partie des meilleurs et vous avez tous deux vos petits secrets. » Gabriela avait raison. Lui suivait la trajectoire tracée par Tutanji, il était investi d'une mission. Mais Annie Parrish était seule et de plus en plus menacée à mesure que les heures s'écoulaient.

Si elle s'entêtait à rester au Brésil, tout cela allait très mal finir. Il préférait ne pas y penser.

Il se tourna vers elle et ordonna :

— Larguez les amarres ! Dépêchez-vous. La nuit va être longue.

9

Annie s'éveilla dans un sursaut, un cri au bord des lèvres. Elle avait du mal à respirer. Ses poumons étaient en feu, ses jambes paralysées par une chose mouvante dont elle ne parvenait pas à se défaire...

Elle chercha son souffle, les yeux grands ouverts, prête à se battre... mais il n'y avait rien, pas de serpent géant l'enlaçant de ses anneaux de plus en plus serrés pour mieux lui broyer les côtes.

Non, ce n'était rien, rien qu'un cauchemar horrible...

Annie respira profondément et repoussa les cheveux qui lui tombaient sur le front. Le jour était levé, le bateau tanguait doucement et des vaguelettes clapotaient contre la coque. Une lumière pâle passait par le hublot de la petite cabine.

Elle se contorsionna dans son hamac pour jeter un coup d'œil au-dehors. On ne voyait que des feuilles vertes dégoulinantes de pluie pressées contre la vitre.

Cette nuit, la tempête était revenue et avait duré jusqu'au petit matin. Sous un déluge gris-bleu, ils avaient lentement remonté la rivière, luttant contre les vagues et le courant déchaîné. Puis, juste après 3 heures, Travers avait changé de trajectoire. Ils avaient quitté le cours principal pour replonger dans le labyrinthe végétal de l'*igapo*.

Quand enfin ils avaient trouvé l'endroit idéal pour amarrer le bateau, la pluie commençait tout juste à se calmer. Épuisée par la journée de la veille, Annie s'était endormie comme une masse, bercée par le bruit des gouttes qui martelaient le toit de la cabine.

Travers avait dormi dans la timonerie, selon son habitude.

Aux aguets, Annie dressa l'oreille. Tout était calme alentour. Son compagnon de voyage était-il réveillé ? On ne distinguait que le frottement des branchages à tribord et les craquements de la coque. Toute proche, la forêt bruissait de vie animale. Des singes hurlaient dans les frondaisons de la canopée. Plus bas, des oiseaux poussaient des cris familiers à Annie.

Ce doux tintamarre était réconfortant. Une bonne tasse de café fort, et elle se sentirait d'attaque pour affronter cette nouvelle journée.

— Maudit cauchemar ! maugréa-t-elle en se renfonçant dans le hamac.

À Manaus, elle avait dormi d'un sommeil paisible, ainsi que dans le Wyoming, en Équateur ou au Pérou. Ce rêve, décidément, ne la hantait que lorsqu'elle se trouvait sur le Rio Negro. La première fois, elle naviguait en pirogue sur le Vaupes, l'un des plus importants affluents du fleuve. Pendant des années, le cauchemar n'avait pas reparu, et voilà qu'il revenait de plus belle. Mais comment s'étonner quand elle voyageait à bord d'un bateau baptisé le *Sucuri* ? Un nom tout à fait approprié à son cauchemar.

Annie se leva enfin. Ses lunettes étaient posées à portée de main sur une petite table, à côté du semi-automatique qu'elle avait pris dans l'une des deux caisses, pendant que Travers était occupé à amarrer le bateau.

Elle boucla le holster autour de sa taille et glissa un chargeur supplémentaire dans son sac-banane qui ne l'avait pas quittée de toute la nuit. Puis, elle sortit.

Dehors, l'air était frais, serein, nimbé de spirales de brume qui s'élevaient de l'eau. Les arbres se dressaient au milieu des vapeurs blanchâtres qui s'enroulaient autour de leurs troncs et se déchiraient sur l'écorce rugueuse.

Non loin, un poisson se faufila sous l'eau dans un bruit léger d'éclaboussures.

C'était l'heure préférée d'Annie, avant que le soleil ne s'élève à l'horizontale et ne darde ses rayons brûlants sur la forêt qu'il transformait alors en gigantesque sauna.

Elle passa à bâbord et remarqua que le canoë du *Sucuri* avait disparu. Travers ne dormait donc pas, il était parti. Elle ne s'inquiéta pas outre mesure. Même s'il avait eu l'intention de l'abandonner en pleine jungle – une réaction compréhensible après sa conversation avec Fat Eddie –, jamais il n'aurait abandonné son bateau, elle en était quasiment certaine.

À quatre-vingt-dix-neuf pour cent.

Elle scruta les arbres et les lianes, les longues racines vert et blanc qui plongeaient sous la surface brunâtre de l'eau, dans un enchevêtrement inextricable.

En cas de nécessité, elle saurait retrouver son chemin dans ce dédale pour regagner le cours principal du Rio Negro. Chaque espèce d'arbre lui était familière. Le fleuve n'avait pas encore atteint son niveau maximal et, en raison de la brume matinale, on ne discernait pas encore la canopée. Quelque part, il y avait des orchidées. Et la saison des pluies était la meilleure époque de l'année pour chercher des fleurs.

Annie ne s'intéressait en fait qu'à une seule espèce d'orchidée, l'*Epidendrum luminosa, un jour* peut-être l'*Epidendrum parrishi ?*

Machinalement, elle tapota son sac-banane. Elle n'avait pas encore décidé quel nom elle donnerait à cette extraordinaire anomalie végétale. En lui accolant son patronyme, elle était assurée de passer à la postérité, perspective réjouissante pour une scientifique décriée.

Cette pensée était réconfortante par cette matinée de solitude dans la jungle.

Une tache rouge et brillante qui dérivait sur l'eau attira son attention : une fleur de ceibo. Elle se baissa afin de la saisir au moment où celle-ci glisserait le long de la coque.

Comme ses doigts crevaient la surface, une forme sombre et longiligne passa sous le bateau pour disparaître la seconde suivante dans les profondeurs noires.

Oubliant instantanément la fleur, Annie se rejeta en arrière, le cœur battant la chamade. Un nom redouté jaillit dans son cerveau : *sucuri* !

Nerveuse, elle fouilla du regard les eaux à la recherche de l'animal qui, de toute évidence, était déjà loin.

Au bout d'une minute, elle tenta de se convaincre qu'il s'agissait sans doute d'un caïman, ou encore d'une des centaines d'espèces de poissons qui peuplaient les rivières amazoniennes. Un anaconda, c'était beaucoup moins probable. Les serpents géants n'étaient quand même pas légion…

Sauf dans ses cauchemars.

Avec précaution, elle se pencha par-dessus la rambarde pour lire le nom inscrit sur la coque. La peinture bleue s'écaillait et l'on apercevait juste les lettres CUR au-dessus de la ligne de flottaison. Le S et le U étaient effacés, quant au I, on le devinait à peine sur la planche délavée. Mais c'était bien ça, il n'y avait pas le moindre doute : *SUCURI*.

Elle se redressa, essuya d'un revers de main son front moite. Johnny était mort, décapité, sauvagement assassiné par Fat Eddie. Sa tête, traînée au bout d'un filin, serait bientôt réduite par un Jivaro, et son corps devait déjà nourrir les créatures de la rivière.

Elle avait décidément besoin d'une tasse de café.

Dans la timonerie, elle trouva un régime de bananes accroché au plafond. Une corbeille posée sur le comptoir contenait des papayes et des mangues. Annie mit le café à réchauffer, puis chercha le sucre.

Comme elle ouvrait la porte d'un placard, elle s'immobilisa, surprise.

Des livres, des dizaines de livres, en anglais, en espagnol et en portugais.

Lentement, elle effleura les tranches poussiéreuses. Il y avait là toute une bibliothèque sur l'Amazonie, des traités de génétique, des dictionnaires, des lexiques, des études rédigées par les plus illustres botanistes des XIXe et XXe siècles qui avaient exploré l'Amazonie et les Andes et répertorié des milliers de plantes jusqu'alors inconnues de la science occidentale.

Annie les avait tous lus et certains avaient influencé ses propres travaux, en particulier ceux de Spruce et Schultes. Elle s'était également passionnée pour les aventures de Humboldt et de Waterton, dont les péripéties rocambolesques sous les tropiques avaient nourri ses rêves de jeune fille confinée dans les plaines desséchées d'Amérique du Nord.

Et Travers possédait tous ces livres, y compris celui qu'elle avait publié autrefois !

On ne s'attendait pas vraiment à trouver une telle bibliothèque chez un homme qui avait soi-disant abandonné la botanique pour se consacrer exclusivement à la contrebande, à l'alcool et aux femmes à la peau couleur de miel qui dansaient dans les bars.

Devait-elle en conclure qu'il s'intéressait toujours à son ancienne spécialité ?

Annie sourit tout à coup. Le Dr William Sanchez Travers, auteur de nombreux ouvrages majeurs en botanique, aurait été stupéfait s'il avait su ce qu'elle, Annie Parrish, avait découvert sur le Cauaburi !

Elle poursuivit son examen. Le dernier bouquin de la rangée ne comportait pas de titre sur la tranche. Elle le tira, l'examina. Il n'y avait qu'un seul mot écrit sur la couverture : TRAVERS.

Un frisson d'excitation la parcourut. Son livre de bord !

Les rumeurs les plus folles circulaient sur son compte depuis sa disparition. Et voilà qu'elle tenait entre les mains la réponse à toutes les questions que tout le monde se posait sur lui ! De quoi en avoir le tournis, même pour quelqu'un dont Fat Eddie venait de prononcer l'arrêt de mort.

Sans vergogne, elle ouvrit le livre à la première page...

Sourcils froncés, elle remonta ses lunettes sur son nez.

— Bon sang de bois ! marmonna-t-elle en tournant les pages de plus en plus vite.

Les dates inscrites remontaient à bien avant sa disparition. C'était bien un journal mais rédigé dans une langue qu'Annie ne comprenait pas et qu'elle n'identifiait même pas.

Néanmoins, des détails botaniques et géographiques étaient précisés dans une écriture lisible, et il y avait également des dessins et des schémas tout à fait clairs.

Lesdites rumeurs en prenaient un coup. Travers ne s'était jamais égaré dans la jungle. Il avait toujours su exactement où il se trouvait. Toutefois, sans indications de longitude et de latitude, il était bien le seul !

Qu'avait-il donc fabriqué durant tout ce temps ? s'interrogea-t-elle en continuant de feuilleter le journal de bord.

Un bruit d'éclaboussures lui fit relever la tête et, d'instinct, elle porta la main à son pistolet. Si Fat Eddie et ses sbires étaient revenus, le voyage allait tourner court...

Avec prudence, elle se pencha vers le hublot... et se détendit en apercevant Travers qui s'approchait sur son canoë.

Torse nu, il pagayait avec des mouvements amples, puissants. Ses pectoraux saillants jouaient sous sa peau bronzée. Ses cheveux humides rebiquaient sur son front et sa nuque. Ainsi, avec ses gestes d'une grâce animale, il avait de nouveau l'air d'une créature de la rivière.

Annie pinça les lèvres. Elle devait bien se l'avouer : depuis le début, elle le trouvait beau. Impossible de détacher le regard de ces épaules carrées, de ce torse imposant, de ce ventre dur et musclé.

Elle réussit cependant à focaliser son attention sur deux points blanchâtres, d'anciennes cicatrices visiblement, qui apparaissaient sur sa poitrine, juste au-dessus du cœur. Elle n'aurait pas accordé à ce détail une importance particulière – elle-même avait son lot de stigmates ! – si elle n'avait vu son dos au moment où le canoë accostait le *Sucuri*.

Interloquée, elle se déplaça légèrement. Non seulement Travers avait deux marques rigoureusement similaires sur l'omoplate gauche mais, surtout, il arborait le plus étonnant des tatouages !

Le motif, très élaboré, qui se répétait tout au long de la colonne vertébrale, représentait deux serpents qui s'entrecroisaient. La ligne ainsi formée atteignait les reins et disparaissait sous le short. Le tracé en était extrêmement précis, bien plus que ce qu'on aurait pu obtenir avec un pigment classique à base de genipa ou de rocou.

Annie avait déjà vu ce dessin auparavant : on le trouvait communément sur la rivière Vaupes, en territoire *Desana*.

Et une certitude s'imposa à elle : la personne qui l'avait tatoué avait apposé son sceau sur Travers et l'avait irrémédiablement changé.

Quand ? Où ? Et pourquoi ? Elle l'ignorait. Tout ce qu'elle savait avec une conviction inébranlable, c'est qu'à un moment donné, il avait cessé d'être le Dr William Sanchez Travers, botaniste de renommée mondiale, pour devenir ce qu'il était à présent, c'est-à-dire un mystère.

Annie secoua lentement la tête. Des serpents, sa hantise… Seigneur ! Certaines personnes n'avaient-elles pas affirmé que Travers avait été avalé par un anaconda géant ? Finalement, c'était plausible. D'une certaine manière, son ancienne vie avait bel et bien été dévorée.

Il ramassa sa chemise au fond du canoë et l'enfila d'un mouvement souple. Un moment, il se figea, le regard rivé sur la forêt noyée de brume. Annie fixa alors l'amulette qui pendait à son cou, ce cristal chamanique flanqué de deux crocs de jaguar.

Une sensation de malaise l'envahit. En cet instant, elle avait devant elle le *vrai* Travers, non pas le réprouvé, objet de tous les ragots. Il n'était ni fou ni alcoolique, bien qu'il ait manifestement beaucoup bu l'autre soir avec Fat Eddie. En vérité, le vrai Travers était très différent de l'épave humaine qu'on décrivait.

Et ici, sur le fleuve sauvage, au cœur de la forêt tropicale, il était dans son élément.

Annie se souvint que, Chez Pancha, elle s'était demandé s'il connaissait la symbolique de ce cristal, considéré par les hommes-médecine comme un précieux talisman qui protégeait contre les ennemis de l'Autre Monde et permettait de voir au-delà de ses frontières.

Jusqu'où était-il allé dans ses voyages mystiques ?

Apparemment très loin, décida-t-elle.

Elle baissa les yeux sur le journal de bord qu'elle tenait toujours entre les mains.

Gabriela Oliveira, qui connaissait bien Travers, avait sûrement fait la sourde oreille aux délires et aux fantasmes le concernant. La vieille scientifique ne s'était pas laissé abuser. En revanche, Fat Eddie et Annie, aveuglés par leurs préjugés, l'avaient sous-estimé.

Avant sa disparition, Will était déjà connu comme un chercheur hors normes, dont on louait l'inventivité et les raisonnements visionnaires, tant il avait innové par rapport à ses collègues universitaires.

Aujourd'hui, Annie aurait parié qu'il n'avait pas changé sur ce point, qu'il cherchait toujours à repousser ses limites, à explorer sans cesse des territoires interdits : ceux de l'Autre Monde, celui qu'il croyait atteindre chaque fois qu'il entrait en transe...

Elle soupira, scruta la masse dense de la forêt. Que fallait-il penser au juste de Travers, le plus génial ethnobotaniste jamais sorti de Harvard, qui se promenait nu-pieds sur le pont de son rafiot, débraillé, une amulette autour du cou, des plumes de perroquet dans les cheveux, et tatoué d'emblèmes chamaniques ?

La vie de Travers ne se résumait certainement pas à transporter des passagers sur le Rio Negro. Il n'était pas un pion que Fat Eddie manipulait à sa guise, bien au contraire. Mais cette fois, la frontière qu'il longeait était bordée d'un précipice vertigineux...

Et elle était là, bloquée avec lui, à bord de ce maudit bateau appelé *Sucuri* !

10

Will tourna la tête vers la cabine où il avait laissé le Dr Parrish endormie.

Elle avait tout chamboulé. Cette petite blonde maligne, avec ses deux caisses d'armes de contrebande, avait bouleversé ses plans bien ordonnés. Cela paraissait impossible et pourtant…

Depuis deux ans il travaillait sur le fleuve, il connaissait chaque camp de *caboclos*, chaque affluent du bassin fluvial. Et cela dans un seul but : éliminer Corisco Vargas. Et, alors qu'il avait enfin trouvé le moyen de l'approcher, il traînait derrière lui, tel un boulet, Annie Parrish qui était une bande de mercenaires à elle toute seule !

Il risquait sa vie et elle venait lui mettre des bâtons dans les roues.

Le signal qu'il redoutait retentit tout à coup à travers la forêt, un rythme sourd de tambours *manguares*, dont le message se transmettait tout au long du fleuve.

Ceux qui le comprendraient se mettraient aussitôt sur le qui-vive et guetteraient l'apparition du *Sucuri*.

— Pour le faire couler comme une pierre ou le désintégrer à la dynamite, murmura Will.

Maintenant qu'il se savait dupé, Fat Eddie voulait sa mort, qui surviendrait à n'en pas douter dans les pires conditions si le gros avait son mot à dire. Will n'avait pas la naïveté de compter sur l'aide de ses amis dans la région. Néanmoins, il avait réussi à joindre par radio son pote Diego Martinelli, installé à Santo Antonio. Le vieux bougre lui avait confirmé que l'enfer venait subitement de se déchaîner sur la bourgade.

En pénétrant dans la timonerie, Will trouva sa bête noire attitrée bien éveillée, en train de boire à petites lampées prudentes un café bouillant. Bien qu'elle ait la mine chiffonnée, elle paraissait plutôt dispose après cette nuit harassante.

Parfait! se félicita-t-il. Elle aurait sous peu besoin de toute son énergie.

Pour sa part, il était partagé entre deux envies : l'attraper par les épaules et la secouer comme un prunier ou l'embrasser. Réaction encore plus stupide. Il ne se passerait jamais rien entre eux. Il n'était pas dingue à ce point.

Pourtant, en dépit de quelques signes de fatigue, Annie Parrish restait diablement séduisante. Une femme déroutante qui, même trempée, salie de boue, les genoux écorchés, les cheveux en bataille, réussissait à conserver sa fraîcheur et son attrait.

Elle était si sexy avec sa peau veloutée, sa silhouette menue, ses yeux brillants d'intelligence derrière ses lunettes…

Le tee-shirt blanc qu'elle avait enfilé ce matin-là était particulièrement seyant et moulant. Sans doute, était-elle à court de chemises informes taille XXL.

— Bonjour, lui dit-elle d'un air méfiant amplement justifié.

— Je ne vais pas vous mentir, la journée n'a pas spécialement bien commencé.

Un euphémisme. Tout à l'heure, sur son canoë, il avait pris une décision : il devait se débarrasser d'elle au plus vite.

Mais comment?

Elle comprit immédiatement à quoi il faisait allusion :

— Les *manguares* ? Que disent-ils ?

— Que nous ne pouvons pas retourner sur le cours principal du Rio Negro. Cette nuit, Fat Eddie a incendié Santo Antonio. Les habitants luttent toujours contre les flammes.

Il se servit une tasse de café, but une gorgée âcre et aromatique. Son café était excellent. Il avait également beaucoup apprécié son *prato feito*, même s'il n'était pas très chaud lorsqu'il l'avait avalé, plusieurs heures après elle.

— Fat Eddie a mis le feu à Santo Antonio !

Il discerna une note de culpabilité dans sa voix. C'était quand même la moindre des choses.

— Pas à toute la ville, seulement au ponton du port, mais une cabane de pêcheur s'est embrasée et l'incendie n'a pas tardé à se propager.

Il avala une autre gorgée de café. Elle s'était manifestement bien adaptée à la vie à bord. D'un autre côté, des talents de cordon-bleu n'étaient pas ce qu'il recherchait expressément chez une femme. En général, une attirance physique réciproque lui suffisait amplement.

— Y a-t-il des blessés ? s'inquiéta-t-elle.

— Il n'y en avait pas quand j'ai contacté mon ami à Santo Antonio ce matin, mais je lui ai quand même demandé de prévenir les habitants. Il y a un groupe de saigneurs d'hévéas qui récoltent du latex tout près, ainsi qu'un campement indien.

Elle détourna la tête et cilla, de ce battement de paupières sensuel si particulier. Ses cils longs, recourbés, du même brun que ses fins sourcils. Ses joues avaient encore la rondeur de l'enfance, et sa bouche…

Son regard s'égara sur le tee-shirt moulant, le short, puis les jambes, puis ses pieds nus aux orteils délicats.

Il retint un soupir, se força à penser à des détails plus pragmatiques. Elle portait un pistolet. Tant mieux, elle risquait d'en avoir besoin sous peu. Et que cachait-elle dans le petit sac-banane qui ne la quittait jamais?

C'était le seul objet lui appartenant qu'il n'avait pas soigneusement passé au peigne fin. Ah, on pouvait dire qu'elle avait embarqué des trésors inimaginables! S'il avait été flic, il n'aurait pas pu faire autrement que de l'arrêter!

Ce matin, avant de s'éclipser, il avait jeté un coup d'œil dans la cabine où elle dormait. Elle avait l'air si douce, si fragile, pelotonnée dans le creux du hamac, les lèvres légèrement entrouvertes! Il avait eu envie de l'embrasser, de la goûter, de la savourer.

Il avait rêvé de s'éveiller contre elle tous les matins, de la prendre dans ses bras, de la sentir toute tiède contre lui…

Dans la réalité, il s'était borné à vérifier que son pistolet était chargé, avant de refermer la porte derrière lui.

Il s'arracha à ses souvenirs pour déclarer:

— Il n'est plus question d'aller jusqu'à São Gabriel, mais je pense que nous pouvons atteindre Barcelos dans la soirée. Si nous contactons Gabriela et qu'elle parvienne à nous envoyer un avion, vous pourrez rejoindre Bogotá, puis sauter dans un avion. Bien sûr, le Venezuela est plus proche… Enfin, n'importe quel pays fera l'affaire, du moment que vous semez Fat Eddie.

Voilà, il avait une solution pour se débarrasser d'elle, finalement. Le problème, c'était de la faire adhérer à son plan.

— Et vous? rétorqua-t-elle. Comment comptez-vous semer Fat Eddie?

Elle le regardait droit dans les yeux. Ses prunelles vertes piquetées d'or étincelaient. Une chatte. Fat Eddie avait raison sur ce point.

— Fat Eddie? Bah, je m'arrangerai! assura-t-il avec confiance.

— Moi aussi.

Elle croisa les bras sur sa poitrine d'un air buté.

Il serra les dents. S'arranger avec Fat Eddie? Oh, il

ne doutait pas qu'elle essaie ! C'était une débrouillarde et elle s'était bâti une sacrée réputation depuis l'épisode du singe laineux.

Ce qu'il n'arrivait pas à saisir, c'est *pourquoi* elle envisageait de se colleter avec le caïd, plutôt que de prendre ses jambes à son cou.

Elle avait pourtant vu la tête de Johnny Chang se balader au bout du filin ! Elle savait quel sort il lui réservait !

— Il y a un moment où l'ambition poussée à son paroxysme s'apparente à la folie furieuse, fit-il remarquer doucement.

— Eh bien, si j'arrive à ce stade, je vous enverrai une carte postale.

Très drôle ! Il ne put s'empêcher d'insister :

— Il n'y a pas que Fat Eddie à vos trousses, vous savez. Des centaines de *jagunços* travaillent pour lui. Il est capable de lever une véritable armée.

Elle le considéra d'un air énigmatique et répliqua :

— Mais vous, vous ne travaillez pas pour lui. Même si vous transportez ces pierres précieuses, ce n'est pas pour lui rendre service, n'est-ce pas ?

Il réprima un mouvement de surprise. Cette fille n'avait pas les yeux dans sa poche et elle avait oublié d'être bête. Raison de plus pour l'expédier le plus loin possible.

— Disons que nous en retirons un bénéfice mutuel, concéda-t-il.

Elle esquissa une moue ironique. Cette fois, il perdit son flegme et, posant brutalement sa tasse de café, il s'exclama avec incrédulité :

— Mais, bon sang, que faut-il donc pour vous faire peur ?

Était-elle folle, inconsciente ? Lui-même avait peur pour elle depuis que Fat Eddie, ricanant, avait tiré de l'eau cette fichue tête.

— J'ai peur de Fat Eddie, admit-elle, mais pas au point de renoncer à mes projets et de faire mes valises.

— Écoutez, vous avez embarqué un véritable arsenal à bord de mon bateau. Et vous voudriez me faire croire que c'est pour aller étudier les palmiers-pêches ? Mon œil ! Vous êtes mieux équipée que la moitié de l'armée brésilienne ! Pourquoi ?

Penché en avant, il la transperçait d'un regard dur qui exigeait une réponse.

— Vous avez ouvert mes caisses ? s'insurgea-t-elle.

— Non seulement je les ai ouvertes, mais j'en ai inventorié le contenu. Je vous avoue que j'ai été impressionné ! Peut-on savoir ce que vous comptez faire avec des grenades et des bâtons de dynamite ?

La mine toujours aussi fermée, elle pinça les lèvres, refusant de sortir de son mutisme.

Will changea de tactique.

— Qui est Jackson Reid ?

Il avait vu ce nom trois fois dans ses affaires, inscrit au feutre sur l'étiquette du sac de couchage, puis au marqueur indélébile sur une lampe de poche, et enfin sur son appareil photo, un modèle très sophistiqué.

Elle laissa passer un long silence, avant de répondre du bout des lèvres :

— Un ami.

Un ami, vraiment ? Mais bon, il n'allait pas la questionner sur les hommes de sa vie. Énervé, il sortit de sa poche le papier chiffonné qu'il avait trouvé tout à l'heure avec la fléchette dans l'un de ses sacs, et sur lequel on pouvait lire cet ordre véhément : « QUITTEZ MANAUS ! »

— Qui a écrit ça ? Ce n'est pas le genre de Fat Eddie. Je suppose qu'il s'agit plutôt d'un avertissement de Johnny Chang ?

— Vous avez fouillé toutes mes affaires !

— Oui, partout. Sauf les poches de votre short et votre sac-banane.

— Cette fléchette était fichée dans la porte de la timonerie du *Sucuri*, docteur Travers. Bien entendu, j'avais l'intention de vous la montrer. Si vous n'aviez pas été ivre mort hier matin, c'est ce que j'aurais fait. Après… j'ai oublié!

— Vous en aviez l'intention?

— Oui. Au cas où le message vous aurait été destiné.

Il secoua la tête.

— Personne ne me menacerait de cette façon. C'est trop primaire, trop simpliste, un truc d'amateur pour effaroucher une…

Il s'interrompit brusquement. Elle acheva avec ironie:

— … une femme?

— J'allais dire une *turista*.

Elle accepta la rectification et, consciente qu'il avait la plupart des atouts en main, elle argumenta:

— D'accord, pas la peine d'en rajouter. Vous savez, je peux vous payer beaucoup plus que ce que je vous ai donné pour m'amener à Santa Maria. Beaucoup plus.

D'un mouvement du poignet, il ficha la fléchette dans le panneau de bois qui encadrait le hublot. Sa proposition était ridicule.

— Vous n'avez qu'une bourse de la RBC! Vous n'auriez même pas de quoi payer votre essence si Gabriela ne vous finançait pas au compte-gouttes! Alors, dites-moi, avec quel argent comptez-vous me payer?

— Je ne parlais pas d'argent. Je parlais des armes.

Il retint un rire. Elle avait de la ressource! Puis il secoua la tête.

— Si je réussis à me débarrasser de vous, je n'en aurai pas besoin. J'arriverai bien à m'expliquer avec Fat Eddie. Je lui dirai que vous m'aviez tourné la tête, et que je lui ai menti pour pouvoir vous garder avec moi cette nuit-là.

Elle baissa les yeux et une légère rougeur lui marbra les joues. Il n'en revenait pas. Incroyable! Annie l'Amazone rougissait!

— Et comment justifierez-vous le fait que je ne sois plus dans les parages?

— Voyons, nous sommes au Brésil, docteur Parrish. Ici, après l'amour, on pose un billet sur la table de chevet et on tourne les talons. C'est le comportement le plus courant.

— Mais nous sommes en pleine jungle ! Fat Eddie ne croira jamais que nous nous soyons séparés comme ça, au milieu de nulle part, pour partir chacun de notre côté !

Ses pommettes étaient carrément écarlates maintenant. Will, qui portait la timbale à ses lèvres, suspendit son geste, fasciné. Était-ce l'allusion aux habitudes machistes du pays qui la gênait autant ou plus simplement les relations sexuelles en général ?

Il but une longue gorgée de café. Il regrettait de ne pas avoir posé plus de questions à Gabriela, en particulier sur ce qui s'était passé à Yavareté. Sa vieille amie s'était toujours montrée franche avec lui. S'il l'avait interrogée, elle lui aurait répondu sans biaiser.

— On peut toujours s'en aller, où que l'on soit, objecta-t-il. Vous êtes une femme indépendante, autonome, tout à fait capable de vous débrouiller dans la jungle. Vous avez fait vos preuves sur ce point, non ?

Il contrait ses arguments un à un. En désespoir de cause, elle suggéra :

— Et si je vous donnais de l'argent ? C'est ce que vous voulez ? D'accord, je n'en ai pas pour le moment, mais j'en aurai bientôt. Beaucoup d'argent, bien plus que les maigres subsides que m'accorde la RBC, je vous le garantis ! Vous n'avez qu'à fixer votre prix. Allez-y, et je vous verserai la somme dès que possible. Vous avez ma parole.

— Vous travaillez trop, cela vous égare. Il n'y a que deux choses qui m'intéressent chez vous et, croyez-moi, l'argent n'en fait pas partie.

Elle fronça les sourcils et lui lança un regard qui trahissait son incompréhension.

Il enchaîna :

— Primo, des explications. Et secundo…

Il n'acheva pas sa phrase et haussa les épaules. Elle se doutait bien de la suite. Inutile de lui faire un dessin…

Ses yeux verts s'écarquillèrent légèrement et elle s'empourpra de plus belle. Pourtant, elle n'avait pas peur de lui, il en aurait mis sa tête à couper. Il avait tout d'abord cru qu'elle s'était fait violer à Yavareté, mais maintenant il en doutait. Non, ce qui la troublait autant, il l'aurait parié, c'était qu'elle le désirait autant qu'il la désirait.

En fait, elle était furieuse, contre elle-même et contre lui, d'éprouver de telles émotions à son égard et de ne pouvoir les contrôler.

Il était certain de ne pas se tromper.

Malgré lui, il sourit. Eh bien, s'il n'y prenait garde, elle allait véritablement lui tourner la tête ! Ce ne serait pas sa faute, s'il la prenait dans ses bras pour lui voler un baiser…

Et ensuite, qu'adviendrait-il ?

Enfin, il pouvait fantasmer autant qu'il voulait car, en réalité, Annie Parrish était intouchable.

Elle choisit d'ignorer sa dernière remarque et, fixant le plancher, elle s'entêta :

— Je vous assure que ce ne sont pas des paroles en l'air. Je parle d'une grosse somme ! Vous ne me croyez pas ?

— Ce que je crois, c'est qu'avec un peu de chance, il est possible d'atteindre Barcelos avant la tombée de la nuit. Et demain, à cette heure, vous serez en route pour Miami.

— Et vous récupérerez les armes, n'est-ce pas ?

— Ouais.

— Je ne prendrai pas l'avion pour Miami !

Il s'attendait à cette réponse. Toutefois, il avait pris sa décision. Qu'elle soit d'accord ou non, il sauverait sa peau. Leurs peaux !

Pour l'heure, il fallait partir.

— Comme vous voudrez, feignit-il de se résigner. Vous changerez peut-être d'avis quand nous serons arrivés là-bas? Allez larguer les amarres.

Il se détourna. Dans son esprit, l'affaire était réglée. D'une manière ou d'une autre, cette fille quitterait le Brésil.

11

Ils parvinrent en vue de Barcelos au crépuscule. Sur le port, de part et d'autre des étals, les marchands et leurs clients s'agitaient pour effectuer les derniers marchandages de la journée. On transportait des ballots le long des quais. Les pêcheurs exposaient leurs prises dans des caisses en criant : «*Barato ! Barato !*»

Travers trouva un mouillage à la pointe nord de la ville. Il attacha son amarre à un ponton vermoulu, entre une petite barge surchargée de cargaison et un rafiot auprès duquel le *Sucuri* parut tout à coup flambant neuf. Trois molosses patrouillaient sur le pont de la barge, une grosse chienne au pelage tavelé et ses chiots presque adultes, des bêtes étiques aux petits yeux ronds et méchants. Un vieux bonhomme dormait dans son hamac tendu entre deux caisses, son bras décharné posé sur un fusil.

Il n'y avait pas le moindre avion en vue.

Annie fut soulagée, même si ce n'était qu'un léger sursis. Tout allait de mal en pis. Travers avait réussi à joindre la RBC par radio en milieu de matinée, mais, comme Gabriela était souffrante, ce fut le Dr Ricardo Solano qui avait répondu. Celui-ci était resté très évasif quant à cette soudaine indisposition et Annie s'inquiétait. Gabriela était une vieille chouette résistante, pourtant tout le monde avait ses limites.

Solano avait promis à Travers de faire ce qu'il pouvait, ce qui ne signifiait pas forcément qu'il enverrait un avion chercher le Dr Parrish. Il semblait d'avis que la situation ne nécessitait pas forcément une mesure aussi drastique et onéreuse. Heureusement, Travers n'avait pas soufflé mot de Fat Eddie, ni de la tête de Johnny Chang, ni des armes entreposées sur le pont du *Sucuri*. Annie lui devait une fière chandelle. Si Solano avait su ce qu'elle avait osé faire, nul doute qu'il ait été le premier à alerter la police pour la faire arrêter.

Travers avait évoqué une «urgence médicale», et il fallait avouer qu'entendre Solano répliquer d'un vague: «Je vais voir ce que je peux faire…» avait désarçonné Annie. À la RBC, elle avait toujours eu affaire à Gabriela, qui était à la fois son mentor, son amie et sa directrice de projet. Sans elle, Annie se sentait seule et terriblement démunie.

Il ne lui restait plus que ce satané Will Travers.

Ce dernier venait de sauter sur le quai. Il boutonna sa chemise.

— Allons manger un morceau, suggéra-t-il. Ensuite, si l'avion n'est toujours pas arrivé, nous achèterons quelques provisions, puis nous remonterons un peu le fleuve.

— Pourquoi ne pas passer la nuit à Barcelos?

— Vous me prenez pour un idiot? Pour que vous filiez avec vos caisses sur un autre bateau!

Il avait raison. Elle n'aurait pas hésité à aborder un pêcheur ou un *caboclo* dans l'espoir d'acheter son passage jusqu'à Santa Maria. Elle avait voyagé sur des tas d'embarcations différentes, parfois sur des bateaux luxueux sur lesquels se trouvaient des scientifiques et du matériel moderne, parfois dans des pirogues indiennes, et jamais elle n'avait rencontré le moindre problème.

Bien sûr, elle avait déjà payé Travers et il avait sa cargaison à bord. Si l'avion ne venait pas – ce dont elle était convaincue –, Travers serait bien obligé de continuer vers Santa Maria.

L'esprit tranquille, elle retourna dans sa cabine afin de se changer, enfila un jean propre et prit soin de nouer les pans de sa chemise autour de sa taille pour dissimuler son arme.

Elle rejoignit Travers sur le quai et le trouva en train de parlementer avec une bande de gamins en haillons. Les mômes acceptèrent de surveiller le *Sucuri* en échange d'une poignée de *reales* qu'ils attrapèrent au vol. Will leur en promit autant à leur retour.

La moitié des galopins s'installa devant le bateau, l'autre leur emboîta joyeusement le pas alors qu'ils s'éloignaient en direction d'une auberge dont la pancarte annonçait « *Carne e cerveja* ».

— Pourquoi avoir engagé ces gamins ? Je croyais que personne ne montait à bord du *Sucuri* sans votre permission ? s'étonna Annie.

— C'est juste pour les empêcher de faire des bêtises pendant une heure.

Il s'arrêta devant un étal, acheta une douzaine de morceaux de canne à sucre confits plantés sur des bâtonnets. Les enfants, ravis, se battirent pour être les premiers servis en riant et en sautant. Will exigea qu'ils apportent le reste des friandises à leurs camarades postés près du *Sucuri*. Enfin, débarrassés de leur escorte, Annie et lui poursuivirent leur route.

— Heu… merci, dit Annie en acceptant une sucrerie.

— Quand j'étais gosse, j'en réclamais tout le temps à ma mère.

— Ah ?

Il fallait vraiment faire un effort d'imagination pour se représenter ce grand gaillard tatoué comme un bambin suçant un bout de canne à sucre à côté de sa mère.

— Elle s'appelle Elena Maria Barbosa Sanchez Travers, précisa-t-il. Elle est vénézuélienne. Je suis né à Caracas. Et vous ?

— Euh… dans le Wyoming. Mais dites-moi, c'est ce nom que vous avez donné hier à Fat Eddie ! s'exclamat-elle soudain. Je croyais que vous l'aviez inventé.

— Ne vous tracassez pas, ma mère vit aux États-Unis depuis vingt-cinq ans. Je ne pense pas que Fat Eddie et elle aient jamais l'occasion de se croiser. Et vos parents ?

— Il est probable qu'eux non plus ne rencontreront jamais Fat Eddie, décréta-t-elle sèchement, embarrassée par cette salve de questions d'ordre intime.

Il eut un rire cynique qui lui donna la chair de poule et lui lança un regard amusé par-dessus le morceau de canne à sucre qu'il était en train de grignoter. Il semblait de bien meilleure humeur depuis qu'il avait l'espoir de la mettre dans un avion. C'était à la limite de l'insulte.

— Vous ne m'avez pas compris. Je vous demandais où vivent vos parents.

— Mon père habite toujours le Wyoming.

— Et votre mère ?

— À Tahoe ou Vegas. Peut-être Jackson Hole. Avec elle, c'est dur de savoir.

Annie mordit dans sa canne à sucre, espérant que le sujet « mère » était clos.

— Comme sa fille, c'est ça ?

Elle s'arrêta net, essuya d'un revers de main le jus sucré qui lui coulait sur le menton, le foudroya d'un regard exaspéré.

— Écoutez, vous pouvez tirer toutes les conclusions que vous voudrez, analyser, disséquer, je ne vais pas me battre avec vous. Je suis la première à admettre que la désertion de ma mère m'a traumatisée, que cela explique sans doute pourquoi je me retrouve ici, au cœur de la forêt amazonienne, en compagnie d'un botaniste raté, à attendre un avion qui ne viendra pas. Alors que je ne souhaite qu'une chose : aller à Santa Maria !

— Comment ça, un botaniste raté ?

Il riait. Manifestement, peu lui importait l'opinion qu'elle avait de lui. Cela n'avait rien d'étonnant au demeurant, vu les critiques beaucoup plus sévères qu'il avait essuyées dans le passé. Il avait l'habitude.

— Oui, raté ! confirma-t-elle. Comment appelez-vous un diplômé de Harvard qui se livre au trafic de pierres précieuses pour le compte de Fat Eddie Mano ?

Son sourire s'élargit et il rétorqua :

— Venez, j'ai faim.

Dans la gargote, il choisit une table située dans la petite cour face au bar, d'où l'on avait une vue parfaite de la rivière et des quais. Une pergola branlante supportait un entrelacs de plantes grimpantes, bougainvillées, fuchsias et quelques plants de dryopteris. Un couple de perroquets était à vendre dans une cage de l'autre côté de la ruelle, et leurs cris éraillés ponctuaient le brouhaha qui régnait sur le port.

Ils s'installèrent, et Annie mordit dans un morceau de pain au manioc que le patron venait d'apporter.

— Nous perdons notre temps. Aucun avion ne viendra me chercher.

— Nous verrons bien.

Un ultime rayon de soleil se glissa entre les feuilles qui recouvraient la pergola et vint illuminer la courette, lui donnant soudain un petit air festif.

— C'est tout vu ! Rick Solano préférerait se pendre plutôt que de ternir de nouveau l'image de la RBC. Il l'a dit lui-même, je connais quelqu'un qui l'a entendu. Il a été le seul à voter contre ma mission et il n'a pas cherché à dissimuler ses sentiments.

— Que vous reproche-t-il ?

— Jalousie professionnelle.

Elle trempa son pain dans la sauce au poivre et le saupoudra de sel, avant de mordre dedans à pleines dents. Aussitôt, ses yeux s'embuèrent et sa langue s'incendia. Un délice.

— On ne peut pas se montrer aussi puéril quand on brigue le poste de directeur de la RBC !

— Dites-le-lui.

— C'est ce que j'ai fait ce matin, par radio. Désirez-vous une autre *guarana* ?

— Volontiers.

— *Moço, um cervejinha e um guarana !* lança Will au patron, avant de boire une gorgée de bière ; Gabriela a laissé entendre que votre retour au Brésil n'avait rien à voir avec les palmiers-pêches.

— Ah, intéressant ! dit-elle sans broncher.

— N'est-ce pas ? Elle a également prétendu que vous étiez plus douée que moi en botanique.

— C'est qu'elle n'a pas vu votre tatouage. Quelqu'un qui arbore un tel…

Elle s'interrompit, foudroyée par son regard acéré. Sourcils froncés, il acquiesça dans un murmure qui ressemblait à un grondement.

— En effet, Gabriela n'a jamais vu mon tatouage. Et vous, quand l'avez-vous vu ?

— Ce matin, quand vous êtes revenu en canoë, admit-elle de mauvaise grâce.

Oui, elle était douée ! N'avait-elle pas trouvé dans la forêt un trésor qui bientôt la rendrait célèbre ? Et Travers, qu'avait-il trouvé de son côté ? En tout cas, il avait gardé des stigmates indélébiles et, même si elle était dévorée de curiosité, elle pressentait que leur rencontre la déviait sur une trajectoire qu'elle ne tenait pas du tout à suivre.

Bien sûr, il la fascinait à cause de l'homme qu'il avait été et de celui qu'il était devenu. Mais la vision de ce tatouage effrayant avait dissipé ses derniers doutes : Travers naviguait effectivement dans des eaux troubles et glauques qu'elle n'avait aucune envie d'explorer.

Elle ne poursuivait qu'un seul rêve : son orchidée. Rien d'autre.

— Eh bien, qu'en avez-vous pensé ? s'enquit-il.

— Du tatouage ?

Elle faillit lui dire la vérité, à savoir qu'il s'agissait d'un symbole chamanique, tout comme ce cristal qu'il portait au cou, qu'elle savait que ces talismans possédaient des pouvoirs extraordinaires, et qu'elle avait peur de cette pseudoscience mystique…

Mais, au dernier moment, elle se souvint qu'il lui importait seulement de gagner Santa Maria. Plus vite ils se sépareraient, moins elle en saurait à son sujet et mieux ce serait.

— J'en pense que vous auriez obtenu un résultat bien plus chic si vous vous étiez fait tatouer dans une boutique des États-Unis. C'est une mode qui fait fureur, là-bas.

— Je vois…

Il laissa échapper un petit rire, porta la canette à ses lèvres et la vida jusqu'à la dernière goutte. Avec un sens parfait de la synchronisation, le patron leur apporta les plats commandés. Annie profita de ce répit et savoura en silence le contenu de son assiette.

Elle réfléchissait. Rien ne l'obligeait à rester à bord du *Sucuri*. Les prêtres accepteraient sans problème de l'héberger pour la nuit à la mission. Mais Travers ne la laisserait pas filer avec les armes. Il comptait sûrement les rendre à Fat Eddie afin de rentrer dans ses bonnes grâces. Eh bien, il allait être déçu ! Elle avait économisé pendant un an afin d'être en mesure de se payer cet arsenal, elle n'entendait pas le lui abandonner. La région du Cauaburi, où se cachait l'orchidée, était trop dangereuse. Il y avait trop d'or dans le coin. Et puis, elle ne pouvait écarter le risque de tomber sur Vargas. L'exploitation des mines de Reino Novo, où elle s'était fait capturer, avait démarré un an plus tôt. Aujourd'hui, il devait régner là-bas une activité frénétique. Elle n'allait pas se jeter dans la gueule du loup sans protection.

Elle ne vivrait pas une seconde fois ce qu'elle avait subi à Yavareté.

Ils avaient presque fini leur repas. Annie reprit le cours de sa pensée :

— Non, il n'y aura pas d'avion et vous le savez aussi bien que moi. Par conséquent, nous devons décider maintenant de ce que nous allons faire.

Travers leva le nez de son assiette. La lumière tomba sur son visage, soulignant les arcs sombres de ses sourcils et la courbe sensuelle de sa bouche. Mon Dieu, pourquoi fallait-il qu'il soit si séduisant ! En dépit d'une réputation détestable, en dépit de ce tatouage, il la fascinait.

— Solano veut devenir directeur à la place de Gabriela, déclara-t-il en se carrant sur son dossier. Dans cette optique, il ne peut pas se permettre d'être la cause même indirecte de votre mort. Ce serait quand même fâcheux pour son image. Voilà pourquoi je vous dis, moi, que Solano enverra un avion.

— Mais dans le cas contraire ?

— Nous serions face à un gros problème.

— Alors il serait préférable d'y réfléchir dès maintenant, ne croyez-vous pas ?

Elle osa un sourire engageant, ce sourire dont elle usait et abusait sans vergogne quand il s'agissait d'aplanir certaines difficultés.

Will ne put s'empêcher de lui sourire. Pas dupe, cependant. D'accord, elle endossait le rôle de la brave girl-scout dégourdie.

— Tout d'abord, faisons la paix, enchaîna-t-elle, avec une candeur désarmante.

— Je ne demande que ça.

— Voilà. Dans l'intérêt de la RBC – qui prime sur le mien –, je ne peux absolument rien vous révéler du projet sur lequel je travaille actuellement. Sachez seulement qu'il est exclu que j'abandonne, avec ou sans Fat Eddie. Cette solution est tout simplement inenvisageable.

— De quel projet parlez-vous? De celui où vous comptez les palmiers-pêches un à un sous l'œil du père Aldo? Ou de celui qui nécessite le transport de deux caisses d'armes diverses?

Un silence. Puis:

— Je me permets de vous rappeler que je vous ai payé pour que vous m'ameniez à Santa Maria qui, au demeurant, n'est plus qu'à une journée de voyage.

— C'est vrai.

Elle lui sourit de nouveau, de manière plus spontanée cette fois. Et Will sentit son cœur manquer un battement. Il ne l'avait jamais vue sourire ainsi. Jusqu'à présent, il ne l'avait pas trouvée particulièrement belle, seulement jolie et très sexy. Mais quand elle souriait… elle devenait sublime, le genre de femme à damner n'importe quel homme!

Tout à coup, il éprouva un sentiment de possessivité inconnu et fort déstabilisant. Comme s'il avait besoin de ça! Il ne pouvait pas se permettre de mêler ses sentiments à ses affaires concernant Vargas.

Et il ne voulait pas penser à ce que Vargas avait fait à Annie Parrish.

Elle poursuivait sa démonstration.

— Bien, étant donné que nous sommes d'accord sur le principe, je ne vois pas pourquoi nous…

— Une minute! coupa-t-il. Puisque vous espérez me convaincre, et puisque je serai la dernière personne à vous avoir vue vivante, il me faut un peu plus de détails.

— Je vous l'ai déjà dit, dans l'intérêt de la RBC, il m'est impossible de…

— Je veux parler de détails vous concernant personnellement.

Elle lui jeta un regard méfiant.

— Quel genre de détails?

— Des choses simples. Par exemple: avez-vous un plan de secours si jamais la situation se corsait? Et comment comptez-vous demeurer en vie une fois que vous serez seule ?

— Comme vous l'avez dit, j'ai pas mal bourlingué.

— Je sais. Mais j'imagine que vous n'aviez pas un assassin à vos trousses.

— Ah non ? Et Corisco Vargas ?

Elle le fusilla du regard.

— Ah, j'avais oublié ! mentit-il.

— Je vous garantis qu'à côté de Vargas, Fat Eddie est un enfant de chœur.

— Vargas est vraiment dingue, n'est-ce pas ?

Elle baissa pudiquement les yeux.

— Disons que sa réputation n'est pas usurpée. Vous êtes dans la région depuis un bon moment, vous avez dû entendre les bruits qui circulent sur son compte.

— Ces histoires de vierges sacrifiées sur un autel en or massif qui serait caché quelque part dans la jungle ?

— Entre autres.

Son humeur s'assombrit encore. Une femme était capable de se défendre avec un pistolet. Cela suffisait en général à tenir en respect la plupart des agresseurs. Si elle était du style nerveux, elle pouvait toujours choisir un fusil semi-automatique. Mais pourquoi une femme aurait-elle acheté, avec l'intention de s'en servir, deux Galils sophistiqués, une Kalachnikov, des grenades et des bâtons de dynamite ?

Incapable de se retenir, il lança :

— Vous allez me dire ce que vous mijotez, Annie !

Elle voulut se lever, mais il fut plus rapide et la saisit par le poignet. Ses yeux verts lancèrent des éclairs.

— Bas les pattes !

— Répondez-moi d'abord.

— Cela ne vous concerne pas !

— Cela me concerne tant que vous êtes avec moi. Vous n'êtes pas ici pour entreprendre des travaux de recherche, mais pour vous venger de Vargas !

Elle tremblait de rage et il dut resserrer sa prise sur son poignet. En dépit de sa minceur, elle était forte et il avait l'impression de tenir une tigresse.

— Vous avez une imagination délirante, Travers ! Vous racontez n'importe quoi !

— Je sais que Vargas vous a battue. Gabriela me l'a avoué.

— Oui, et alors ? Ce sont les méthodes de la police dans le coin, vous le savez bien. Je n'étais pas jolie à voir, mais je m'en suis sortie, et aujourd'hui j'ai tiré un trait sur tout ça !

Elle était hors d'elle. Will ne la lâchait pas. Il n'osait pas. Il songeait à ces *garimpeiros* qui l'avaient surprise avec le singe laineux et à la manière dont l'incident s'était soldé pour l'un d'eux. Annie Parrish était une adversaire redoutable.

Bien sûr, il était capable de la maîtriser, mais il avait peur de la blesser, car il la sentait prête à se battre physiquement, même si cela semblait grotesque au premier abord. Il pesait au moins trente-cinq kilos de plus qu'elle !

Un éclat argenté dans le ciel attira soudain son attention. La seconde suivante, il distingua la silhouette allongée d'un fuselage.

— Vous allez me casser la figure si je vous lâche ? demanda-t-il.

— Ce n'est pas exclu.

— Je ne veux pas vous faire mal…

— Je n'en dirai pas autant !

Bigre ! Elle était vraiment en colère. Il retira sa main et se recula brusquement.

Elle demeura parfaitement immobile telle une statue, jusqu'au moment où elle perçut le bruit d'un Cessna qui, après avoir suivi le cours du Rio Negro, piquait maintenant vers le port de Barcelos.

12

Annie leva la tête, l'air stupéfait.

Will était indécis. Certes, il valait mieux pour tout le monde – surtout pour elle ! – qu'elle monte dans cet hydravion. Pourtant, poussée par une pulsion totalement irrationnelle et certainement dictée par le désir, il refusait de la laisser partir.

« Quoi ? Tu veux la garder pour toi ? Tu dérailles, mon vieux ! » s'insurgeait sa raison. Et, bien sûr, il n'avait aucune réponse logique à apporter.

— Je pourrais vous abattre et vous voler votre bateau ! siffla-t-elle en lui décochant un regard meurtrier.

Menace que Will ne prit pas au sérieux, bien qu'elle soit effectivement armée. D'accord, elle était timbrée, mais pas à ce point.

L'hydravion venait de se poser sur le fleuve.

— D'accord, dit-elle brusquement. Je vous propose un marché : emmenez-moi et je vous dirai tout ce que vous voulez savoir.

L'offre était tentante. Néanmoins, il allait la flanquer dare-dare dans cet avion. Le Brésil n'était pas assez grand pour Fat Eddie et elle.

Il demanda :

— Alors, après quoi courez-vous ?

Visiblement soulagée, elle exhala un profond soupir.

Il eut un léger pincement au cœur. Soit, il était en train de l'induire en erreur, mais, s'il savait ce qu'elle cherchait, il pourrait l'aider.

— OK, répéta-t-elle en se penchant par-dessus la table, avant de chuchoter d'un ton de conspirateur : *Aganisia cyanea*.

Il hocha la tête.

— Je vois. C'est génial. Oui, génial. Mais ça ne justifie pas que vous risquiez votre peau.

— Comment ? On n'a ramassé qu'une douzaine de spécimens, et moi j'en ai trouvé des centaines toutes fleuries !

Cette fois, il fut réellement impressionné.

— Des centaines ? Où cela ?

— Sur le Rio Marauia, près des sources.

— Comment avez-vous fait pour aller là-bas ?

Les sources du Rio Marauia étaient perdues dans la jungle la plus épaisse et la plus sauvage, à cheval sur la frontière qui séparait le Brésil et le Venezuela, une zone hostile, presque désertique et inhabitée si l'on exceptait les Yanomani à l'est et, plus loin à l'ouest, entre le Marauia et le Cauburi, les nomades Daku.

Will connaissait bien ces derniers. Il avait rencontré par hasard cette tribu dont l'existence n'était même pas prouvée aux yeux des ethnologues. Et sa route avait croisé celle de Tutanji, qui avait justement besoin d'un homme tel que lui pour lutter contre le démon.

Annie Parrish expliquait :

— J'ai utilisé la vedette de la RBC qui venait régulièrement à Santa Maria et que Gabriela mettait parfois à ma disposition pendant une semaine ou deux. Mais je suis tombée sur ce site minier clandestin et j'ai été arrêtée...

Sceptique, Will fronça les sourcils.

— Il y a des mines près du Marauia ? Pourtant, la rivière est infestée de caïmans. En général, les *garimpeiros* évitent le coin. Il circule trop d'histoires horribles sur des *jacares* géants mangeurs d'hommes.

— À cette époque, j'ignorais moi aussi que l'endroit était si peuplé. Alors, marché conclu ? s'impatienta-t-elle soudain en jetant un coup d'œil en direction de l'hydravion.

Il secoua la tête.

— Des *Aganisia cyanea* aux sources du Marauia… Non, décidément, je ne vous laisserai pas mourir pour des orchidées, même bleues, même poussant par centaines.

— Je n'ai pas du tout l'intention de mourir ! Je veux juste récupérer des spécimens !

— Dans ce cas, situez-moi l'endroit de manière plus précise, et j'irai à votre place. Je vous promets d'envoyer à Gabriela tous les échantillons que je collecterai, avec votre nom dessus.

— Comment ? Vous iriez les chercher ? *Vous ?*

— Mais oui. Je pousserai jusque dans le pays des crocodiles et je vous ferai parvenir vos plantes par l'intermédiaire de la RBC et de votre prétendu programme de recherches sur les palmiers-pêches. Personne ne saura qu'en réalité c'est moi qui…

— *Moi*, je le saurai ! l'interrompit-elle. Ce sont *mes* orchidées, c'est *moi* qui irai les chercher !

— Certainement pas. Vous allez prendre cet avion.

— Vous comptez me mettre dedans de force ?

— J'en suis tout à fait capable, répliqua-t-il en jetant quelques billets sur la table.

Annie le considéra un instant, puis regarda l'hydravion. Elle passa la main dans ses cheveux qui se hérissèrent sur son front. À son expression, il devina qu'elle venait de prendre une décision.

— Bon, ça suffit comme ça ! lança-t-elle.

Elle termina son soda, puis s'éloigna d'un pas décidé.

— Bon sang de… !

Will se précipita à sa suite et la rattrapa comme elle sortait. Il la saisit par le bras… et tout à coup la nuit lui parut radicalement différente. La pénombre se fit plus profonde et plus riche, elle les enveloppait tel un cocon sous le dais de bougainvillées et de fleurs de vanillier. Puis Annie tressaillit, et il sut qu'elle aussi avait pris conscience de leur environnement, du parfum des fleurs, et de sa proximité à lui.

— Non, ça ne suffit pas, murmura-t-il.

Sous ses doigts, sa peau était aussi douce qu'il l'avait imaginée. Un baiser, un seul. Il voulait embrasser ses lèvres, juste une fois, avant qu'elle ne s'envole pour les États-Unis. Et ces deux jours passés avec Annie l'Amazone se résumeraient à une anecdote de plus à raconter autour d'une bouteille de *cachaça*.

Elle le regardait avec circonspection.

— Vous avez changé d'avis ? Vous acceptez de m'emmener ?

Il perçut le léger frémissement dans sa voix. Elle faisait comme si de rien n'était, mais elle était troublée, il en était sûr. Il s'approcha, lui saisit le menton, vit ses yeux verts s'agrandir, entendit sa respiration s'accélérer.

Les rayons de lune qui filtraient à travers le feuillage jetaient une lumière irisée sous la pergola et tissaient de délicates ombres sur son visage, teintant ses prunelles d'un vert étrange qui rappelait celui de la jungle. Par contraste, ses cheveux paraissaient très clairs et formaient un halo lumineux.

— C'est… une très mauvaise… idée, articula-t-elle.

— Je sais.

Il effleura le contour de son visage, tandis qu'il s'inclinait vers sa bouche. Lorsqu'il ne fut plus qu'à quelques millimètres, elle souffla :

— Vous devriez… y réfléchir à deux fois.

— J'ai assez réfléchi.

Elle sentait divinement bon, un arôme suave, et il voulait connaître le goût de ses lèvres.

— Docteur Travers… Heu… Will…

— Chut, Annie ! Ce n'est qu'un baiser.

Il n'avait jamais proféré mensonge plus éhonté. Sa bouche cueillit la sienne. Vivement, elle interposa sa main entre eux. Will s'immobilisa. Mais cela ne lui suffisait pas. Avec lenteur, il entrecroisa ses doigts aux siens, puis ramena leurs deux mains au creux de son dos, tout en l'enlaçant plus étroitement.

Une délicieuse sensation l'envahit. C'était le paradis de la tenir contre lui, et c'était l'enfer de savoir qu'ils n'iraient pas plus loin. Alors, autant profiter de ce baiser, ce simple baiser…

Il se serra contre elle, et elle gémit. Un mot qui sonnait comme « désastre » s'échappa de ses lèvres lorsqu'elle les entrouvrit, au moment où elle agrippa sa chemise.

Will en oublia toute retenue. Adieu l'avion, les armes, le bateau ! Une seule chose était réelle : les lèvres rouges d'Annie Parrish.

Il prit ses lèvres, s'extasiant de sentir son corps délicat serré contre le sien, ses petits seins ronds écrasés contre lui, ses fesses rondes et charnues au creux de ses paumes. Elle lui répondit, tout d'abord timidement, jusqu'à ce qu'il joue avec sa langue et l'entraîne dans une exploration érotique qui exacerba encore son désir.

Sa main remonta, se perdit sous la chemise de la jeune femme, caressa avec délectation son dos. Entre ses bras, elle ne lui paraissait pas du tout fragile, au contraire. Et elle était tellement bien !

C'était insensé. Il n'y avait pas de place dans son existence pour une femme comme Annie Parrish. Son nom était synonyme d'ennuis. Elle représentait un danger pour sa vie, et pourtant plus il l'embrassait, moins il avait envie d'arrêter. Chaque fibre de son corps l'appelait, aspirait à la retenir près de lui aussi longtemps que possible.

Après tout, il ne leur restait sans doute guère plus de quinze jours d'espérance de vie. Ce n'était pas bien long…

Alors, il l'embrassa à perdre haleine. Annie poussait de petits soupirs qui lui signifiaient qu'elle avait, comme lui, perdu tout sens des réalités, qu'elle était sur le point de basculer dans la folie et de faire quelque chose d'absurde et d'absolument merveilleux, comme de glisser la main dans son pantalon.

Cette seule pensée le mit dans un état d'excitation incroyable. Il voulait qu'elle le touche. Il était prêt à se noyer dans l'ivresse de la passion, à louer la première chambre d'hôtel venue. Et au diable ce maudit avion !

— *Senhor* Travers ?

Will entendit la voix, mais il fallut que l'homme répète plusieurs fois son nom pour qu'il comprenne. Il releva la tête, sans quitter Annie du regard. Elle avait les yeux fermés. Ses lunettes étaient de travers. Tête rejetée en arrière, elle lui présentait sa gorge frémissante. Et, en fixant ses lèvres légèrement entrouvertes, promesse de baisers enivrants, il s'écarta d'elle à regret.

— *Senhor* Travers ?

Lentement, elle ouvrit les yeux.

— Vous me paierez ça, souffla-t-elle.

— Je ne suis pas près d'oublier non plus, répliqua-t-il.

Il laissa retomber sa main après s'être attardé une demi-seconde sur sa taille, comme pour la marquer symboliquement.

— L'hydravion est là… commença-t-il en se tournant.

Puis, il se figea, sidéré.

— Juanio ?

C'était l'un des sbires de Fat Eddie, qui s'était trouvé Chez Pancha l'autre soir ; un jeune gars courtaud, aux cheveux noirs hirsutes, affligé d'un tic nerveux à la paupière. Il avait coincé une cigarette derrière son oreille et tenait un Colt à la main.

Un autre type sortit de l'ombre. Celui-là se nommait Luiz et son apparition inquiéta davantage Will. Il était plus mince, plus grand et plus musclé que son acolyte. Ses cheveux coupés ras, son regard noir et le grand coutelas qui pendait à sa ceinture le désignaient de toute évidence comme le plus dangereux des deux. Lui aussi avait un revolver.

Will jura. Il s'était douté qu'embrasser Annie aurait des conséquences néfastes, mais pas à ce point !

— *Uma pistola, garota* ?

Luiz désignait l'arme glissée à la ceinture d'Annie. Juanio s'avança dans l'intention de la lui confisquer. Au grand soulagement de Will, elle ne lui opposa aucune résistance. Face à ces deux crapules, mieux valait jouer profil bas, d'autant plus que Fat Eddie se fichait sûrement de récupérer Annie morte ou vive.

— On ne veut pas de problème avec vous, *senhor*, dit Juanio. Pas de problème pour vous, pas de problème pour nous. *Compreende* ?

— *Compreendo*. Comment nous avez-vous retrouvés ?

Juanio sourit, révélant une rangée de dents jaunies.

— *El radio*. Cela fait deux jours qu'on vous attend en amont, *senhor*. Deux jours dans cet hydravion qui pue. Vous avez demandé de l'aide, on vient vous aider. *La femme* n'a pas l'air très malade, mais bon, on est là. D'accord ? On va vous donner un petit coup de main.

Will ne comprenait rien.

— Un coup de main pour quoi faire ?

— Pour les *émeraudes et les diamants*, expliqua Juanio dont le sourire s'élargit.

Son acolyte aboya :

— La ferme ! *Idiota* !

— Vous voulez les pierres du *senhor* Eduardo ? fit Will avec incrédulité.

Eh bien, les rats quittaient le navire de Fat Eddie ! Tout d'abord, c'était Johnny Chang qui lui volait des armes, et maintenant les seconds couteaux tentaient de faire main basse sur ses joyaux !

La bonne nouvelle, c'est que Luiz et Juanio ne semblaient intéressés ni par Annie ni par ses caisses d'armes.

En fin de compte, la situation n'était pas si dramatique.

Luiz reprit :

— On sait que vous avez les pierres, *senhor*. On était Chez Pancha quand le gros vous les a données.

— Oui, c'est moi qui les ai. Elles sont à bord du *Sucuri*.

Les deux hommes échangèrent un regard entendu. Ils savaient que ce n'était pas un hasard si Fat Eddie Mano avait confié sa camelote à Will Travers. Des histoires à donner la chair de poule circulaient à propos du *Sucuri*. Personne n'aurait osé monter à bord sans l'autorisation du propriétaire, pour une raison bien précise que, manifestement, Luiz et Juanio connaissaient.

Sinon ils auraient depuis longtemps chassé les gamins qui gardaient le bateau afin de s'approprier les pierres précieuses.

D'un mouvement du menton, Luiz intima aux prisonniers d'avancer vers les quais déserts. Will prit Annie par la main. Elle paraissait très calme, ce qui le soulagea grandement. Ce n'était pas le genre à paniquer et à pousser des hurlements. Il aurait pu plus mal tomber.

Parvenu devant le *Sucuri*, Luiz ordonna à Will :

— Dites à vos chiots de ficher le camp !

Il avait caché son arme sous sa veste en cuir graisseuse, ce qui ne l'empêchait pas d'enfoncer le canon dans les côtes de Will. Quant à Juanio, il avait simplement rabattu un pan de sa chemise par-dessus sa main qui tenait le Colt. Dans la nuit, cela suffisait à ne pas attirer l'attention.

Will s'approcha des enfants.

— *Déguerpissez ! Tout de suite !*

Habitués aux brusques revirements de fortune, les gosses détalèrent sans poser de questions.

Sur la barge rouillée qui flottait à côté du *Sucuri*, une lanterne était allumée, mais ni les molosses ni le vieil homme n'avaient bougé de place. Le Cessna était amarré au bout du ponton. Plus loin, sur la rive, un petit groupe de jeunes gens s'amusait. On entendait des rires et de la musique s'élever au-dessus des barges, des canoës, des canots et des *batalones*.

— Fat Eddie ne va pas être content, fit remarquer Will.

— Ah ouais ? Eh bien, on n'en a rien à faire de ce gros lard ! ricana Juanio.

— Et Corisco Vargas risque d'être fâché, lui aussi.

Cette observation eut plus d'effet que la première. Juanio se signa et jeta un coup d'œil nerveux à son collègue. Ce dernier objecta :

— Fat Eddie est fini. Il ne fait plus la loi sur le Rio Negro.

— Et Vargas ?

— Je crache sur Vargas ! riposta Luiz, joignant le geste à la parole.

Devant cette démonstration de bravoure, Juanio esquissa un sourire. Will donnait une semaine à ces deux imbéciles avant que leurs cadavres ne se balancent à un arbre de la forêt, livrés en pâture aux bêtes sauvages.

— Si vous volez ces pierres, vous ne serez en sécurité nulle part au Brésil.

Juanio éclata de rire.

— Oui, mais on sera des rois à Miami !

Luiz lui flanqua aussitôt une tape sur la tête pour lui apprendre à se taire.

— Je te dis de la fermer ! Allez, prends la fille avec toi et va chercher les pierres à bord !

Grimaçant, Juanio porta la main à son crâne, avant de décocher un regard mauvais à son complice.

— Vas-y, toi ! Moi, je surveille le *senhor*.

— Non, toi, ou je te fais sauter la cervelle.

Le climat s'envenimait entre les deux compères. Will, lui, n'avait pas de préférence, du moment que c'était Annie qui montait à bord. C'était l'essentiel.

Visiblement, Juanio n'avait pas du tout envie de s'aventurer sur le *Sucuri*.

— Elle n'a qu'à y aller toute seule ! ronchonna-t-il en désignant Annie. Et si elle ne nous ramène pas les pierres, on le tuera lui.

— Et une fois qu'il sera mort, elle s'en ira avec le bateau et nous n'aurons rien du tout ! s'emporta Luiz. Bon sang, je te dis de te manier ! On était bien d'accord, non ?

— T'as jamais dit que je devrais monter sur ce rafiot du diable ! tempêta Juanio, borné.

Luiz enfonça le canon de son arme dans le dos de Will.

— Il est là, ton diable, abruti ! Sans lui, ce bateau est comme tous les autres. Il n'y a vraiment pas de quoi avoir peur.

— Ce n'est pas ce qu'on raconte à Manaus. Là-bas, on dit qu'un *sucuri* vit à bord, tapi à fond de cale, prêt à jaillir par l'écoutille pour dévorer les ennemis du *senhor*.

Luiz changea brusquement de tactique.

— Et Manaus est plein de crétins qui travaillent pour Fat Eddie. Juanio, est-ce qu'on ne s'est pas tirés des mines parce qu'on était plus malins que les autres ? Parce qu'on avait plus d'ambition ?

— Si… admit Juanio à contrecœur.

— Et puis, toi et moi, on a vu le diable, le vrai, hein ? Tu veux qu'il nous rattrape ?

121

La voix de Luiz était devenue un murmure plein de menace. Effrayé, Juanio secoua la tête avec véhémence. À la lueur des rayons de lune, on apercevait son visage blême. Il fit le signe de la croix.

— Pense à Miami, Juanio. On sera peinards là-bas. Personne ne nous retrouvera aux États-Unis. Mais pour y arriver, il nous faut les pierres ! On ne pourra pas payer le passage à la frontière avec des *reales* ! Alors grimpe sur ce bateau ! conclut Luiz en désignant le *Sucuri*.

Juanio parut peser le pour et le contre pendant un moment. Finalement, les promesses et les menaces de Luiz l'emportèrent sur les superstitions. Marmonnant dans sa barbe, il saisit Annie par le bras et l'entraîna vers le bateau. Cette dernière le suivit après avoir jeté un regard à Will qui aurait donné tous les joyaux de la terre en cet instant pour savoir ce qui se passait dans sa tête.

Annie pensait tout simplement qu'elle était folle d'avoir permis à Travers de l'embrasser. Son corps était encore imprégné de cette merveilleuse étreinte.

Non, jamais elle ne lui pardonnerait ce coup-là.

Juanio, très nerveux, demeurait sur ses gardes et ne lui prêtait guère d'attention. La sueur perlait à son front. Il s'attendait sans doute à voir surgir de nulle part un anaconda géant, mâchoires béantes. Quant à Annie, elle se refusait à envisager cette idée. Sinon, elle allait se liquéfier sur place !

Ignorant le sentiment de menace diffus qui l'avait saisie lorsqu'elle avait posé le pied sur le pont, elle se dirigea résolument vers la timonerie. Une fois à l'intérieur, terrasser le malingre Juanio puis récupérer son arme serait un jeu d'enfant. Elle devait juste garder son sang-froid.

Elle ouvrit la porte de la timonerie.

Une forme gigantesque, aux anneaux lovés dans la pénombre, se dressa devant elle. D'immenses crochets étincelèrent, entre lesquels une langue fourchue s'agita…

Une vague de terreur la pétrifia, puis elle poussa un hurlement à glacer le sang.

Derrière elle, Junio s'évanouit et s'effondra sur le pont.

13

À la seconde où le cri d'Annie retentit, Will leva le bras et flanqua son coude dans la figure de Luiz. Son nez craqua et, hurlant de douleur, il se recroquevilla sur lui-même. Will en profita pour dévier la main qui tenait le revolver et lui assener un coup sec sur la nuque.

Luiz ne s'était pas encore affaissé sur le ponton que, déjà, Will sautait sur le pont du *Sucuri*.

Juanio gisait toujours étalé de tout son long, inerte. Will dut enjamber son corps pour pénétrer dans la timonerie où Annie était paralysée d'effroi. Elle ne criait plus mais, blanche comme un linge, elle se cramponnait d'une main au chambranle de la porte.

— Annie ? appela-t-il doucement pour la prévenir de sa présence.

Tout à l'heure, il s'était dit qu'elle était solide comme un roc en dépit des apparences. Et maintenant, il avait l'impression que le moindre souffle d'air suffirait à l'abattre.

Sans bouger d'un millimètre, elle marmonna d'une voix haletante :

— J'ai réfléchi. Je crois que vous avez raison. Je ferais mieux de rentrer aux États-Unis.

— Parfait ! prétendit-il, alarmé par sa pâleur. Seulement, il va falloir que nous trouvions un autre avion.

Il lui parlait doucement comme à une enfant terrorisée. Elle eut un petit mouvement de la main.

— Non, non, tout ira bien. Très bien. Je m'occuperai de tout, les bagages, le transport, tout ça... Je vais prendre mes affaires et m'en aller. Vous n'avez qu'à garder les armes.

— Nous en parlerons plus tard, Annie. Pour le moment, nous devons partir. Ensemble.

— Nous ? Ensemble ? Non, non, je m'en vais, seule.

Will n'aimait guère la tournure que prenaient les événements.

— Annie...

Elle le réduisit au silence d'un geste. Une ride se creusa sur son front.

— Vous voyez... j'ignore quelles expériences vous avez vécues au juste, mais j'imagine que... Enfin, c'est à cause de votre tatouage. Il représente l'anaconda ancestral. Je sais bien que ce n'est pas aux États-Unis que vous vous êtes fait tatouer. Là-bas, on propose des symboles celtiques, chrétiens, des animaux, des fleurs... Ce que vous avez vous, c'est un emblème chamanique. Je crois donc... oui, je crois que vous êtes devenu l'esclave d'un homme-médecine, un vrai, capable de jeter des sorts en s'alliant avec l'Autre Monde... Voilà, c'est à peu près tout ce que mon cerveau de scientifique rationnelle peut tirer comme conclusion.

Elle tourna la tête vers lui et il lut la peur dans son regard.

— Vous transpirez le danger, Will Travers. Tellement qu'à côté, la petite vendetta que Fat Eddie a lancée contre moi fait figure de rendez-vous pour un bal de la promo !

Pour quelqu'un qui hurlait de terreur il y a à peine une minute, son cerveau fonctionnait très bien. Il ne pouvait que saluer sa maîtrise. Pourquoi n'était-ce pas une femme comme Annie Parrish que lui envoyait Tutanji quand il voulait l'aider, au lieu de ces fichus serpents ?

Quoi qu'il en soit, la belle Amazone avait eu une trouille bleue. Ce qui se comprenait. C'était en fait la troisième fois que quelqu'un tentait de monter à bord du *Sucuri* sans la permission de son propriétaire. Les deux fois précédentes, le même phénomène s'était produit : les intrus avaient vu un serpent immense – un anaconda – jaillissant de la timonerie. Naturellement, le bruit s'était répandu à toute allure dans la région : le bateau de Travers était gardé par un monstre !

Will en avait pris son parti, il avait même fini par baptiser le bateau du nom de *Sucuri*.

– J'ai quelques problèmes, admit-il. Mais rien d'ingérable, tranquillisez-vous.

— Que vous dites ! Non, il faut que je m'en aille, que…

— D'accord, mais pas maintenant, pas ce soir, Annie.

— Vous êtes dangereux.

— Vous non plus, vous n'avez pas une vie de tout repos. Et puis, nous nous entendons bien, non ?

— J'ai peur des serpents.

Un euphémisme. Il aurait juré qu'il s'agissait d'une vraie phobie.

— Vous n'êtes pas la seule, vous savez.

— Je fais des rêves. Des rêves de serpents. Des cauchemars horribles. Je me réveille en nage, trempée. J'étouffe.

— Écoutez, Annie, nous discuterons de nos cauchemars plus tard, quand nous serons loin d'ici, d'accord ?

À cet instant, Juanio poussa un vague grognement. Will la pressa.

— Venez ! Vous ne pouvez pas rester ici, vous vous en rendez bien compte !

Elle le fixa un long moment, puis ses épaules se voûtèrent et il sut qu'il avait gagné. Pour le moment.

*
* *

Au bout d'une heure de navigation, Will trouva un point d'ancrage sur une des petites îles qui pullulaient sur la rivière.

Juanio se trouvait toujours à bord et n'avait pas repris connaissance. Annie, qui le surveillait vaguement tout en réfléchissant, commençait à se demander s'il était possible de tomber dans le coma à la suite d'une frousse intense. Quant à Luiz, ils l'avaient abandonné à bord de l'hydravion.

Will avait pris soin de couper la radio, puis il avait distribué le contenu de la boîte à outils aux enfants, accourus au premier sifflement. Tels de petits piranhas voraces et bavards, ces derniers s'étaient agglutinés autour de l'hydravion, qui avec une clé anglaise, qui avec un marteau, qui avec une scie. Et, méthodiquement, joyeusement, ils avaient entrepris de désosser la carcasse rouillée.

Quand le *Sucuri* s'était éloigné du port de Barcelos, la première aile avait déjà disparu, et deux petits morveux remontaient en courant le ponton de bois, serrant sur leur poitrine les sièges en skaï du Cessna.

À ce rythme, avait songé Annie, Luiz aurait de la chance s'il restait un flotteur à son réveil!

Depuis, la jeune femme cogitait. Les émeraudes et les diamants que transportait Will étaient destinées à Corisco Vargas. Cela signifiait par conséquent que Will et elle se rendaient exactement au même endroit, à une différence près: l'homme qu'elle tenait absolument à éviter était celui-là même qu'il voulait rencontrer.

Une autre évidence s'imposait à elle: Travers devait posséder une carte du site minier de Reino Novo et de ses environs. Ce qui pouvait l'aider, elle, à retrouver l'*Epidendrum luminosa*.

À ce stade de ses réflexions, elle ferma les yeux. Aussitôt, l'image de l'anaconda géant surgit dans son cerveau. Elle frissonna. Maudite bête! Pas de doute, elle l'avait vue se dresser dans la timonerie, gueule ouverte, crochets étincelants… Et elle l'avait reconnu sur-le-champ : c'était le serpent de ses cauchemars, celui qui lui rendait visite la nuit.

Hallucination ou réalité ? Elle l'ignorait. Tout ce qu'elle savait, c'est qu'elle n'était pas près d'oublier cette vision d'épouvante.

Le vrombissement du moteur se tut tout à coup. Will apparut.

— Je vais amarrer le bateau, annonça-t-il. Il y a un peu de tabac dans le tiroir de la cabine. Allez donc souffler un peu de fumée dans le nez de Juanio pour le réveiller.

En Amazonie, le tabac était un remède souverain pour la plupart des maux. On le fumait, on le chiquait, on en faisait du sirop, ou bien on l'avalait, avec des résultats très probants. En général, les hommes-médecine y avaient recours en tout premier lieu, et ce n'était sûrement pas un hasard si Travers venait de faire cette suggestion.

Annie s'en alla fouiller dans le tiroir qui était bourré de feuilles, de racines, de fleurs et de bourgeons divers. Certaines plantes étaient rangées dans des sachets et étiquetées, d'autres non. Il y avait là plus d'une vingtaine de petits pots en terre qui renfermaient des substances végétales, une grosse coloquinte qui faisait office de gourde, ainsi qu'une livre d'*Erythroxylum novogranatense*, soit des feuilles de coca.

Enfin, Annie dénicha une petite tabatière en tissu. Rapidement, elle roula une cigarette.

Lorsque Travers revint, elle était assise sur le pont près de Juanio et lui soufflait la fumée dans la figure.

— Vous voulez du café ? proposa Will.

— Oui, merci.

Quelques minutes plus tard, il vint s'asseoir près d'elle et lui tendit une tasse de café brûlant et sucré. Elle le remercia. Il lui prit la cigarette des mains, aspira une longue bouffée qu'il rejeta vers le visage poupin du Brésilien.

— Allez, Juanio, réveille-toi !

Annie but une gorgée de café, huma l'odeur entêtante du tabac. Elle se serait sentie divinement bien… s'il n'avait pas fait 40 °C si le taux d'humidité n'avoisinait pas les 99 %, et si elle n'avait pas été aussi proche de cet homme, le plus troublant qu'elle ait jamais rencontré.

Il était trop « excessif », trop sauvage, trop libre ; rien à voir avec le dégénéré qu'on lui avait dépeint. Et puis, il y avait ces pierres précieuses qu'il allait remettre à Vargas, ce mystère qui l'entourait, son initiation chamanique qu'il n'avait même pas cherché à nier, et surtout l'apparition surnaturelle de l'anaconda géant !

— Juanio, réveille-toi que nous puissions bavarder un peu, chantonnait Will.

Et enfin, bien sûr, il y avait le problème majeur : il l'avait embrassée.

Ce n'était pas une première pour Annie, évidemment. Des baisers, elle en avait reçu, assez justement pour se rendre compte que ce baiser était différent. L'expérience l'avait assurément troublée et alarmée. Si un malheureux baiser la mettait dans cet état, que se serait-il passé si les choses avaient été plus loin ?

Elle se remémora son déhanchement lascif Chez Pancha… ses lèvres avides emprisonnant les siennes… leur goût épicé… et son désir croissant. Elle avait eu l'impression de vivre l'un de ces baisers de cinéma qui font rêver les spectateurs mais n'arrivent jamais dans la vraie vie.

— Comment vous sentez-vous ?

Elle tressaillit au son de sa voix, rejeta vivement la tête en arrière en sentant ses joues la brûler.

— Heu… bien. Ça va.

— Oui, vous avez repris des couleurs.

Elle n'allait pas lui dire qu'il l'avait complètement chamboulée et qu'elle était en train de se demander s'il était capable de recommencer. Non, elle ne devait pas penser à cette étreinte. Mieux valait encore se concentrer sur Vargas.

— Hum… Dites-moi, pourquoi amenez-vous des pierres à Corisco Vargas ?

— Ce sont… des affaires.

— Quel genre d'affaires ?

Il haussa les épaules, tira une nouvelle bouffée sur sa cigarette.

— Vous m'avez mise en garde contre Fat Eddie, mais vous savez, Vargas est bien pire, insista-t-elle.

— Qu'est-ce qui vous fait dire ça ?

— Fat Eddie aime jouer les caïds et faire la loi à Manaus. Il adore manipuler les gens en leur faisant miroiter de l'argent. Même cette histoire de têtes réduites, ce n'est qu'une rodomontade de fier-à-bras destinée à semer la terreur, à se faire mousser. Vargas, en revanche…

Sa voix mourut. Évoquer Vargas était périlleux. Elle ne voulait pas remuer les vieux souvenirs enterrés dans un coin de sa mémoire.

— Quoi, Vargas ?

— Il est… imprévisible. On ne peut pas miser sur sa vénalité. Sa relation au pouvoir est plus subtile que celle de Fat Eddie. Il a l'âme tortueuse, il aime les jeux d'esprit et il y excelle.

— Avez-vous peur de lui ?

— Je serais idiote si je n'avais pas peur de lui !

— Et moi ? Me craignez-vous ?

Elle pesta intérieurement de s'être ainsi laissé prendre au dépourvu. Elle fit semblant d'hésiter quelques secondes.

— Eh bien… non. Écoutez, il nous reste au moins une journée à passer ensemble sur ce bateau, sans doute plus, à moins que la chance ne tourne en ma faveur.

Aussi j'aimerais que notre relation prenne un tour plus professionnel. Après tout, vous êtes botaniste, ou plutôt vous l'étiez. J'ai lu tous vos ouvrages. Nous n'avons jamais parlé de l'Amazonie d'un point de vue scientifique, nous sommes trop…

— … trop occupés à défendre nos vies, acquiesça-t-il en souriant, avant d'ajouter : Moi aussi, j'ai lu vos publications. La dernière est parue dans le mensuel *Ethnobotanie*, il y a deux ans.

Annie ne put étouffer une ridicule bouffée de fierté.

— L'article sur les apiculteurs Barasana ?

— Oui. Il y a deux mois, j'ai transporté sur mon bateau une entomologiste qui l'avait lu, elle aussi.

— Comment s'appelle-t-elle ?

— Le Dr Erica Grunstead. Vous la connaissez ?

— Bien sûr. Nous nous sommes croisées à plusieurs reprises à la RBC.

La charmante Erica était la preuve vivante qu'on pouvait être à la fois une chercheuse hors pair, une scientifique brillante et une vraie dame. Son élégance et son assurance avaient impressionné Annie.

— Elle est adorable, renchérit-elle. Elle s'est toujours montrée très gentille envers moi.

— Et c'est une tronche !

— Elle est sortie de Harvard, non ? demanda Annie innocemment, bien qu'elle sache pertinemment qu'Erica Grunstead avait fait partie de la même promotion que Will Travers.

— Oui. Mais c'est à Cambridge que je l'ai connue. Elle n'a pas beaucoup changé depuis. Une jolie fille. Toujours parfaitement coiffée. Mais elle ne sait pas dégoupiller une grenade, *elle*.

Annie ne put s'empêcher de mordre à l'hameçon et protesta :

— C'est à cause de l'humidité si mes cheveux se hérissent !

Il éclata de rire et elle s'empourpra jusqu'aux oreilles.

— Annie, nous allons rester beaucoup plus d'une journée sur ce rafiot. J'espérais avoir trouvé la solution en vous amenant à Barcelos. Mais c'est raté...

— Par votre faute. Ce n'est pas moi qui suis poursuivie par des voleurs de pierres précieuses.

— Non, vous c'est un psychotique obèse, adepte de la machette qui vous court après.

Elle retint un geste exaspéré. Elle était trop lasse pour une joute verbale.

— Vous devriez me laisser gagner une fois de temps en temps, ça changerait, persifla-t-elle.

— Je vous octroie la victoire dans la catégorie « gastronomie ». Erica ne sait pas cuisiner, tandis que vous nous avez concocté de très bons petits plats.

Elle le fusilla du regard et affronta un sourire malicieux si contagieux qu'elle ne put empêcher les commissures de ses lèvres de se retrousser. Comment diable s'y prenait-il pour abattre sans cesse les barrières qu'elle érigeait entre eux ?

— Vous ne voulez décidément pas être sérieux ?

— Je suis tout à fait sincère. Erica serait incapable de faire cuire un œuf, et je ne parle pas de vider un poisson. De plus, elle est restée une semaine à bord du *Sucuri* et pas une seule fois je n'ai eu l'idée de la plaquer contre un mur pour l'embrasser à perdre haleine.

Il avait prononcé ces dernières paroles sur un ton tout à fait naturel, alors qu'Annie rougissait comme une pivoine et faillit basculer par-dessus bord. Elle aurait voulu lui river son clou, répliquer que d'ordinaire les hommes ne la jugeaient pas particulièrement attirante, que plus ils la connaissaient, plus ils se désintéressaient d'elle.

Mais Will ne ressemblait à aucun autre homme, et il n'avait aucune raison d'être intimidé par ses diplômes, son intelligence, ses années d'expérience passées à cra-pahuter dans la forêt amazonienne, autant de choses qui effrayaient les machos craignant pour leur ego. Et Will n'était pas non plus impressionné par sa réputa-tion. Sur ce plan, il la surpassait nettement, à la fois en bien et en mal, ce qui ne risquait pas de changer…

… sauf si elle retrouvait l'*Epidendrum luminosa*. Et alors, tous les rêves seraient permis.

— Je trouve curieux que vous ne soyez pas attiré par Erica. Elle est pourtant ravissante, objecta-t-elle avec une nonchalance feinte.

— Vous êtes très différente. Savez-vous que vous avez une petite bosse sur le nez ?

— Oui, merci de me le rappeler !

— Et que, quand vous souriez – ce qui n'arrive pas très souvent –, l'un de vos yeux pétille plus que l'autre ?

— Cessez de me détailler ! Vous ne pouvez pas vous occuper de vous pour changer un peu ?

— Depuis deux jours, j'ai du mal, en effet. Vous avez sérieusement chamboulé mes plans, Annie. Mainte-nant, je ne sais absolument pas quoi faire de vous.

— Vous n'avez qu'à me déposer là où je veux aller. C'est pour cela que je vous ai payé, non ? Ou bien, prê-tez-moi votre canoë et laissez-moi sur le Marauia.

De là, elle rejoindrait le Cauaburi, seule.

Will reporta son attention sur Juanio et le secoua d'une brusque bourrade. L'autre grogna plaintivement.

— Je songe plutôt à vous laisser ici, murmura-t-il.

— Comment ça, ici ? Vous ne voulez tout de même pas dire…

— C'est une très jolie petite île au milieu de la rivière. Vous avez assez d'armes pour envoyer la moitié du Bré-sil rôtir en enfer, au cas où de pauvres inconscients vien-draient vous chercher noise. Je reviendrai vous chercher dans quinze jours pour vous emmener à la *Serra da Neblina*, sur la frontière vénézuélienne. Et de là, nous filerons sur le Marauia chercher votre *Aganisia cyanea*.

Annie s'était dressée d'un bond.

— Je vous préviens, il n'en est pas question ! Je ne vous laisserai pas partir sans moi !

— Ah non ? Et comment comptez-vous m'en empêcher, ma chère An... ?

Sa dernière pensée lucide fut d'admettre que, décidément, elle était très rapide et très forte.

14

Will s'éveilla au cœur de la nuit, au doux bruisse-
ment du fleuve qui coulait le long de la coque et du
chant des cigales sur les berges.

Il était étendu sur le plancher de la cabine, là où
Annie l'avait allongé. Aucune lanterne ne brûlait sur le
bateau qui se déplaçait lentement.

Dans la timonerie dont la porte était restée ouverte,
Annie tenait la barre et pilotait le *Sucuri* à la lueur de
la lune, sous un ciel piqueté d'étoiles, le moteur main-
tenu au régime le plus bas.

Une mutinerie, s'indigna-t-il. Voilà comment cela
s'appelait, ni plus ni moins !

Elle avait toutefois glissé un coussin sous sa tête. Par
pure prévenance, sans doute.

Durant une bonne minute, il tenta de se rappeler ce
qui s'était passé. Elle ne lui avait pas donné de coup de
poing, pas de coup de pied, elle ne l'avait même pas
frappé. Elle l'avait juste saisi par le cou, et puis... plus
rien.

Précautionneusement, il tourna la tête de gauche
à droite pour s'assurer qu'il n'avait rien de cassé
et jeter un coup d'œil autour de lui. Il n'éprouvait
aucune douleur et, apparemment, ne souffrait d'aucune lésion.

Juanio avait disparu.

Qu'avait-elle fait du *garimpeiro* ? Probablement la même chose que lui projetait de faire. Ils semblaient raisonner de façon similaire. Il n'y avait plus qu'à espérer qu'elle lui avait posé les bonnes questions avant de se débarrasser de lui.

Lentement, il étira ses membres. Tout était en état de marche. En fait, il se sentait plutôt bien, même reposé. Ces derniers jours avaient été un vrai calvaire, il n'avait presque pas dormi. Cette petite sieste l'avait requinqué.

Il s'étira de nouveau, croisa les doigts sous sa nuque et s'installa confortablement pour mieux l'observer. C'était un vrai poison, cette fille. Pour n'importe quel homme et pour lui en particulier. Tout partait en vrille. Il ne pouvait pas l'emmener là où il allait ! Et il ne pouvait pas la laisser aller où elle voulait !

Ils étaient donc dans une impasse.

— Je crois que nous sommes amoureux, déclara-t-il à voix haute. Qu'en pensez-vous ?

— Je crois plutôt que nous sommes dans le pétrin, rétorqua-t-elle après lui avoir jeté un coup d'œil. Comment vous sentez-vous ?

— En pleine forme.

C'était la stricte vérité. Il se réjouit de la voir trahir un certain soulagement. Elle n'avait pas eu l'intention de le blesser.

— Comment appelez-vous ce que vous m'avez fait ?

— Une clé de Vulcain.

— Vous me l'apprendrez ?

— Certainement pas.

Elle lui tourna le dos et corrigea légèrement la trajectoire du bateau. Will sentit le *Sucuri* répondre aussitôt et dévier sa course.

— C'est grâce à une clé de Vulcain que vous vous êtes défendue pendant l'épisode du singe laineux ?

— En gros, oui.

La réponse était plutôt évasive. Fallait-il comprendre qu'elle maîtrisait d'autres prises et manchettes neutralisantes?

— Si nous m'enseigniez cette technique, nous formerions une équipe imbattable.

— J'en doute.

Elle pencha la tête pour apercevoir le ciel. Une longue branche d'arbre plia contre le montant de la timonerie, recouvrit la vitre d'un écran de feuilles, avant de se rabattre en cinglant l'air. Annie ne frémit même pas, mais Will sauta sur ses pieds.

— Annie! Vous naviguez beaucoup trop près de la rive!

Il tendit la main vers la barre, mais elle avait déjà éteint le moteur. Le *Sucuri*, porté par son élan, s'enfonça dans la végétation avant de s'immobiliser contre des racines.

— Chut! Écoutez... lui intima-t-elle.

Il se figea, dressa l'oreille et perçut à son tour ce qu'elle avait entendu.

— Un avion.

— Regardez!

Elle pointa l'index vers un mince rayon lumineux qui balayait un coude que formait la rivière en amont.

— C'est la troisième fois qu'il passe en une heure, précisa-t-elle.

La lumière grossissait rapidement. Le projecteur devait être particulièrement puissant. Inutile de se creuser longtemps la cervelle pour comprendre que l'avion était à la recherche du *Sucuri*.

— Qu'avez-vous fait de Juanio?

— Je l'ai balancé par-dessus bord. Mais comme nous étions juste tout près de Losas, il ne risque rien. Il n'a eu qu'à se laisser flotter jusqu'au quai. J'ai vu quelqu'un le hisser sur le ponton.

Losas était un campement de pêcheurs situé au nord de Barcelos. Il y avait toujours deux ou trois embarcations qui demeuraient à quai pendant que d'autres faisaient la navette. C'était exactement à cet endroit que Will avait envisagé de larguer le Brésilien.

— Vous lui avez d'abord tiré les vers du nez, j'espère ?

— Je l'ai pressé comme un citron afin de recueillir le concentré de sagesse qui suinte de sa cervelle.

— Oh, je vois... Vous n'en avez rien tiré.

Il n'avait pu masquer sa déception. C'est Luiz qu'ils auraient dû garder à bord.

— Il n'avait qu'une chose à dire et il ne cessait de la répéter, encore et encore, de la bégayer plutôt. J'ai peur qu'il n'ait perdu la raison lorsqu'il a vu l'anaconda. Depuis, ses méninges tournent à vide. Enfin, il a quand même eu la présence d'esprit d'alerter qui de droit de notre passage à Losas. Quelqu'un doit avoir une radio là-bas. Si ce n'est pas nous qu'on cherche dans un trou pareil à 3 heures du matin, je ne vois pas qui...

Will ne voyait pas non plus.

— Ce ne peut être que Vargas, raisonna-t-il. Fat Eddie ne possède qu'un avion, celui que nous avons laissé en pièces détachées à Barcelos.

— L'hydravion ? C'était celui de Fat Eddie ?

— Oui. Luiz est son pilote attitré.

— Est-ce que Fat Eddie a conscience qu'il n'a plus la maîtrise de son réseau, que ses hommes l'abandonnent ?

— Maintenant, il doit s'en douter. Bientôt, c'est Vargas qui aura les rênes en main, si personne ne l'arrête. Et les types comme Fat Eddie finiront joueurs de bonneteau dans les rues de Manaus.

— Ce n'est pas possible ! Fat Eddie règne sur Manaus depuis plus de vingt ans. Il ne se laissera pas évincer si facilement.

— Entendre ça de la bouche de quelqu'un qui lui a soutiré deux caisses d'armes !

Elle ricana.

— Croyez-moi, il ne risque pas d'être en rupture de stock ! Et puis, n'oubliez pas que j'ai payé ces armes.

— Soit, mais à la mauvaise personne.

— Si vous croyez que c'est facile d'être honnête quand il s'agit de contrebande !

Une philosophie commune à bien des gens qui vivaient sur la rivière. Comment s'étonner qu'Annie Parrish s'attire tant d'ennuis ?

— Et que répétait donc Juanio avec tant de constance ?

Elle lui décocha un bref regard et il se rendit compte qu'elle était beaucoup plus nerveuse que ne le laissait supposer son attitude.

— Il disait : «*Noite do diabo, noite do diabo* !» La nuit du démon. Parfois, il modifiait légèrement sa phrase : «*Diabo nocturno*», mais c'était visiblement toute l'étendue de son vocabulaire.

Will ravala un juron. En fin de compte, il disposait de moins de temps qu'il ne l'avait cru. Vargas agissait plus vite que prévu.

Ils attendirent en silence que l'avion passe et continue son exploration du fleuve. Lorsque l'appareil fut enfin hors de vue, Will remit le contact. Annie recula pour qu'il puisse accéder à la barre.

— Alors, cette nuit du démon, qu'est-ce que c'est ? demanda-t-elle.

— Une superstition née dans les mines d'or, du côté de la frontière nord. Les *garimpeiros* se sont mis en tête qu'une nuit le diable descendra sur la rivière pour détruire tout sur son passage, voler les âmes des humains et saccager la forêt amazonienne. À l'ouest de São Gabriel, les gens croient en général qu'il prendra la forme d'un jaguar. À l'est, on penche plutôt pour un anaconda.

— Un anaconda ? Comme celui que j'ai vu ici ?

— Non, pas comme celui-là. Un anaconda bien plus gros, gigantesque, comme l'anaconda ancestral qui amena les Indiens ici aux tout premiers temps, leur donna ces terres et l'or qu'elles renferment. D'une certaine façon, les mineurs y voient une expiation de leurs propres péchés. Ils polluent la rivière, apportent la malaria, contaminent les Indiens avec d'autres maladies, enlèvent et séquestrent leurs femmes, réduisent les hommes en esclavage… Enfin, vous connaissez la situation. Et on dit qu'un jour, la forêt se vengera.

— Je vois. Mais une nuit du démon ? Cela semble un peu exagéré.

— On dit également que celui qui survivra au chaos deviendra immensément riche et sera purgé de toutes ses fautes.

— Par le diable ?

— Les notions de Dieu et de diable ne sont pas très claires par ici, vous savez.

Annie haussa les épaules, l'air sceptique. Évidemment, pour quiconque avait un semblant de culture chrétienne, c'était une mythologie plutôt complexe.

Will tourna la barre pour replacer le bateau dans le courant du fleuve. Annie reprit :

— Qui symbolise ce fameux démon ? Vargas ?

— Je pense, oui.

— Juanio croit que c'est vous.

— Ah bon ? L'a-t-il dit expressément ?

— Oui, sur le quai à Barcelos, il a désigné le *Sucuri* comme le « bateau du diable », et Luiz a rétorqué que, sans vous, ce n'était qu'un bateau comme les autres.

— Oui, je m'en souviens ! Enfin, on peut peut-être m'accuser en toute légitimité d'être un peu démon, toutefois je ne crois pas avoir encore acquis la notoriété du vrai.

— Je suis en danger ici, n'est-ce pas ?

— Il me semble que la question ne se pose plus depuis le matin où nous avons quitté le ponton de la RBC.

— Je ne parle pas de Fat Eddie. Je veux dire… ici, avec vous, à cause de ce tatouage, de cette vision d'apocalypse que nous avons eue Juanio et moi, quand nous sommes montés à bord.

— Ce n'était pas à cause de vous, Annie. Je ne vais pas vous dire que je comprends parfaitement ce qui s'est passé, mais je sais que l'avertissement était destiné à Juanio. Je ne vous veux aucun mal. Jusqu'à présent, je me suis plutôt démené pour qu'il ne vous arrive rien. Mais on dirait que le filet se resserre autour de vous de minute en minute.

— Et vous?

— Mon cas n'évolue pas aussi vite que le vôtre. Je me doutais bien qu'on chercherait à récupérer les pierres de Fat Eddie, seulement personne ne me serait tombé dessus à Barcelos si...

— ... si je n'avais pas été à bord, c'est ça?

Il haussa les épaules et objecta:

— Bah! Après tout, je suis assez grand pour me mettre tout seul dans la panade.

Elle ne répondit pas, baissa les yeux pour regarder filer l'eau contre la coque. Elle avait l'air épuisé. C'était sa faute et il s'en voulait. Il avait trouvé ses lèvres si douces... Elle lui avait rendu son baiser alors qu'elle avait vu son tatouage. Il fallait reconnaître que c'était avant sa rencontre avec le *sucuri*.

Maudit anaconda!

Le clair de lune et la fatigue durcissaient le visage de la jeune femme. Sa blondeur dorée prenait des reflets argentés, sa bouche semblait plus mince, les cernes sous ses yeux s'accusaient.

Il n'aurait jamais dû cesser de l'embrasser malgré les deux crétins et leurs pistolets. Il aurait dû monter à bord du *Sucuri* avec Juanio. Elle aurait réglé son compte à Luiz toute seule comme une grande, d'une simple clé de Vulcain!

— Vous devriez prendre un peu de repos. Je vous réveillerai quand nous serons arrivés à la mission, promit-il.

— Je ne peux pas dormir. J'ai trop peur, avoua-t-elle sans détour.

— De moi ?

— Non, pas de vous. J'ai peur de rêver de l'anaconda. Je l'ai très nettement distingué, vous savez. Il était vert et noir, il faisait plus de dix mètres et il pesait dans les trois cents kilos à vue de nez. Une femelle *Eunectes murinus*, énorme, qui prenait presque tout l'espace dans la cabine…

— Une femelle ? Dites-moi, il faisait plutôt sombre. Il faudrait vraiment être un expert en herpétologie pour déterminer le sexe d'un serpent de cette manière !

— Non. Je l'ai *reconnue*. C'est le serpent de mes rêves. Il m'accompagne sur le Rio Negro depuis trois ans. Ce que je ne comprends pas, c'est ce qu'il fabriquait sur votre bateau alors que j'étais parfaitement réveillée. Mais je crois… oui, je crois que je ne tiens pas à le savoir ! conclut-elle, lasse.

De temps en temps, comme en cet instant précis, Will se demandait s'il n'était pas resté trop longtemps en Amazonie.

C'était une région immense. Le fleuve à tête tentaculaire d'hydre drainait une zone de plusieurs millions de kilomètres carrés constituée uniquement de forêt, une forêt infinie qui vivait, respirait, dévorait la lumière équatoriale pour la transformer en une entité verte, foisonnante, grouillante d'esprits et de démons.

La sorcellerie était partout. D'invisibles fléchettes jaillissaient de la main des chamans et allaient se planter dans la chair de leurs ennemis. Les descendants du jaguar en portaient la preuve tatouée sur leur peau. Ici régnait une magie où n'intervenait aucun dieu, seulement des êtres, certains visibles, d'autres non. L'homme n'était pas distinct des autres créatures et plantes vivantes de ce monde ou de l'Autre. C'était un lieu fluctuant sur le plan géographique et dans la conscience qu'on en avait.

Will s'était perdu dans cet univers étrange. Mais quelqu'un l'y avait retrouvé. Il avait frôlé la mort quand les terribles anneaux s'étaient enroulés autour de lui et que les crochets acérés s'étaient plantés dans son épaule. Il avait lutté contre l'anaconda, esprit de Tutanji et, au lieu de mourir, c'est lui qui avait triomphé, galvanisé par un incroyable instinct de survie.

Et maintenant, voilà qu'il apprenait que l'esprit-serpent du vieux chaman, celui-là même qui protégeait son bateau, hantait également les rêves d'Annie Parrish !

Quel était le sens de tout cela ?

Seigneur, il était vraiment resté trop longtemps en Amazonie !

Tout à coup, il ôta le collier qui pendait à son cou.

— Tenez, dit-il. Portez-le et je vous promets que vous ne rêverez pas, du moins pas de serpents.

Elle le considéra avec surprise et, un moment, il crut qu'elle allait refuser. Puis, lentement, elle saisit le collier. Il l'aida à le nouer et les crocs cliquetèrent contre le cristal quand, du bout des doigts, il effleura les mèches soyeuses sur sa nuque.

— Merci. Je... euh... je ne doute pas de ma santé mentale. J'ai vu ce que j'ai vu, j'ignore seulement si c'était réel. J'ai un ami, Gerhardt, qui a mené des études scientifiques au Brésil. Il répète tout le temps qu'en Amazonie, la métaphore n'est pas une métaphore.

— Un anthropologue, hein ?

— Naturellement.

Le ton indiquait que seul un expert en anthropologie, science non cartésienne, pouvait tenir ce genre de propos.

— S'il était là, Gerhardt me dirait qu'un serpent géant qui surgit du néant, puis disparaît dans la foulée, pourrait fort bien être un animal réel, et non une hallucination provoquée par la peur sur un esprit affaibli. Peut-être a-t-il raison ? Peut-être la science n'a-t-elle pas encore atteint ce stade de compréhension ?

— Peut-être.

Will n'avait pas de mal à en convenir. Depuis trois ans, la science ne représentait plus grand-chose pour lui.

— Quoi qu'il en soit, j'ai peur de ce que j'ai vu.

— Mais pas suffisamment pour quitter le pays, n'est-ce pas ?

— Exact.

Il commençait à cerner sa personnalité.

Comme elle caressait machinalement le cristal, son regard se posa sur la bouche de Will. Il ne s'attendait pas qu'elle trahisse de manière aussi nette son besoin de réconfort. Il réagit d'instinct, sous le coup d'une émotion profonde et mystérieuse. D'un pas, il franchit la distance qui les séparait et posa ses lèvres sur son front.

D'un geste automatique, elle lui enserra la taille. Il fit glisser sa bouche sur sa joue, frôlant ses cils épais, humant le parfum frais de sa peau, et il la sentit s'alanguir contre lui.

Il eut envie de la supplier : « Reste avec moi, Annie Parrish. Embrasse-moi et faisons l'amour... »

Mais elle ne s'alanguissait pas seulement sous l'effet du désir, elle était en train de s'endormir debout !

Il la retint d'une main et, de l'autre, décrocha du mur l'extrémité de son hamac qu'il tendit en travers de la cabine.

— Vous dormirez ici ce soir. S'il se passe quoi que ce soit, je ne serai pas loin.

Ce n'était qu'un prétexte pour la garder. De toute façon, il était sûr qu'elle n'avait aucune envie de dormir seule dans l'autre cabine.

Une fois couchée, elle sombra immédiatement dans le sommeil encerclant des deux bras l'oreiller de Will. Il remarqua qu'elle portait son éternel sac-banane accroché à la taille. Le seul objet lui appartenant qu'il n'avait pas encore eu l'occasion de fouiller…

Elle n'y rangeait pas son passeport puisqu'il avait trouvé tous ses papiers d'identité dans son sac à dos kaki.

Il n'hésita pas plus de trois secondes avant de céder au bon sens et de faire sauter l'attache en plastique. Il ne pouvait pas se permettre de lui laisser ses petits secrets, quels qu'ils soient. En quelques mouvements rapides et silencieux, il fit coulisser la sangle et récupéra le sac.

Annie, engloutie dans un sommeil de plomb, ne soupira même pas.

Il se tourna vers la barre, corrigea distraitement le cap, avant d'ouvrir la fermeture Éclair du sac. À l'intérieur, il trouva un autre petit sac, noir également. Il s'en empara et, à son contact, devina qu'il contenait un de ces tubes en verre qu'on utilise pour prélever des échantillons.

Qu'y avait-il là-dedans ? L'*Aganisia cyanea*, sans doute ; cette orchidée bleue qu'elle était si désireuse de ramener du Marauia. Étant donné qu'Annie n'y avait pas remis les pieds depuis un an, la fleur ne devait pas être en très grande forme…

À moins qu'il ne s'agisse d'une substance dangereuse, un poison par exemple ?

Il s'attendait à tout, sauf à ce qu'il découvrit la seconde suivante.

Une merveille.

Dans l'obscurité, la fleur luisait doucement et, à travers le verre, jetait un halo irisé sur ses doigts.

Lentement, il leva le tube, le tourna, incrédule, ébloui par cette extraordinaire féerie.

Mon Dieu ! Pas étonnant qu'Annie soit revenue au Brésil en dépit de tout et qu'elle soit si résolue à rester, coûte que coûte, envers et contre tous !

L'orchidée lumineuse qui flottait dans sa solution protectrice n'était pas une *Aganisia cyanea*. Will ignorait de quoi il s'agissait. Il savait seulement qu'il se trouvait devant une magnifique et délicate anomalie végétale.

La bioluminescence n'était pas un phénomène si rare en soi. Mais la qualité de la lumière émise par la fleur fragile était absolument remarquable. Elle n'était pas statique, elle faseyait en petites ondes frémissantes, dorées et couronnées de vert. Les pétales bleu foncé s'ornaient d'un cœur ivoirin. Les sépales, bleus également, avaient une forme longue et recourbée, et la corolle tout entière semblait poudrée de flocons d'or.

Will n'en revenait pas. Il ne parvenait pas à détacher le regard de ce spectacle fascinant. Il n'avait jamais rien vu de tel. Personne, d'ailleurs. Hormis Annie Parrish.

Elle lui avait proposé de fixer lui-même son tarif pour qu'il l'emmène à Santa Maria, s'était dit prête à payer n'importe quel prix, et elle ne mentait pas. Ce trésor valait une véritable fortune.

Il jeta un coup d'œil en direction du hamac et esquissa un sourire. Jusqu'au bout, elle lui avait caché la vérité pour garder son secret. Même dans l'auberge de Barcelos, alors qu'elle était persuadée que l'hydravion venait la chercher et qu'elle n'avait plus rien à perdre, elle avait bataillé et joué la comédie pour ne pas lui révéler sa véritable motivation.

Il ne pouvait pas l'en blâmer. À une autre époque de sa vie, un spécimen botanique de cette rareté l'aurait passionné. C'était une découverte fantastique. Annie était brillante et, il fallait l'admettre, sacrément têtue.

Pourtant, orchidée ou pas, elle risquait fort de finir bientôt sous la machette de Fat Eddie Mano. Pendant que Corisco Vargas attendrait son tour…

N'importe quelle personne sensée aurait renoncé dès Manaus, ou en voyant la tête de Johnny Chang barboter dans le fleuve, ou face à l'anaconda géant qui « habitait » le bateau.

D'accord, elle avait été sur le point d'abandonner après l'épisode du serpent, et c'est d'ailleurs lui qui l'en avait empêchée. Mais, bon sang, il ne pouvait tout de même pas la laisser seule à Barcelos ! Même si elle était championne de la clé de Vulcain !

Et lui, en dépit de sa peur, était bien obligé de rejoindre le Cauaburi. Il devait arrêter Vargas, trouver le moyen de l'anéantir, sans quoi ces trois dernières années et le marché passé avec Tutanji n'auraient plus aucun sens.

Dans l'intérêt général, il ne pouvait pas échouer.

Mais cela ne lui disait pas ce qu'il allait faire d'Annie Parrish et de sa fabuleuse orchidée.

Will fixait toujours la fleur auréolée d'une lumière qui émettait des vibrations et le mettait presque en état d'hypnose.

Des heures plus tard, il s'arracha à grand-peine à sa contemplation, remit le tube dans le petit sac noir qu'il glissa ensuite dans le sac-banane.

Il vérifia la position du bateau, avant de rester un long moment à observer le velours de la nuit au-dessus du fleuve qui se mouvait avec paresse. Il chercha la voie lactée, ces milliards de points brillants qui formaient une masse neigeuse dans l'espace.

Les plantes l'avaient toujours captivé. Il était toujours étonné par leur capacité à transformer la lumière du soleil en nourriture, par leur diversité, par leurs couleurs : les bleus vibrants, les rouges éclatants, les jaunes flamboyants, et surtout les nuances de vert déclinées à l'infini.

Il avait passé sa vie à étudier leur complexité, du séquoia géant du nord-ouest du Pacifique, au simple brin d'herbe qui pousse dans n'importe quel jardin. Il avait récolté des spécimens, les avait examinés, répertoriés, contemplés des heures durant ; il avait disserté sur le sujet, aussi bien sur le terrain que dans les salles de conférence du monde entier.

Durant toutes ces années, l'idée ne l'avait pas effleuré une seule fois qu'un végétal ait la capacité de communiquer avec l'homme.

Jusqu'à cette nuit.

15

Fernando, qui tenait le *garimpeiro* par le col de sa chemise, le traîna jusque dans le patio avant de le laisser tomber comme une masse aux pieds de Corisco Vargas.

— Voilà le message de Losas, expliqua le colosse. Et un autre de Manaus, ajouta-t-il en tendant une enveloppe.

— Intéressant, murmura Corisco.

Il baissa les yeux sur le corps inerte, avala une gorgée de son café matinal. De sa main libre, il s'empara de la lettre.

Une servante vêtue d'une tunique jaune déposa sur la table une assiette pleine de crêpes toutes fraîches, puis s'inclina dans une petite courbette avant de s'éclipser.

Quatre gardes armés surveillaient le périmètre du patio, raides comme des bambous sous le feuillage des arbres qui protégeait la table de l'ardeur du soleil tropical.

Au milieu de la courette se dressait une fontaine dont les gargouillis peinaient à couvrir le bruit des générateurs et des pompes hydrauliques qui tournaient à plein régime dans les mines toutes proches, au bord de la rivière.

Corisco posa sa tasse et déchira l'enveloppe. Il lut attentivement le papier et son humeur s'assombrit aussitôt.

Il avait entendu l'avion rentrer de sa sortie nocturne. Deux vols quotidiens étaient nécessaires afin d'approvisionner le site en victuailles et en biens de contrebande.

Les avions amenaient également un nombre de plus en plus important de déserteurs de l'armée brésilienne venus chercher à Reino Novo une solde en pépites d'or. Et c'est également par la voie des airs que parvenaient à Vargas les messages de ses divers contacts, tel ce *garimpeiro* qu'on lui expédiait de Losas, et telle cette lettre qui lui annonçait qu'Annie Parrish avait disparu dans la nature depuis son départ de la RBC.

Énervé, il froissa le papier. Il allait mettre sa tête à prix, promettre une énorme récompense pour quiconque la retrouverait. Tous les *garimpeiros, caboclos,* saigneurs d'hévéa et Indiens au nord-ouest de la frontière se lanceraient à sa recherche.

Il finirait bien par la retrouver.

— Fernando, tu as toujours les photos que tu as prises à Yavareté?

Le benêt hésita, réaction inhabituelle qui lui attira un coup d'œil irrité de son patron.

— Eh bien? aboya ce dernier.

— Oui, major.

— Fais-en des affiches qui offrent dix mille *reales* pour la capture de la fille. Je veux que chaque campement, bourgade et port du sud de Manaus les ait avant la tombée de la nuit.

— Bien, major.

Le géant se détournait déjà.

— Et, Fernando…

— Oui, major?

— Fais attention à ce que ce soit uniquement son visage qui figure sur l'affiche.

Les pommettes de Fernando se colorèrent, non pas sous l'effet de l'embarras mais sous celui de la colère. Il n'aimait pas qu'on le taquine sur ses petits plaisirs. Il s'éloigna sur un hochement de tête.

La matinée de Corisco était d'ores et déjà gâchée. Il termina de boire son café, laissa son esprit musarder vers des pensées plus plaisantes.

L'année passée, l'exploitation minière avait connu un boom extraordinaire grâce aux filons de Reino Novo qui produisaient deux kilos d'or par jour. Le site comptait trois restaurants, deux bordels et au moins un mort par semaine pour lequel Vargas n'avait aucune responsabilité. Les mineurs avaient la tête près du bonnet, ils étaient tout à fait capables de s'entre-tuer sans son aide. D'ailleurs, il ne tuait pas sans raison, mais toujours dans un but précis.

Tout comme l'or extrait des mines était utilisé pour un motif bien spécifique.

Face contre terre, le *garimpeiro* gémit. Du pied, Corisco le retourna. Son intérêt s'éveilla aussitôt. Il n'oubliait jamais un visage et il connaissait celui-ci.

— Juanio, quelle bonne surprise !

L'homme ouvrit les yeux et blêmit.

— Major... Vargas ! bégaya-t-il.

Puis il se signa à plusieurs reprises, marmonnant affolé une prière.

Vargas secoua la tête d'un air attristé.

— Juanio, Juanio... Dis-moi que tu n'es pas en train de prier Dieu. Dieu n'a pas Sa place ici, dans les mines. Ah, mais c'est vrai, tu n'es plus mineur ! Non, aux dernières nouvelles, Luiz et toi étiez devenus des hommes de main pour le *senhor* Eduardo de Manaus. C'est un de mes bons amis, sais-tu ?

Un ami qu'on pouvait déjà considérer comme mort si les émeraudes et les diamants n'arrivaient pas comme promis. Fat Eddie Mano était une erreur de la nature, une créature disproportionnée dont l'apparence écœurante choquait l'esprit raffiné de Corisco.

Néanmoins, le gros lui rendait service. Enfin, plus pour longtemps. Bientôt, il n'y aurait plus qu'un seul maître sur le Rio Negro, et tous les petits malfrats sans envergure tels que Fat Eddie seraient éjectés des filières de contrebande.

Juanio secouait la tête frénétiquement, faisant voleter ses longues mèches brunes. Vargas précisa :

— D'ailleurs, Fat Eddie est en route pour Reino Novo. Il doit vérifier l'état d'un colis qu'il m'a envoyé, tu sais, un paquet qui se trouve à bord du bateau qui t'a déposé à Losas.

Juanio pâlit encore. Son teint avait maintenant la couleur de la craie.

— Je trouve très intéressant, Juanio, que tu te sois trouvé à bord de ce bateau avec mes diamants et mes émeraudes. Et le *senhor* Eduardo s'intéresse beaucoup, lui aussi, à ce qui est arrivé à son hydravion.

Juanio semblait sur le point de défaillir. Corisco se demandait s'il n'allait pas défaillir avant qu'il ait le temps de faire un exemple de ce minable.

Estimant tout à coup qu'une réaction s'imposait, Juanio se redressa à grand-peine et se mit à genoux. Tremblant, le buste incliné, il effectua un salut maladroit.

— C'est... c'est Luiz, major Vargas. C'est Luiz qui a volé l'hydravion ! Et il m'a obligé à monter sur le bateau du démon. Moi je ne voulais pas, mais il m'a forcé ! Et alors... c'était horrible ! Exactement comme ce qu'on raconte ! Il y avait un serpent... énorme... Un anaconda...

Corisco dodelina du chef. Il avait entendu parler de ces fables concernant Will Travers selon lesquelles son bateau serait gardé par un serpent géant. Délires de *gringo* imbibé d'alcool !

À une certaine époque, le botaniste aurait été un adversaire potentiel digne de lui. Mais une année passée dans la jungle l'avait plongé dans la démence. Seul

Fat Eddie l'embauchait parfois, car il éprouvait un plaisir pervers à utiliser cette épave humaine autrefois célèbre comme son coursier personnel.

En l'occurrence, le gros avait commis une erreur fatale si Travers n'effectuait pas sous peu sa livraison.

— Qu'est-ce que tu fabriquais sur le bateau du démon, Juanio? Tu n'avais pas l'intention de voler mes pierres, j'espère?

Il n'y avait rien de calculé dans l'expression ahurie du pauvre Juanio. Le *garimpeiro* était incapable de fournir une réponse qui lui aurait permis de sauver sa peau. Il n'avait pas assez d'imagination.

Il lui était plus facile de dire la vérité – que Corisco connaissait déjà de toute façon –, même si cette éventualité avait de quoi effrayer.

Corisco le laissa se débattre avec son dilemme pendant une bonne minute, avant de demander:

— Et mon ex-pilote? Où est-il, ce cher Luiz, hein?

— À Barcelos.

Réponse honnête quoique incorrecte.

Corisco claqua des doigts. On entendit le grincement des roues d'un chariot qu'on poussait dans le patio. Corisco, qui ne quittait pas Juanio des yeux, vit à quel moment exact celui-ci reconnut son acolyte. Celui-ci, ligoté et bâillonné, avait été jeté dans une cage et attendait un sort assurément funeste.

Juanio eut un sursaut de révolte dont Corisco ne l'aurait pas cru capable.

— C'est à cause de la fille! s'écria-t-il. Je suis monté sur le bateau avec elle parce qu'elle me plaisait bien, même si elle est très maigre. Luiz voulait les pierres! Mais moi, je voulais juste la femme blonde, *senhor* major!

Corisco avait froncé les sourcils.

— Une fille? Quelle fille? demanda-t-il sèchement.

— La blonde, toute maigrichonne! Celle qui pose tant de questions. Elle a pointé son grand pistolet droit sur ma tête. À Losas, elle m'a poussé du bateau, et il a fallu que je nage jusqu'au ponton. C'est un miracle si je suis encore en vie, *senhor* ! Un miracle !

Corisco avait écouté Juanio attentivement, très intéressé par ces révélations.

— Comment s'appelle-t-elle, cette fille blonde qui te plaisait tant ?

— Je ne sais pas, moi. Je ne lui ai pas demandé. C'était juste une *puta* de Barcelos que le *gringo* avait dû payer pour la nuit.

Corisco garda le silence. Bien sûr, Barcelos grouillait de *putas* blondes armées jusqu'aux dents qui osaient pousser un homme à l'eau ! Juanio était décidément débile !

Lui-même n'aurait pas employé l'adjectif « maigrichonne » pour décrire Annie Parrish. Sa finesse avait plutôt séduit son sens de l'esthétisme. Et elle ne manquait pas de culot, la petite blonde qui posait beaucoup de questions et brandissait un pistolet.

Ainsi donc, par une coïncidence extraordinaire, elle se trouvait avec Will Travers sur le *Sucuri*, et non sur la vedette de la RBC qui devait l'emmener à Santa Maria !

Corisco pinça les lèvres. Comment son contact de Manaus avait-il pu passer à côté de cette information capitale ?

C'était regrettable et il commençait à s'interroger sur l'efficacité et la fiabilité de son réseau d'espions. Il était décidément très difficile de se faire obéir correctement quand on vivait loin de tout.

Corisco se renfonça dans son siège, claqua des doigts pour réclamer une autre tasse de café.

Bien que son nouveau pilote ait longuement survolé le fleuve du côté de Losas, il n'avait pas réussi à repérer le *Sucuri* dans la nuit. Aussi, quand Corisco avait réussi à joindre Fat Eddie par radio à Santo Antonio, il lui avait fortement conseillé de régler le problème en allant récupérer lui-même les cailloux avant que d'autres n'essaient de s'en emparer à leur tour.

Fat Eddie n'avait pas paru enthousiaste, néanmoins Corisco était sûr qu'il n'oserait pas se défiler.

En tout cas, le gros n'avait pas mentionné la présence d'une petite blonde à bord du bateau, et cela, c'était très intéressant. Soit il n'était pas au courant, ce qui n'était pas bon signe, soit il avait délibérément caché cette information, ce qui était pire.

Et, une fois de plus, Corisco se demanda ce que faisait Fat Eddie à Santo Antonio.

Au ton de sa voix, l'obèse avait semblé trop jovial, trop désinvolte quand il avait évoqué sa « petite virée » sur le fleuve. Oui, beaucoup trop désinvolte pour quelqu'un qui ne quittait sa tanière de Praça de Matriz qu'en tout dernier recours !

Santa Maria.

Elle passerait à la mission, quelles que soient ses intentions, raisonna Corisco. Si Fat Eddie se pressait, il pouvait récupérer la fille et les pierres ce soir même.

Un sourire cruel déforma son visage tandis qu'il savourait cette perspective. Annie Parrish et les joyaux du même coup ! La chance tournait en sa faveur !

Malheureusement pour lui, Juanio ne pouvait pas en dire autant.

— Fernando ! appela Corisco.

Le colosse se matérialisa aussitôt.

— Emmène ces deux chiffes molles à *El Mestre* et mets-les en cage avec les autres. Combien d'« agneaux » avons-nous ?

— Quatre-vingt-onze. Moitié indiens, moitié *caboclos*, précisa Fernando.

Quatre-vingt-onze hommes et femmes sur le point d'être sacrifiés au diable lui-même. C'était déjà assez pour attirer l'attention des médias du monde entier. Mais bientôt, ils seraient cent, un nombre rond, et Annie Parrish ferait partie du lot.

La petite blonde, une maigrichonne ? Non, Juanio se trompait du tout au tout. Annie Parrish ressemblait à un oiseau de paradis avec ses cheveux si clairs et ses yeux verts et dorés, sa peau douce, si douce, et sa bouche si sensuelle.

Il ne l'avait jamais embrassée. Il voulait l'entendre implorer sa pitié avant de l'embrasser, or elle n'avait pas desserré les dents.

La prochaine fois, il dérogerait à ses principes.

Tout s'annonçait sous les meilleurs auspices. Et l'autre ivrogne, l'ex-scientifique, ferait lui aussi parmi des sacrifiés. La mort de deux citoyens des États-Unis lui attirerait une publicité retentissante !

Certes, l'Amazonie ne manquait pas d'assassins responsables de massacres, par exemple les barons du caoutchouc. Mais aucun n'avait réussi à éliminer cent personnes en une seule nuit, pour offrir de surcroît leur sang au diable, note mystique et horrible dont Corisco comptait bien tirer profit.

Déjà, la moitié du pays redoutait sa *noite do diabo*, sa nuit du démon. Car il possédait bel et bien un démon…

Il regarda à l'autre bout du patio, vers le bureau où se trouvait le vivarium.

Toutes les pièces du puzzle s'assemblaient peu à peu et, bientôt, Annie Parrish viendrait y prendre la place qu'il lui avait réservée. *El Mestre*, l'autel qu'il faisait ériger pour le grand sacrifice, était presque achevé maintenant. Il ne manquait plus que les émeraudes et les diamants de Fat Eddie pour simuler les yeux.

Los olhos de Satanas, les yeux de Satan !

Et quand ces yeux se poseraient sur la petite blonde, il atteindrait enfin l'extase.

16

Avant même d'être totalement réveillée, Annie sut qu'elle n'avait plus son sac-banane. Elle en eut la confirmation en portant la main à sa taille d'un geste automatique : Will Travers lui avait pris son orchidée.

Toutefois, il ne l'avait pas emportée bien loin.

Tout près du hamac, elle repéra le sac qui pendait le long du mur, accroché à un clou au-dessus du réchaud. Elle se redressa pour s'en emparer et un inventaire rapide du contenu lui apprit que Travers n'avait rien dérobé.

Simplement, elle n'était plus la seule désormais à connaître l'existence de l'orchidée. Ils étaient deux.

Non, pas tout à fait, corrigea-t-elle mentalement en saisissant le tube en verre. À Belize, elle l'avait montrée à son grand ami Mad Jack. Et Corisco Vargas était également au courant de sa découverte depuis qu'il lui avait volé une *Epidendrum luminosa* à Yavareté.

Jugeant inutile de s'attarder sur ces souvenirs, elle procéda rapidement à ses ablutions matinales. Elle disposait de tout le nécessaire dans son sac à dos posé près du petit évier, excepté un peigne, et elle se débrouilla donc du mieux qu'elle put avec ses doigts.

Ensuite, elle se prépara une tasse de café tout en réfléchissant.

Qu'avait pensé Will au moment où il avait découvert son trésor ? Mad Jack avait été fichtrement impressionné, même s'il lui avait dit qu'une fleur ne méritait pas qu'on meure pour elle. Il l'avait même menacée d'aller tout droit lui botter les fesses si jamais elle s'avisait de retourner au Brésil !

Pensive, Annie tourna le tube renfermant la fleur de manière qu'il capte mieux la lumière.

Un an plus tôt, à sa libération, Gabriela l'avait aidée à rassembler tous les échantillons végétaux qu'elle avait collectés dans la jungle avant son emprisonnement. Hélas, les deux orchidées ne se trouvaient plus dans ses affaires !

Cette disparition l'avait plongée dans le désespoir le plus profond, la minant encore plus que ses blessures physiques.

Puis, juste avant qu'elle ne monte dans l'avion qui devait la ramener, Vargas, subrepticement, lui avait glissé un petit paquet dans la main.

Annie n'avait toujours pas compris pourquoi il lui avait rendu l'une des fleurs. Mais, depuis, celle-ci ne l'avait plus quitté.

Si elle réussissait à trouver d'autres orchidées de ce type, elle lui laisserait bien volontiers celle qu'il détenait toujours !

Mais si elle n'en trouvait pas d'autre ?

À première vue, la chance n'était pas de son côté. Dans ce cas, oserait-elle modifier son plan qui consistait à éviter Vargas à tout prix ?

Aurait-elle le courage de se jeter dans la gueule du loup ?

Au Wyoming, elle s'était promis de ne pas revenir au Brésil dans le but de se venger…

Des souvenirs indésirables affluaient à sa mémoire. Au Wyoming, tout lui avait paru si clair ! Elle n'avait qu'un souhait : trouver d'autres fleurs, des fleurs entières, des débris végétaux, des spécimens séchés, des racines, des pistils, des feuilles, des graines, etc.

Mais ici, sur le Rio Negro, rien n'était évident. Et ses désirs étaient particulièrement confus.

Elle se remémora la nuit précédente, tandis que sa main caressait machinalement le collier que lui avait donné Will. Les dents de jaguar qui encadraient le cristal étaient lisses et tièdes sous ses doigts. Il l'avait embrassée. Deux fois. Et toutes ces émotions qu'elle avait bannies de son corps depuis l'épisode de Yavareté avaient resurgi, du plus profond de son être.

Elle avait cru qu'il n'y aurait plus jamais de place dans sa vie pour un homme, mais... bonté divine, Will Travers embrassait comme un dieu ! Sa bouche était chaude, douce et tendre. Dans ses bras, elle s'était sentie tellement femme !

Or, c'était justement la seule chose qu'elle ne pouvait se permettre. Une femme n'était en sécurité nulle part en Amazonie. Annie le savait bien avant que Corisco Vargas ne passe trois jours entiers à le lui prouver.

Rien ne se passait comme prévu. Non, absolument rien.

— C'est incroyable, murmura la voix de Will dans son dos.

Cette fois encore, elle ne l'avait pas entendu approcher. Elle se retourna. Il était debout dans l'encadrement de la porte, sa haute silhouette nimbée de la lumière du jour. L'après-midi était déjà entamé. Elle avait dormi comme une bûche.

— C'est le mot, acquiesça-t-elle. Moi non plus je ne voulais pas y croire au début.

Elle n'avait pas honte de lui avoir menti. Elle était bien au-delà de ça. Toutefois, sa méfiance était en éveil depuis qu'elle savait qu'il avait vu l'orchidée. Elle remarqua tout à coup qu'il portait un bermuda noir et une chemise blanche à demi boutonnée, lui qui vivait quasiment nu à bord du bateau. Il avait également enfilé une paire de vieilles espadrilles. Tiens,

tiens ! Avait-il l'intention de se rendre quelque part ?

Pourtant, ils étaient perdus en pleine jungle.

— Avez-vous fait de mauvais rêves ?

— Non, réalisa-t-elle avec surprise. Je crois que votre cristal fonctionne, en fin de compte. Merci.

Elle pouvait bien s'autoriser cette concession après ce qu'ils avaient affronté ensemble : deux attaques, deux évasions réussies *in extremis*, et deux baisers, le premier torride, le second étonnamment tendre.

Annie n'avait pas connu beaucoup de tendresse dans sa vie, et jamais elle ne se serait attendue à en recevoir de la part de Will Travers. C'était très déconcertant.

— En fait, je pense que ce sont plutôt les dents de jaguar qui sont efficaces contre les cauchemars.

Ses traits demeuraient impassibles, mais quelque chose dans le ton employé la poussa à demander :

— Pourquoi ?

— Parce que j'ai cessé de faire de mauvais rêves la nuit où je les ai arrachées de la mâchoire de ce gros chat.

— Vous avez tué un jaguar ?

De nouveau, elle palpa le grigri. Elle concevait difficilement qu'un chercheur civilisé vienne jusqu'en Amazonie tuer le représentant d'une espèce menacée afin de se fabriquer un talisman. Tout scientifique respectable...

Sa réflexion s'arrêta là. Le mot « respectable » n'avait pas été associé au nom de Will Travers depuis trois ans.

Une tasse de café fumant à la main, il confirma :

— Oui, je lui ai brisé la nuque, je lui ai arraché le cœur et j'ai bu son sang.

Annie le considéra en silence, yeux écarquillés. Il était sérieux. Il ne racontait pas de sornettes. Il avait vraiment bu le sang chaud qui jaillissait de la carotide du jaguar.

— Vous cherchez à me faire peur ?

— Oui.

— Pourquoi?

— Parce que nous sommes à environ une heure et demie de Santa Maria, à mi-chemin du Marauia. Il y a un avion disponible à la mission. Quelqu'un pourra sans doute vous rapatrier.

— Et vous croyez vraiment que je vais tourner les talons et m'enfuir en courant si vous réussissez à me persuader que vous êtes complètement dingo?

— Je l'espère.

Toujours imperturbable, il but une gorgée de café. Elle soutint son regard et se dit que, décidément, il ne ressemblait en rien à l'homme dont la photo illustrait la jaquette de ses livres. Le photographe avait cherché à accentuer son côté sérieux d'universitaire et son air d'autorité, deux aspects de sa personnalité qu'il avait pratiquement perdus.

Aujourd'hui, on remarquait surtout son physique, la silhouette athlétique, le regard brillant, son sourire sardonique. La coupe de cheveux stylisée avait disparu. Ses mèches décolorées par le soleil lui chatouillaient les épaules. Il devait les couper de temps à autre d'un simple coup de ciseaux.

Et il avait ce tatouage, le long de sa colonne vertébrale. Il ne devait pas avoir ce type de décoration à l'époque où il fréquentait les bancs de Harvard!

Peut-être avait-il raison? Peut-être était-elle folle de s'obstiner? Mais, bon sang, avoir parcouru tout ce chemin pour rien!

— Vous avez vu l'orchidée. Vous savez ce que je cherche. Ou alors… peut-être avez-vous décidé de la garder pour vous?

— J'adorerais posséder pareil trésor! Mais je ne vous la volerai pas, Annie. Il me semble juste que vous avez plus de chances d'aboutir dans votre quête si vous restez en vie.

Elle ne doutait plus de sa sincérité.

— Cet avion, à la mission… Il pourrait appartenir à Vargas.

— C'est possible, en effet. Il a tissé tout un réseau d'espions le long du Rio Negro. Voilà pourquoi il vaut mieux que j'aille vérifier seul au préalable. Si la voie est libre, si je trouve un avion-cargo, je vous obtiendrai une place à bord.

— Pour aller où ?

— À Bogotá ou ailleurs. Vous devez quitter le pays, pas seulement vous éloigner du fleuve.

La pluie s'était remise à tomber et crépitait à la surface de la rivière. Des filets ruisselaient sur le hublot. Sur la berge, deux caïmans se laissèrent glisser dans l'eau. Le plus gros mesurait presque trois mètres de long, ce qui était une taille respectable pour cette espèce, mais ridicule comparée à celle des monstres qui, disait-on, peuplait le Rio Marauia.

— Les avions-cargos et ceux de la mission ne vont pas à Bogotá en temps normal. Je n'ai pas assez d'argent pour convaincre quelqu'un de m'y emmener, objecta-t-elle.

— Pour cela, nous allons remercier Fat Eddie…

Il ouvrit simplement la main et fit sauter au creux de sa paume le petit sac qui contenait les pierres précieuses.

Annie le regarda, ahurie.

— Vous êtes vraiment prêt à courir les risques les plus insensés pour vous débarrasser de moi ! s'exclama-t-elle.

Elle ne lui demanda pas pourquoi. Elle subodorait que la réponse ne serait pas aussi simple que celle qu'il aurait pu lui fournir avant leur arrivée à Barcelos.

Elle en eut rapidement la confirmation quand il lui posa soudain la question à un million de dollars :

— D'où êtes-vous, dans le Wyoming ?

— De Laramie. Mais si vous sortez vivant de cette aventure, ne venez surtout pas me chercher. Je n'aurai pas la patience d'attendre.

— Vous n'avez pas grande confiance en moi, n'est-ce pas ?

Surtout, elle ne devait pas perdre de vue qu'il n'y avait rien de possible entre Will Travers et Annie l'Amazone.

— Ce n'est pas un jaguar qui a causé ces cicatrices sur votre poitrine. S'il avait eu des dents aussi longues, il vous aurait carrément arraché l'épaule.

— Non, ce n'était pas un jaguar.

Il s'en tint là. Elle attendit qu'il poursuive et, comme le silence perdurait, elle comprit soudain.

— Un *sucuri*… dit-elle dans un souffle.

— Oui. Je campais près du Rio Cauaburi la nuit où cela s'est passé. Depuis, rien n'est plus pareil dans ma vie.

— Les rumeurs sont donc vraies ?

— La plupart, oui. Excepté celle qui prétend que des coupeurs de têtes ont réduit la mienne. Mais Fat Eddie fait de son mieux pour que la fiction devienne réalité.

— Le *caapi* ?

— J'en ai bu plus que ma part, admit-il. Je ne le conseillerais à personne. Ce n'est pas une drogue qu'on prend pour s'amuser mais pour être en mesure de suivre un certain enseignement.

— Un enseignement… sur la nature ?

Annie ne parvenait pas à contenir sa curiosité. L'orchidée lumineuse était la preuve que la botanique recelait bien plus de secrets qu'on ne se l'imaginait.

Il opina.

— Oui. Et aussi sur la peur, la mort, et votre propre insignifiance, si terrifiante. Cette connaissance change à jamais votre manière de percevoir le monde. Jadis, dans l'Autre Monde, j'ai été tué par un jaguar. Après ma mort, mon esprit s'est enfui sous la forme du *sucuri* et l'a tué à son tour.

Annie écoutait, fascinée. Elle nageait en pleine sorcellerie vaudoue, le genre de superstitions dont elle s'était soigneusement tenue à l'écart durant sa carrière. Évidemment, aucun chaman ne lui avait proposé de l'initier aux arcanes de l'Autre Monde. Elle n'avait pas eu l'occasion d'avoir le crâne réduit en bouillie ou la nuque brisée lors d'une vision hallucinatoire où la *panthera onca* aurait eu le premier rôle !

De toute façon, les femmes n'étaient pas autorisées à boire le *yagé*, fabriqué à partir du vin de *Banisteriopsis caapi*, le vin de l'âme qui faisait communiquer le Ciel et la Terre.

— Ça a dû être une sacrée bagarre, hasarda-t-elle.

— Oui. Très réelle, désespérée et terrifiante.

Sans nul doute. Le *Banisteriopsis caapi* était un hallucinogène puissant. Cela, au moins, était un fait scientifique indéniable.

— Vous avez tué le jaguar... dans *notre* monde ?

— Et je lui ai scié les canines pour fabriquer une amulette. Cela fait de moi un piètre cartésien, hein ?

Il se bornait à énoncer une vérité. Il avala une dernière gorgée de café.

— Et le *sucuri* sur le Cauaburi ? L'anaconda ? Vous l'avez tué, lui aussi ?

— Je l'ai ouvert sur toute sa longueur avec ma machette. Mais ne me demandez pas comment je m'y suis pris ! J'ai failli me noyer dans son sang et j'ai perdu connaissance. Quand je suis revenu à moi, j'ai senti l'odeur de la viande rôtie et j'ai entendu un vieil homme qui chantait. J'avais très mal, partout. À l'intérieur et à l'extérieur.

— Le vieil homme vous avait sauvé ?

Il déglutit avec peine, trahissant son émotion pour la première fois depuis qu'il lui racontait cette histoire insensée.

— Non, Tutanji ne m'a pas sauvé. C'est lui qui a ordonné à son esprit-serpent de s'attaquer à moi. Après que celui-ci m'eut cassé deux côtes et presque asphyxié, Tutanji a passé le reste de la nuit à me tatouer le dos.

— Mais pourquoi ? s'exclama Annie.

— Pour m'utiliser comme une arme qu'il pourrait employer contre ses ennemis.

— Vous avez… tué… pour lui ?

— Pas encore. Mais cela va devenir inévitable.

— Vargas ?

— Oui. Vous êtes arrivée au pire moment, Annie. Si vous n'étiez qu'une botaniste parmi tant d'autres engagée pour étudier les palmiers-pêches à Santa Maria, je pourrais vous emmener avec moi. Mais…

— Je ne suis pas une botaniste parmi tant d'autres, c'est ça ?

— Exact. Vous avez la moitié du Brésil à vos trousses. Vous n'êtes pas banale.

De la part d'un homme qui s'était fait mordre par un anaconda géant et avait survécu, la remarque ne manquait pas de sel. Devait-elle prendre cela pour une insulte ?

— Vous êtes encore plus marginal que moi ! se rebiffa-t-elle.

— Peut-être. Mais, pour le moment, vos problèmes sont plus cruciaux que les miens.

Elle détourna le regard vers le hublot.

Bogotá… Si elle fuyait, son rêve s'envolait en fumée. D'un autre côté, si elle restait, elle risquait de le payer de sa vie.

Ses doigts se crispèrent sur le tube de verre à travers lequel elle percevait la chaleur, infime mais bien réelle, diffusée par la luminescence de l'orchidée.

C'était sa chance, une opportunité unique d'accéder à la gloire ! Elle deviendrait Annie Parrish, la reine des tropiques, celle qui avait découvert l'*Epidendrum luminosa* !

Elle en avait rêvé comme on rêve à une rédemption. Si elle revenait les mains vides, plus rien ne justifierait toutes ces années passées seule au tréfonds de la jungle sud-américaine. Et puis, rentrer… pour aller où ?

La question réveilla en elle une vieille douleur. Elle n'avait pas de chez-elle. Son foyer avait volé en éclats le jour où sa mère était partie pour ne jamais revenir. Annie n'avait pas encore cinq ans.

Elle cacha son visage entre ses mains. C'était bien le moment de pleurnicher ! Comme si elle n'avait pas d'autres chats à fouetter ! Elle contempla la fleur et, comme d'habitude, elle fut émerveillée par cette lumière dorée évanescente qui, elle en avait l'intuition, contenait un message.

Elle n'avait pas encore réussi à le décoder, bien qu'elle ait occupé son année d'exil à étudier toutes les formes de bioluminescence. Celle de l'orchidée était différente. Elle ne correspondait à aucune norme. Le seul phénomène qui s'en approchait un peu n'avait aucun lien avec la biologie : il s'agissait des aurores boréales, ces pluies de lumière qui arrosent le ciel dans les contrés polaires.

Près d'elle, Will Travers monologuait.

— Vous pourrez revenir d'ici un an, le temps que les choses se tassent. J'ai des parents au Venezuela. Partez pour Caracas et je vous escorterai jusqu'au Marauia par la route des montagnes.

— Non, trancha-t-elle dans un soupir. Je n'ai pas trouvé l'orchidée près du Marauia, c'était encore un mensonge. Je l'ai trouvée près du Cauaburi, tout près du site minier que Vargas a appelé Reino Novo.

Sur ces mots, elle rangea le tube de verre dans le sac-banane, referma la fermeture Éclair d'un geste vif.

Will demeura longtemps silencieux. Elle imaginait sans peine ce qu'il pensait. Finalement, il se borna à dire :

— C'est une raison supplémentaire pour que vous quittiez la région au plus tôt. Reino Novo est un endroit très dangereux. Si vous revenez dans un an, le gouvernement vous aura oubliée. Moi, j'ai toujours le statut de chercheur à la RBC. Nous pourrons prélever tous les échantillons que vous voudrez sans enfreindre aucune loi... tant que Gabriela et l'État brésilien reçoivent leur part, bien entendu.

Annie se mordillait la lèvre inférieure. Il y avait vraiment très peu de chances pour que ce plan fonctionne, pour qu'elle puisse revenir dans ce pays sans attirer l'attention des autorités, qu'elle retrouve les orchidées, puis qu'elle réussisse à emporter les spécimens par le biais de la RBC.

D'un autre côté, il fallait affronter Vargas et sa Nuit du Démon, ainsi que ces satanés serpents qui infestaient les parages ? Sans compter Fat Eddie, ses dents de piranhas et son goût immodéré pour les têtes réduites !

— Et vous, quel serait votre intérêt ? Pourquoi vous donneriez-vous tout ce mal ?

— Si je suis encore en vie l'année prochaine pour vous faire franchir la frontière, cela me suffit ! répliqua-t-il avec un rire désabusé. Rassurez-vous, Annie, si jamais j'exigeais quelque chose en échange de ma peine, ce ne serait pas votre orchidée.

Elle se mit à fixer le plancher, s'éclaircit la voix, médita quelques secondes avant de déclarer :

— Bon... c'est d'accord. Si vous parvenez à m'avoir une place dans un avion, j'accepte de partir. Vous garderez les armes pour les rendre à Fat Eddie et vous racheter auprès de lui...

À peine eut-elle prononcé ces mots qu'elle se rendit compte de ce que cela impliquait. Will allait quand même mettre sa vie en jeu !

— Non, attendez... Une minute ! Ne rendez pas les Galils à Fat Eddie. Je ne sais pas, vous n'aurez qu'à lui dire que je les ai vendus à Barcelos pour financer ma fuite, ou quelque chose d'approchant...

Il lui lança un regard interdit.

— Vous voulez que je garde les fusils israéliens ?

— Oui, oui ! Voyons, ce sont les meilleures armes au monde, les plus fiables, les plus précises. Je vous montrerai, si vous voulez. Laissez-moi réfléchir… il vous faut deux grenades au minimum, peut-être trois. On ne sait jamais. Et…

Un brusque sourire illumina le visage de Will, mais Annie s'en aperçut à peine tant elle était accaparée par ses calculs.

Avec nonchalance, il croisa les bras et s'adossa au mur, sans la quitter des yeux. Puis, patiemment, il l'écouta vanter les mérites des diverses armes qui constituaient son arsenal et lui fournir plein de détails sur la meilleure manière de s'en servir au cas où il devrait sauver sa peau.

Une bouffée de tendresse l'envahit. Elle était vraiment unique !

— Aujourd'hui, en Colombie, on n'utilise plus que des Galils. Vous n'aurez aucune difficulté à vous procurer des munitions. La dynamite est d'un maniement assez léger. C'est très facile d'en glisser un bâton ou deux dans un sac. Vous pourrez…

Il se décida enfin à l'interrompre.

— Annie, c'est la chose la plus gentille qu'on m'ait jamais dite !

Elle se rembrunit, secoua la tête d'un air exaspéré.

— Gentille ? Enfin, je suis en train de vous parler de sécurité !

— Inutile de vous inquiéter pour moi. Je me débrouillerai.

— Oh, atterrissez ! s'écria-t-elle, poings sur les hanches. Je vous ai flanqué par terre avant que vous ayez compris ce qui vous arrivait ! Je sais bien que vous êtes dans ce pays depuis des années, que vous avez trucidé des jaguars et des anacondas à coups de machette, mais là, vous aurez affaire à des hommes ! Des types sans foi ni loi, dénués de tout scrupule. Et vous… vous… vous êtes un botaniste ! bafouilla-t-elle, hors d'elle. Un gars qui se balade avec un tatouage dans le dos et qui, pour se défendre, compte sur ses amulettes !

168

Tandis qu'eux auront des fusils, des mitrailleuses…

Il s'était avancé, sa main avait emprisonné sa nuque. Elle se tut brusquement sous son regard espiègle.

— Annie, Annie… Cela fait plus d'un an maintenant que je me livre à divers petits trafics inavouables pour le compte de Fat Eddie. Croyez-moi, je sais parfaitement de quoi ces gens sont capables. Je les connais. Je ne les sous-estime pas.

— Mais vous n'avez pas rencontré Vargas en personne, n'est-ce pas ? le brava-t-elle d'une voix frémissante.

— Non, c'est vrai. Et c'est justement le but de mon voyage. Petit à petit, j'ai réussi à gagner la confiance de Fat Eddie, au point qu'il se sert maintenant de moi comme intermédiaire direct entre Vargas et lui.

Tout en parlant, il l'observait. Elle était craquante, avec ses cheveux hirsutes et ses vêtements tout chiffonnés. Ses pommettes étaient légèrement rosies par l'émotion, ses yeux verts étincelaient.

Plus que tout au monde, il avait envie de l'embrasser.

— Savez-vous ce que Vargas compte faire de ces pierres ? demanda-t-elle.

— Je pense, oui.

— Moi aussi, je crois le savoir. Et je vous conseille de dire à votre Tutanji que vous avez changé d'avis, que vous ne voulez plus travailler pour lui.

Will sourit. Il avait essayé des milliers de fois durant les premières semaines passées en compagnie du vieil Indien Daku. En pure perte, évidemment. Et aujourd'hui, il savait bien qu'il ne pouvait plus faire marche arrière.

— Je ne travaille pas vraiment pour lui, Annie. Je lui *appartiens*. Je suis son apprenti et il est mon maître.

— Vous êtes l'apprenti d'un chaman ? Comme l'apprenti sorcier dans le film de Disney ?

— Non, disons plutôt comme dans *Faust*.

— Le type qui a vendu son âme au diable contre la connaissance ?

— Exactement.

Elle venait de résumer parfaitement le pacte qu'il avait conclu avec l'homme-médecine.

Elle le considéra un moment, comme hébétée, puis secoua la tête avec incrédulité.

— Félicitations, vous êtes parvenu à vos fins ! Je suis convaincue : vous êtes dingue, complètement barjo !

Ses verres de lunettes étaient tellement sales et brouillés de traces de doigts qu'elle ne devait pas voir plus loin que le bout de son nez. Sans demander la permission, il les saisit et entreprit de les nettoyer.

— Donc, vous croyez savoir à quoi les pierres vont servir ? questionna-t-il pour couper court à sa diatribe.

Un silence buté lui répondit.

— Allez, Annie...

Avec un soupir excédé, elle capitula.

— Quand j'étais à Reino Novo, je me suis rendu compte que Vargas avait entrepris la construction d'un édifice très bizarre dans la jungle, à l'ouest des mines.

— Un édifice ?

— Je ne sais pas ce que c'est exactement. Je l'ai aperçu de loin, juste avant que le singe laineux me tombe dans les bras. Cela m'a fait penser à un autel, vous savez, ces autels sur lesquels on procédait à des sacrifices. Avec ces histoires de vierges immolées qui circulent... Bref, ce dont je suis sûre, c'est que cette chose était en or. Il y en avait partout, des quantités énormes qui brillaient au soleil.

Elle se tut quelques secondes, avant de poursuivre :

— Quelqu'un qui dépense autant pour ériger un monument en pleine jungle peut en toute logique utiliser des pierres précieuses. J'imagine qu'il s'agit d'une décoration supplémentaire. Mais peu importe ! conclut-elle. Ce qui m'intéresse, c'est de comprendre pourquoi vous courez après Vargas et pourquoi ce chaman, ce Tutanji, vous oblige à risquer votre vie !

— En tout cas, je ne veux pas risquer la vôtre. Et c'est pour ça que vous devez prendre l'avion.

— Ne détournez pas la conversation. De toute façon, je suis certaine que vous ne réussirez pas à acheter le pilote...

— Il y a toujours un moyen, Annie. *Sempre tem jeito*. C'est la devise du Brésil.

— Vous êtes... cinglé !

— Peut-être, mais je vais m'arranger pour vous expédier au Wyoming, coûte que coûte. Ensuite, quand j'en aurai fini avec Vargas...

— Et si c'est Vargas qui en finit avec vous ? coupa-t-elle avec défiance.

La question, légitime, suscitait diverses réponses désagréables sur lesquelles Will n'avait pas l'intention de s'appesantir. Il préféra biaiser, en se cantonnant toutefois à la stricte vérité.

— Alors, je regretterai de ne pas avoir eu le temps de vous faire l'amour.

Apparemment, elle n'était pas du tout prête à entendre ce genre de déclaration. Ses joues virèrent à l'écarlate, décuplant son envie de la dévorer de baisers.

— Le temps... n'a rien à voir là-dedans, bredouilla-t-elle enfin. Je ne... enfin... je ne peux pas.

Étant donné la façon dont elle avait réagi dans ses bras, il se permettait d'en douter.

— Vous pourrez, rétorqua-t-il, péremptoire. Avec moi, vous pourrez.

C'est-à-dire, s'il survivait à Reino Novo.

Elle lui lança un regard accusateur.

— Vous êtes vraiment très sûr de vous, docteur Travers !

— Non, Annie. Je suis sûr de *vous*.

Il avait pris son visage entre ses mains. Lentement, il caressa ses lèvres douces comme les pétales d'une fleur.

— Will… je vous en prie… Cela ne résoudra rien. Vous… je… nous ne pouvons pas…

— Mais si, nous pouvons, objecta-t-il dans un souffle, avant de prendre sa bouche.

Elle lui donna raison de manière éclatante en s'abandonnant aussitôt. Ses lèvres s'entrouvrirent, tandis qu'elle glissait les mains sous sa chemise pour trouver sa peau, faire courir ses doigts sur sa poitrine.

Elle le touchait, elle le caressait, et il sentait sa bouche, chaude et pulpeuse, frémir sous la sienne. Toute résistance avait fondu, elle s'offrait sans réticence.

Il captura sa bouche, l'envahit plus profondément, l'explora en prenant son temps. Elle était si désirable qu'il avait envie de l'embrasser jusqu'à la fin des temps.

Annie se dressa sur la pointe des pieds, grisée par le plaisir de sentir sa langue rencontrer la sienne dans un ballet érotique. Il sentait si bon ! Son baiser était audacieux et exigeant, aussi sexy que sa façon de danser Chez Pancha. Lentement, avec sensualité, il éveillait en elle un désir lancinant, tandis qu'elle sentait son sexe durcir contre elle. Par ses baisers voluptueux, il cherchait à la séduire, à la captiver, à attiser sa passion, et cette certitude agissait sur elle comme un puissant aphrodisiaque.

Elle caressa ses cheveux et le penne des plumes aux teintes vives attachées à une mèche plus longue et plus claire que les autres.

Il était la séduction incarnée. Son goût, le contact de ses muscles l'enivraient et, en dépit de ce qu'elle lui avait affirmé une minute plus tôt, elle mourait d'envie de se fondre en lui…

C'était bien là le danger.

Elle gémit, incapable de se contenir, quand il frôla son sein, ce simple attouchement déclenchant une tempête de sensations. Ô Seigneur ! Non, non, non ! Dans un instant, elle perdrait tout contrôle et Dieu sait alors ce qui arriverait…

Will avait perdu contact avec la réalité, ses sens avaient pris le pas sur sa raison, les émotions bouillonnaient en lui. Annie était prête à se donner à lui, il le devinait à sa posture alanguie, aux frissons qui la parcouraient. Il n'en pouvait plus, il la voulait.

La seule chose qui l'en empêchait était ce maudit avion !

À quoi bon aimer cette femme s'il se révélait incapable de la sauver ? S'il arrivait malheur à Annie, rien ne pourrait le culpabiliser davantage.

À contrecœur, il s'écarta d'elle.

— Annie… Annie, je dois partir, sinon nous allons rester ici toute la nuit et vous raterez votre avion.

— Mon avion…

Elle avait toujours les yeux fermés, sa respiration était haletante. Il l'embrassa de nouveau.

— Oui, l'avion… Je serai de retour avant le coucher du soleil, je vous le promets.

Elle ouvrit les yeux et, lentement, reprit ses esprits.

— Non… Non, j'ai… euh, j'ai changé d'avis, balbutiat-elle. Je pense que je vais rester, en fin de compte.

Elle se recula très légèrement, laissa retomber ses mains. Will aurait voulu croire qu'elle s'était ravisée à cause de ce baiser, pour ne pas avoir à le quitter, mais il demeurait lucide : elle avait certainement une autre idée en tête.

— C'est à cause de l'orchidée ou de Vargas ?

Elle eut la décence d'afficher une mine contrite.

— Écoutez, Will, je vous aime bien. Sans doute trop. Mais je n'ai pas l'habitude d'organiser ma vie autour d'un homme, ni de recevoir des ordres.

Elle l'aimait *bien*.

Involontairement, il serra les dents. Cherchait-elle à le braver ? Après un baiser pareil, elle avait le front de lui dire qu'elle l'aimait *bien* !

Il prit soin de s'exprimer d'un ton mesuré.

— Eh bien, moi aussi je vous aime bien, Annie. Mais je vais quand même faire tout ce qui est en mon pouvoir pour vous trouver un avion. Avec une centaine de diamants et d'émeraudes bruts en poche, je peux acheter à peu près n'importe quoi à Santa Maria, y compris un pilote. Allez préparer vos affaires. Je reviens dans quatre heures.

Sur ces mots, il tourna les talons et sortit de la cabine à grandes enjambées.

Annie l'Amazone, qu'elle aille au diable ! Elle ferait ce qu'elle voudrait dans le Wyoming ! Mais ce soir, sur le Rio Negro, c'est lui qui prenait les décisions, lui qui donnait les ordres. Et il avait décidé qu'elle prendrait ce fichu avion !

17

Annie attendit que le canoë de Will se soit éloigné pour oser se poser les vraies questions.

Elle avait connu un moment d'abattement passager, voilà tout, parce qu'il avait réussi à lui faire peur. Puis il l'avait embrassée, et ses instincts naturels avaient repris le dessus. Affronter les obstacles, se battre pour gagner, tout cela était dans son tempérament. Elle désirait plus que tout au monde retrouver cette merveilleuse orchidée et l'arracher à l'obscurité de la forêt, la brandir au grand jour, la révéler au monde et lui extirper ses secrets !

Il y a quelques mois, à Laramie, bien que consciente des dangers qui l'attendaient au Brésil, elle avait persisté dans son entêtement. Et aujourd'hui, le fait que Fat Eddie veuille sa tête ne suffisait pas à l'effrayer.

Toutefois, Will ne s'intégrait pas du tout dans ses projets d'avenir. Elle ne concevait pas de vivre une passion amoureuse, même brève, depuis ces trois jours passés à Yavareté, enchaînée nue au mur de sa cellule.

Vargas était un maniaque, un fou. Il l'avait profondément traumatisée, même s'il n'y avait pas eu viol. Mais alors, pourquoi le souvenir de ces sévices s'envolait-il chaque fois que Will l'embrassait ?

Sans doute parce que c'était la première fois qu'un homme l'embrassait de cette façon, la première fois qu'elle ressentait un désir si fort.

A *posteriori*, elle finissait même par se dire que, si elle était restée célibataire si longtemps, ce n'était peut-être pas pour privilégier sa carrière, mais tout bêtement parce qu'elle n'avait pas encore rencontré la bonne personne.

Quelques années plus tôt, elle se plaisait à répéter cette devise ironique : « Les plantes aujourd'hui, les hommes plus tard ! » Oh, il y avait bien eu quelques aventures sans importance… La première fois, adolescente poussée par la curiosité, elle s'était amourachée d'un cow-boy qui travaillait sur un ranch voisin. Et puis, il y avait eu cette éphémère liaison avec un professeur d'université, beau parleur et amateur de petites étudiantes. Mais, globalement, elle s'était consacrée à sa passion et à son métier.

Elle n'avait pas besoin d'un homme. Non, elle avait besoin d'armes ! Dotée d'un matériel performant, elle ne craindrait plus les mauvaises rencontres et mettrait toutes les chances de son côté.

Réconfortée par cette pensée, elle se servit un café qu'elle alla boire sur le pont. La nuit tomberait avant le retour de Will. Elle devait installer une lanterne pour lui faciliter les choses.

À moins que…

Son regard s'égara vers l'aval, vers Santa Maria. La rivière était pleine de caïmans dont les orbites globuleux crevaient à peine la surface. D'habitude, il n'y en avait pas autant dans la région. Ces racontars à propos de *jacares* monstrueux qui se seraient multipliés étaient peut-être vrais, après tout ?

Derrière elle, un bruit d'éclaboussures la fit tressaillir. Elle tourna vivement la tête, eut juste le temps d'entrevoir ce qui paraissait être un tronc d'arbre mort plonger dans les profondeurs du fleuve et filer sous la coque du *Sucuri*.

Un frisson désagréable lui remonta le long de l'échine. Bon, il ne manquait plus que cela ! s'impatienta-t-elle en tâchant de se ressaisir. Elle avait écumé le nord-est de la Colombie à pied, ce n'était pas un caïman qui allait l'effaroucher !

Elle avait des problèmes bien plus préoccupants, comme par exemple décider de ce qu'il convenait de faire avec Will Travers.

S'il rentrait tout à l'heure pour lui annoncer qu'il lui avait acheté une place à bord d'un avion, ils se disputeraient fatalement.

Par conséquent, il valait mieux qu'il ne trouve personne à son retour.

C'était une idée. Une bonne idée, même.

Santa Maria se situait juste au détour du prochain méandre. Elle n'avait qu'à prendre son propre canoë, arrimé sur le pont près des caisses, charger à bord les Galils et les munitions, et... vogue la galère.

Une fois sur le fleuve, Will ne la retrouverait jamais.

Elle médita ce plan, jusqu'au moment où une autre pensée lui traversa l'esprit. Bien sûr, elle pouvait partir. Et Will poursuivrait sa route. Il irait affronter Vargas.

Seul.

Non, elle ne pouvait pas le planter là. Il avait beau avoir roulé sa bosse en Amazonie et travailler pour Fat Eddie depuis des mois, il ne connaissait pas Vargas comme elle. Elle s'était déjà trop attachée à Will pour le laisser à la merci de ce détraqué.

Que faire ? Tout déraillait. Commettrait-elle une folie en l'accompagnant ? N'était-il pas plus dangereux encore de gagner Reino Novo seule ? Dans tous les cas de figure, on en revenait toujours à Vargas, à sa Nuit du Démon et à ce qu'il trafiquait au cœur de la jungle. Avait-il vraiment l'intention de sacrifier de jeunes vierges comme on le chuchotait dans les bars de Manaus ? Vargas n'avait jamais rechigné à verser le sang. Il y prenait même un plaisir sadique. Alors ?

Un souvenir cruel remonta dans sa mémoire. Elle secoua la tête, se mit à chantonner pour se distraire, en vain. La main sur le front, elle entreprit de se masser les tempes. Elle avait fait tant d'efforts pour oublier…

C'était sans doute le moment de fumer une cigarette. Oui, une cigarette, un bon café, et elle s'attaquerait aux caisses contenant les armes.

Dix minutes plus tard, une cigarette coincée entre les lèvres, elle s'arc-boutait sur un pied-de-biche afin de faire sauter les clous d'un couvercle. Il était grand temps qu'elle récupère ses Galils. Dorénavant, elle les garderait à portée de main. Chargés, bien entendu. Et elle accrocherait deux grenades à sa ceinture, près de son Taurus. À ce stade du jeu, elle aurait été stupide de ne pas se préparer à l'offensive.

Le bois céda dans un craquement. Annie jeta le pied-de-biche, prit le temps de tirer une longue bouffée sur sa cigarette dont elle aimait le goût âcre et épicé sur sa langue. Puis, chassant la fumée de ses poumons, elle posa le mégot incandescent sur la base de la lanterne et se baissa pour soulever le couvercle.

Et, tout à coup, elle sentit une présence.

Elle songea immédiatement à l'anaconda géant, le *sucuri*. Était-il revenu ? Rôdait-il dans la cabine, tout proche ?

Comme elle relevait la tête, c'est un homme qu'elle vit. Un vieil Indien ratatiné, à la peau brune fripée, au nez transpercé d'une plume, aux longs cheveux noirs qui pendaient sur ses maigres épaules nues et sur sa poitrine osseuse.

Il n'avait pas fait le moindre bruit, n'avait pas déplacé le moindre souffle d'air en montant à bord du bateau. À moins qu'il n'ait flotté dans les airs ?

Rien n'aurait pu la surprendre davantage que l'apparition de cet étrange personnage habillé en tout et pour tout d'un bout de chiffon rouge tortillé pour former un pagne grossier.

Hébétée, elle fixa les bracelets constitués de graines rouges de shoroshoro qui encerclaient ses biceps secs et noueux. Son visage sévère, profondément marqué par l'âge, demeurait impassible, mais ses yeux sombres comme la nuit brillaient d'un intense feu intérieur.

Il n'avait pas l'air particulièrement menaçant.

Tout à coup, il parla, d'un ton bref et guttural. Annie perçut un mouvement dans son dos. Elle plongea à terre dans une brusque volte-face, mais trop tard. Elle fut interceptée avant de pouvoir saisir son arme. Un Indien la ceintura en la maintenant contre lui, pendant qu'un autre enroulait une corde autour de ses jambes.

*
* *

Elle l'aimait *bien*.

Will fulminait toujours en parvenant aux abords de Santa Maria. Pour la première fois depuis des années, il s'était laissé surprendre, distraire, détourner de son objectif, et tout cela à cause d'Annie Parrish. Et à présent, une certitude s'imposait à lui : dès qu'il en aurait terminé avec Vargas, il filerait droit vers le Wyoming, chez une petite pétroleuse blonde qui l'aimait *bien*.

En fait, elle l'aimait au point d'avoir mêlé sa langue à la sienne, d'avoir bu son souffle. Quelques minutes encore, et il lui aurait fait l'amour…

Tenaillé par la frustration, il retint un rire ironique envers lui-même. C'était ridicule de se laisser tourner la tête comme ça par une femme ! D'autant plus qu'il serait sans doute mort à la fin de la semaine.

Et pourtant, il ne pensait qu'à elle. Elle le hantait, elle l'obsédait, elle l'obnubilait.

Et ce Jackson Reid ? Lui aussi, sans doute, elle l'aimait *bien*. Il préférait ne pas y penser.

D'un coup de pagaie, il fit glisser le canoë le long du ponton et scruta les alentours. Il n'y avait personne en vue. L'unique bateau amarré était celui du père Aldo, une énorme barge dont on avait rehaussé les flancs afin de faciliter le transport des marchandises.

Un hydravion flottait à côté.

Sur la carlingue, Will reconnut le logo d'une compagnie aérienne de São Gabriel qui n'avait rien à voir ni avec Fat Eddie ni avec Vargas. Et la ville se situait à environ deux heures de vol de la frontière colombienne.

C'était parfait.

Will était venu des dizaines de fois à Santa Maria au cours des deux dernières années. Aujourd'hui, il ne remarquait rien d'anormal. Mais pour s'assurer qu'il n'y avait aucun danger, il devait avant tout se renseigner auprès du père Aldo.

Après avoir amarré son embarcation, il remonta le chemin qui menait à la mission.

Ce n'était grosso modo qu'une allée poussiéreuse flanquée d'une demi-douzaine de bâtiments. Il y avait la maison du père Aldo, l'école, l'église, un entrepôt, et quelques habitations utilisées en particulier par la RBC pour loger ses chercheurs.

Une pile de caisses et de cartons se dressait devant la demeure du missionnaire, sans doute la cargaison de l'hydravion, qu'on n'avait pas encore eu le temps de ranger. L'endroit était paisible, seules quelques lanternes éclairaient l'intérieur des masures. Alentour, la forêt bruissait du chant des cigales.

Si Fat Eddie espérait retrouver Annie Parrish ici, il n'avait pas encore eu le temps d'arriver…

— Guillermo, mon ami ! lança une voix sonore, immédiatement suivie de plusieurs claquements secs, caractéristiques de fusils automatiques qu'on armait.

Will se pétrifia et se traita mentalement de tous les noms pour sa stupidité.

— Où est la fille, Guillermo ? La petite chatte ? Et mes armes, hein ? Où sont-elles ?

C'était bien Fat Eddie, pas d'erreur possible. Will était tombé tout droit dans un piège. Nul doute qu'une douzaine de bateaux à moteur étaient cachés sous des branchages un peu plus loin en aval. Il aurait pu y penser...

On était entre chien et loup. Will regarda autour de lui, cherchant des silhouettes humaines dans les recoins d'ombre. Il n'en voyait aucune. Où aurait pu se cacher un homme de la corpulence de Fat Eddie ? Sans doute était-il tapi derrière les caisses entreposées devant la maison du père Aldo...

Comme il se retournait, il repéra le canon d'un fusil qui dépassait du mur de l'école, de l'autre côté de la rue.

— La fille est toujours avec moi. Je la garde ! cria Will.

— Elle ne t'a apporté que des ennuis et elle va t'en créer encore plus !

Ça, il n'avait pas tort. Même si Will n'allait pas en convenir.

— Tu avais raison à propos des armes. Elle les a chargées à mon bord en douce. Je vais te les rendre. Moi, je veux juste la fille. Le reste ne m'intéresse pas.

Will entendit le bruit d'un moteur qu'on démarrait, un peu en aval de la rivière, puis le même bruit se répéta, encore et encore, pour se fondre dans un bourdonnement continu.

Il avait vu juste. Fat Eddie était venu accompagné d'une véritable armada.

Un rire gras s'éleva de derrière les caisses.

— Bien sûr que tu peux avoir la fille, mon ami ! Enfin, disons la plus grande partie. Moi, je n'en veux qu'un petit bout.

Le rire retentit de nouveau. Fat Eddie affectionnait l'humour macabre. Will dut faire un effort pour ne pas se laisser gagner par la panique. Ce n'était pas ça qui sauverait Annie.

Du coin de l'œil, il vit le premier canot qui arrivait de l'ouest.

— Pose ton pistolet par terre, mon ami, et nous pourrons discuter.

C'était un ordre. Will obtempéra. Il fit glisser son arme hors de sa ceinture et, lentement, se baissa. Dès que le métal heurta la poussière, Fat Eddie et ses hommes surgirent de leurs cachettes.

— Ah! Guillermo, Guillermo! Te voilà malheureusement dans une situation très difficile... soupira Fat Eddie.

Il s'avançait dans un dandinement comique qui faisait tressauter ses bourrelets sous sa chemise. Au bout de quelques pas, il commença à ahaner, le front ruisselant de sueur. Manifestement, il n'était pas au mieux de sa forme.

Will, qui le regardait approcher, se prit à espérer qu'il s'effondrerait sous ses yeux, victime d'une crise cardiaque.

Mais cela aurait été trop beau.

Eddie s'immobilisa en claquant des doigts. Il connaissait ses limites. Aussitôt, deux *jagunços* se précipitèrent pour apporter une grande chaise montée sur des piliers en bois, sorte de palanquin rudimentaire sur lequel le gros se laissa choir avec un soupir de satisfaction.

— Alors, mon ami, où est-elle? Sur ton bateau, c'est ça?

Will haussa les épaules.

Sur un geste de Fat Eddie, deux hommes entreprirent de fouiller Will. Celui-ci comprit qu'il pouvait dire adieu aux pierres précieuses. Et, en effet, après avoir tâté sa poche de chemise, l'un d'eux extirpa le petit sac et, souriant de toute sa bouche édentée, la donna à Fat Eddie.

— Ah, parfait ! ronronna le gros.

Il jeta un rapide coup d'œil à l'intérieur du sac pour en vérifier le contenu, avant de le faire sauter dans sa main.

— Nous ne sommes pas très loin du Rio Cauaburi, Guillermo. Comme je t'aime bien, je veux bien croire que tu avais l'intention de porter ces pierres à Corisco Vargas. Bien sûr, tu vas quand même mourir, mais pas comme un vulgaire voleur, c'est déjà ça.

Piètre consolation !

— Maintenant, les armes et la fille. Je les veux. J'en ai besoin. Tu comprends, mon ami ? Alors, dis-moi où est le *Sucuri*.

— Je te répète que tu vas récupérer tes caisses. Mais la femme est à moi. Je la garde. Entière, précisa Will.

— Tu serais prêt à risquer ta vie pour elle ?

— Oui.

Will avait mis sa vie en jeu à plusieurs reprises au cours des années qui venaient de s'écouler. Il pouvait bien recommencer aujourd'hui pour Annie, d'autant qu'en fin de compte sa vie appartenait à Tutanji. Car quoi que disent et fassent Fat Eddie et Corisco Vargas, il restait assujetti au vieux chaman. Leur pacte comptait plus que tout le reste.

Cela faisait si longtemps que Will luttait pour remplir sa part du marché que, parfois, il en oubliait la récompense qui l'attendait s'il triomphait de l'ennemi du chaman. « Un trésor sans prix, caché dans un jardin paradisiaque de l'Amazonie sur lequel le temps n'influait pas », avait promis Tutanji.

Une définition plutôt vague. Le connaissant, Will imaginait au moins un fossile vivant ou un végétal prétendument disparu depuis des millions d'années. Ce serait une avancée inestimable pour la science. La découverte du siècle !

À moins qu'elle ne soit totalement éclipsée par l'orchidée d'Annie ?

À cette pensée, un sourire lui échappa. Fat Eddie le remarqua et, l'air perplexe, fronça ses sourcils broussailleux.

Il y avait encore une autre hypothèse : que le trésor de Tutanji et l'*Epidendrum luminosa* ne soient en fait qu'une seule et même chose.

L'idée avait traversé l'esprit de Will plus d'une fois depuis qu'il connaissait l'existence de l'orchidée.

Quoi qu'il en soit, il n'allait pas renoncer si près du but, après trois longues années d'épreuves et de sacrifices. Non, Fat Eddie ne l'arrêterait pas, décida-t-il dans un regain de détermination.

Il reprit :

— Je suis prêt à risquer ma vie pour la fille, mais à quoi me servira-t-elle si je meurs ?

Le visage de Fat Eddie se détendit. Il ricana.

— Tu as raison, mon ami. Les morts n'ont pas besoin de femmes.

Will devinait, sans avoir à se retourner, que les bateaux accostaient un à un au ponton. Des bruits de bottes s'élevèrent quand les premiers hommes débarquèrent. Will glissa un œil à la dérobée pour se faire une idée de leur nombre. Son optimisme en prit un coup. Ses chances, déjà ténues, s'amenuisaient à toute vitesse !

Il y avait une trentaine de canots à moteur, avec au moins sept hommes à bord dans chacun.

Fat Eddie interpella un moustachu à la carrure impressionnante :

— Marcos, quelles sont les nouvelles ?

Ledit Marcos s'avança vers son patron et frôla Will au passage. Avec son tee-shirt bleu relativement propre rentré dans son pantalon kaki et son chapeau de cuir incliné crânement sur ses cheveux courts, il avait plus d'allure que la plupart des autres sbires de Fat Eddie. Il se pencha pour murmurer quelques mots à l'oreille de ce dernier, tout en lui tendant un papier roulé sur luimême.

Fat Eddie sourit.

— Tu as laissé la fille sur le Rio Marauia, Guillermo. Marcos a vu ton canoë s'engager sur le Rio Negro. Mais je suis sûr que tu aurais fini par me le dire toi-même, hein?

Will n'aurait pas parié là-dessus. Il projetait un bon gros mensonge, par exemple prétendre qu'il avait débarqué Annie à Barcelos. Ce n'était plus la peine.

À présent, il n'avait d'autre choix que de faire confiance à Annie.

Fat Eddie déroula le papier que Marcos venait de lui tendre et son sourire s'élargit encore.

— Incroyable! s'exclama-t-il en retournant la feuille pour la montrer à Will. On dirait bien que tu as raison, Guillermo! Elle vaut bien plus en un seul morceau : dix mille *reales* de plus!

Et il partit d'un rire tonitruant qui fit trembloter comme de la gelée les multiples replis de sa bedaine.

Atterré, Will fixait l'affiche sur laquelle on reconnaissait nettement, en dépit de la faible luminosité, le visage tuméfié d'Annie. Sous la photo apparaissait l'inscription suivante :

10 000 reales
vivante

Il faillit hurler de désespoir. Cela devenait ahurissant! Annie était un véritable aimant à désastres! Comment avait-il pu s'imaginer une seule seconde qu'il pourrait la conduire sans encombre à Santa Maria, puis l'oublier? Elle avait mis sa vie sens dessus dessous! Tel un ouragan, elle semait la pagaille dans son sillage!

Et maintenant, Fat Eddie et sa horde de *jagunços* allaient fondre sur le *Sucuri*.

Will ne se faisait pas d'illusions : dès qu'il avait eu le

dos tourné, Annie avait dû s'empresser d'ouvrir les caisses afin de récupérer des armes nettement plus efficaces qu'un Taurus 9 mm.

Il n'y avait plus qu'à espérer qu'elle n'hésite pas à s'en servir.

18

La nuit était entièrement tombée quand les *jagunços* poussèrent Will dans un petit canot noir. Puis, toute la flottille de Fat Eddie remonta le Rio Negro en direction du Marauia.

Will aperçut de loin son repère, un *lupuna* qui dépassait largement de la végétation environnante et dont le feuillage formait une couronne sombre dans le ciel éclairci par la lune. Le *Sucuri* était amarré dans l'*igapo*, juste de l'autre côté de l'arbre.

Il était évident qu'au prochain méandre, les brigands apercevraient le bateau. Mais Annie était maligne, se répétait Will. Elle ne commettrait pas d'imprudence. Elle avait vu la tête de Johnny Chang, elle savait quel sort lui réservait Fat Eddie s'il la capturait. Pour le moment, elle ignorait juste que quelqu'un d'autre avait mis sa tête à prix.

Savait-elle *vraiment* se servir d'un Galil ? Hésiterait-elle ou ferait-elle feu à la moindre alerte ? Si elle tirait sur les embarcations, elle risquait de le tuer involontairement… Et, en vérité, elle l'aimait plus que *bien*, il en était convaincu.

Debout sur le pont, il regardait défiler la paroi vert sombre formée par la jungle de chaque côté du fleuve. La nature était calme, on n'entendait que le bruit des moteurs qui peinaient à contre-courant.

— C'est encore loin, Guillermo ? demanda Fat Eddie qui avait pris place dans le canot voisin.

— Encore quelques kilomètres, *senhor Eduardo*.

Le mensonge ne tiendrait pas plus d'une minute, mais ces quelques secondes de répit pouvaient être précieuses pour Annie qui serait la première à voir les canots, alors que tous les *jagunços* regardaient vers l'amont.

— Marcos, fais passer notre ami Guillermo à l'avant, ordonna Fat Eddie. La fille est armée, mais elle ne voudra pas blesser son petit copain.

Avec brusquerie, Marcos saisit Will par le bras et le propulsa vers la proue. Le fusil pointé dans le dos, il gagna la place qu'on lui indiquait.

« Annie, j'espère que tu sais viser… », songea-t-il.

Comme les bateaux allaient aborder le méandre, Will jeta un œil de côté et constata avec soulagement qu'Annie n'avait pas allumé de lanterne. Ce détail l'alarma. Pourquoi ne l'avait-elle pas allumée ? À moins qu'elle ne les ait repérés depuis un moment et qu'elle ne soit déjà en embuscade ?

Ce n'était pas impossible, après tout. Cette fille n'était pas n'importe qui. Elle n'avait pas vécu toutes ces années dans la jungle sans développer une sorte de sixième sens pour repérer les dangers.

Mais, alors que la flottille poursuivait sa progression, il se rendit compte avec stupeur qu'il ne manquait pas seulement la lanterne.

Le *Sucuri* avait disparu !

Incrédule, il se pencha par-dessus le bastingage, scruta les flots tout autour : rien.

Elle avait volé le *Sucuri* et il aurait parié gros qu'elle avait mis le cap droit sur Reino Novo et Vargas !

Elle n'avait pas été longue à se décider ! À peine avait-il eu le dos tourné qu'elle s'était fait la belle. Sapristi, elle avait quasiment dû le suivre sur le Rio Marauia en direction du Rio Negro et manquer Marcos de peu !

Dieu seul savait où elle se trouvait maintenant. Le Cauaburi se situait à seulement quatre-vingts kilomètres à l'ouest du Marauia, les deux rivières suivaient des cours parallèles jusqu'au moment où elles se jetaient dans le Rio Negro. Annie serait à l'embouchure du Cauaburi demain matin au plus tard. Or, Fat Eddie avait envoyé ses hommes partout. Elle aurait de la chance si elle leur échappait jusqu'à demain soir...

Tout à coup, des clameurs retentirent autour de lui. Il tourna vivement la tête.

— *Jacaré ! Jacaré !* cria un homme. *Um monstro !*

Will s'efforça de distinguer dans l'eau le caïman que les *jagunços* affolés montraient du doigt. Plusieurs épaulèrent leur fusil, pendant que d'autres levaient les lanternes pour les éclairer. Quelques rires nerveux fusèrent.

Le canot de Fat Eddie effectua un demi-tour vers les autres embarcations qui faisaient maintenant cercle au milieu de la rivière. Le gros souriait d'un air réjoui.

— Mille *reales* à celui qui me rapporte la peau de la bête ! annonça-t-il.

Un autre équipage aperçut soudain le saurien.

— *Um jacaré monstruoso !*

— *Jacaré ! Jacaré !*

Les hommes devenaient de plus en plus fébriles. Quelques-uns firent feu. D'autres s'emparèrent de cordes et de filets. Will scrutait tour à tour les eaux noires à la recherche de la bête, puis les berges en quête d'un signe que lui aurait laissé Annie.

Il ne cessait de ruminer contre elle. Aller seule à Reino Novo ! N'importe quoi ! C'était de la folie pure !

Des cris de terreur s'élevèrent. Will fit volte-face, juste à temps pour entrevoir une mâchoire gigantesque qui s'ouvrait sur une rangée de dents coniques étincelantes à la lueur des lanternes. Puis, l'animal plongea et disparut, après avoir fouetté l'eau de son interminable queue dentelée.

Will sentit sa gorge se contracter sous l'effet d'une peur primaire. Doux Jésus! ce monstre devait mesurer au moins six mètres, une longueur extraordinaire pour un caïman d'Amazonie!

— Deux mille *reales*! beugla Fat Eddie.

La flottille se déplaça vers la rive pour essayer de piéger le saurien, en vain. On lança des filets dans l'eau, on tira de nouveaux coups de feu. Enfin, quelqu'un réussit à agripper l'animal à l'aide d'un petit grappin.

Will écarquilla les yeux. Bigre, quel monstre en effet! Sa peau valait largement le double de ce que Fat Eddie en offrait. Mais l'animal la vendrait chèrement, au prix d'une lutte sans merci. Il tournait sur lui-même furieusement. Sa queue crevait la surface glauque faisant jaillir des gerbes d'éclaboussures, tandis que les vagues venaient s'abattre contre la coque des canots.

Les hommes, très excités, hurlaient des encouragements ou tiraient dans l'eau. Ce serait un miracle si quelqu'un ne recevait pas une balle perdue dans les cinq minutes, songea Will, déconcerté. Enfin, du moment que ce n'était pas lui…

Avec un vagissement sourd, l'animal plongea de nouveau, entraînant dans son sillage le grappin et les filets. En une demi-seconde, les cris se turent, et un silence de mort retomba. Les hommes fixaient anxieusement les coques des autres bateaux, guettant la réapparition du grand saurien, certains avec impatience, d'autres avec une terreur manifeste.

Will tourna la tête vers la berge.

Il réfléchissait. Annie n'avait aucune raison de partir sans lui. Et il n'existait personne dans toute l'Amazonie qui oserait monter à bord du *Sucuri* pour s'en emparer. Non, nul n'abordait le *Sucuri*.

Sauf Tutanji.

La crainte l'envahit, et il sentit son estomac se nouer.

Le vieux chaman était tout à fait capable de s'être déplacé jusqu'ici.

Will se rappela les cauchemars d'Annie et son malaise s'accrut. Elle n'avait pas la moindre chance. Si forte et si rusée soit-elle, elle n'était pas de taille contre un chaman de la puissance de Tutanji.

Le vieux Daku avait déjà failli tuer Will cinq ou six fois avec ses potions, décoctions et mixtures diverses. Sans cesse, il le poussait à outrepasser ses limites physiques et mentales. Car aux yeux de Tutanji, seul comptait le but à atteindre : détruire le démon blanc qui avait envahi sa terre. Afin de le combattre à égalité, il avait donc créé son propre démon blanc.

Quelque chose heurta le canot piloté par Marcos. Tout le monde se tourna dans un concert d'exclamations, les hommes s'attendant presque à voir le monstre croquer l'embarcation d'un seul claquement de mâchoires.

Mais ce n'était pas le reptile, juste une longue planche brisée à son extrémité, qui flottait maintenant au ras de la coque. Quelqu'un approcha une lanterne et l'on distingua alors les lettres inscrites sur la peinture délavée : *SUCURI*.

Will eut l'impression de recevoir un coup de massue sur la tête. Son bateau n'avait pas été volé, il avait été pulvérisé.

Alors, où diable était Annie ?

— C'est... le caïman ? fit une voix chevrotante non loin.

— Non, non ! Rien qu'une planche, une vieille planche en bois !

— Où est le *jacaré* ?

— Ici !

— Non, là, là !

Marcos aboya :

— La ferme, vous autres ! C'est juste un bout de bois. Continuez de chercher. Deux mille *reales* pour celui qui capturera la bête !

Will fouillait la berge du regard. Il apercevait maintenant d'autres débris blancs qui flottaient, éparpillés entre les racines des arbres. Des planches brisées, il y en avait partout.

Il reconnut également le bois brut des caisses qui avaient contenu les armes d'Annie.

C'était tout ce qui restait du *Sucuri*.

Derrière lui, quelqu'un cria de nouveau :

— *Jacaré* !

Sur les canots, tout le monde se rua vers le bastingage opposé. Will, lui, n'arrivait pas à croire qu'un caïman géant avait surgi des profondeurs du Marauia pour dévorer son bateau, même s'ils venaient de voir un animal d'une taille peu commune.

Ce n'était sûrement pas non plus la dynamite d'Annie qui avait causé le naufrage, sinon ils auraient entendu la déflagration...

Plus Will réfléchissait, plus il était certain que c'était l'œuvre de Tutanji. C'était l'Indien qui lui avait donné le bateau, une vieille épave abandonnée dans la jungle, dont la carcasse, rejetée loin du fleuve par la crue, avait été attaquée par les plantes grimpantes.

Ce n'était qu'un vieux rafiot mais, au cours des deux dernières années, Will n'avait pas eu d'autre foyer.

Et Tutanji venait de l'anéantir. Leur histoire commune touchait donc à sa fin.

Qu'il en soit donc ainsi ! pensa Will, les yeux rivés à la rive jonchée d'éclats de bois.

Néanmoins, le chaman avait outrepassé les bornes en s'en prenant à Annie. Bien sûr, il ne la tuerait pas, du moins pas tout de suite, mais c'était à peu près tout ce dont Will était sûr. Et d'ailleurs, était-elle seulement en vie ? Ou son corps déchiqueté gisait-il à quelques mètres de là, camouflé par les feuilles et les racines ?

Il n'y avait qu'un seul moyen d'en avoir le cœur net.

Il devait s'échapper, et donc rejoindre la berge à la nage, alors qu'un caïman hypertrophié rôdait sous l'eau, rendu fou furieux par la douleur.

Profitant du fait que personne ne faisait attention à lui, il enjamba résolument le bastingage, priant pour que le *jacaré* sache qu'il était le *pasuk panki* du grand chaman Tutanji de l'Autre Monde, roi tout-puissant des sciences occultes. Il passa l'autre jambe par-dessus le garde-fou et se laissa glisser dans l'eau avant que quiconque puisse remarquer son absence.

L'eau noire et chaude se referma sur lui. Le courant assez fort à cet endroit-là l'entraînait vers la rive. Il plongea profondément, redoutant à chaque brasse que ses mains ne heurtent soudain une peau écailleuse et priant pour que le saurien géant ne soit pas d'humeur à se régaler ce soir d'un ex-botaniste.

*
* *

Le vieil homme avait disparu.

À l'instant il était là, en tête du groupe d'Indiens qu'il guidait dans la forêt, et voilà qu'il s'était volatilisé.

Le rythme de leur progression n'avait pas fléchi pour autant, et Annie avait les genoux en sang. Elle avait trébuché maintes fois sur des racines. Bien qu'habituée aux marches intensives, c'était la première fois qu'elle effectuait un tel trekking de nuit.

Les Indiens qui l'avaient kidnappée n'avaient quant à eux aucun problème pour se déplacer dans l'obscurité. Leurs corps nus luisaient, caressés par les rayons de lune. Leurs visages étaient peints en noir, leurs torses bariolés de rouge.

Le terrain devint brusquement plus meuble et Annie sentit ses pieds s'enfoncer dans le sol spongieux. Il devait y avoir un ruisseau tout près. Ils en avaient déjà franchi trois et, lors du dernier passage, il avait fallu traverser avec de l'eau jusqu'à mi-poitrine.

À présent, Annie était trempée et plus effrayée qu'elle ne voulait bien se l'avouer.

On l'avait enlevée. Cela semblait invraisemblable. Et cependant, c'était bien ce qui s'était produit !

Le vieil homme à l'expression énigmatique et au collier de shoroshoro avait détruit le bateau. Il l'avait réduit en miettes et Annie ne savait ni comment ni pourquoi. Il était resté à bord un moment, avant de revenir vers le rivage. Puis, il s'était mis à souffler par la bouche, tout en sautillant sur place.

Au bout d'une minute, le *Sucuri* s'était effondré. Tout simplement. Il avait implosé plutôt qu'explosé, emportant pour toujours les armes d'Annie au fond de la rivière.

Annie avait eu du mal à en croire ses yeux. D'accord, ce n'était qu'un vieux rafiot, mais de là à le voir se déliter de la sorte ! On aurait dit la maison en paille des trois petits cochons quand le loup avait soufflé dessus !

Elle perçut un bruit de ruissellement d'eau et se prépara mentalement à affronter cette nouvelle épreuve. L'anaconda était un serpent d'eau. Il aimait se vautrer dans les ruisseaux qui sillonnaient la forêt, surtout la nuit…

Arrête ! Pense à autre chose ! s'ordonna-t-elle.

En plus des armes, elle avait perdu du matériel précieux qui se trouvait à bord du bateau et qui allait certainement lui manquer si elle réussissait à s'enfuir. Ce vieux bonhomme ratatiné avait tout gâché !

Qui était-il ?

Plusieurs hypothèses lui étaient venues à l'esprit, mais comment réfléchir sérieusement quand il fallait crapahuter à toute allure sur un sol détrempé, dans un enchevêtrement de lianes, dévorée par les moustiques, sans avoir la moindre idée de l'endroit où on l'emmenait ?

L'Indien qui la précédait entra dans le ruisseau et s'enfonça jusqu'aux genoux, puis il eut de l'eau jusqu'à la poitrine. Annie s'efforça de museler sa peur. Cette fois-ci, elle finirait la traversée à la nage, c'est-à-dire

194

qu'elle n'aurait même pas pied si quelque chose d'énorme s'enroulait autour d'elle pour l'attirer vers le fond...

Elle pénétra dans l'eau sans ralentir le pas. La moindre hésitation lui serait fatale, elle le savait. Quand le niveau lui atteignit le menton, la terreur et la colère se fondirent en elle pour former une seule et même émotion. Et soudain rejaillit de sa mémoire le nom qui s'obstinait à lui échapper jusqu'à présent, un nom écrit dans sa conscience en lettres de feu : Tutanji.

*
* *

— Guillermo, sale fils de *puta* ! Tu es fou, complètement fou ! mugit Fat Eddie.

Étendu sur le sol derrière un arbre, à bout de souffle, Will ne put qu'en convenir.

Ces quelques minutes où il avait nagé aussi vite que possible, talonné par l'énorme caïman, avaient été les plus longues de toute son existence. Il aurait juré qu'il avait senti les dents du saurien frôler ses orteils !

Il redressa la tête, vérifia que ses jambes étaient intactes.

Gesticulant à bord de son canot, Fat Eddie criait toujours :

— Où sont mes armes, Guillermo ? Mes fusils ?

« Au fond de l'eau, connard ! » faillit répondre Will.

Il s'essuya le visage et appela :

— Annie !

Fou de rage, Fat Eddie rugissait :

— Salopard ! Dégénéré de poivrot ! Tu ne t'en tireras pas comme ça, fais-moi confiance !

Il avait sans doute raison, toutefois Will ignora cette probabilité déprimante.

— Annie !

Il écouta attentivement. Un coup de feu retentit. Une balle le frôla en sifflant et ricocha sur un rocher avant d'aller se planter dans un tronc d'arbre. Will s'éloigna de la rive en rampant.

— Ivrogne ! Sale timbré ! La prochaine fois qu'on se verra, tu ne resteras pas longtemps en vie, mon ami !

Indifférent aux menaces du gros, Will venait de se planquer derrière un tronc d'arbre.

Il s'y adossa tranquillement pour reprendre son souffle.

— Annie ! cria-t-il encore.

Devant lui, il découvrit l'évier de la timonerie, sur un tas de feuilles pourries. À quelques mètres de là, la barre du *Sucuri* était coincée dans une basse branche. Malheureusement, il n'y avait aucune arme dans les parages. Et toujours pas d'Annie.

Will ne savait pas s'il devait s'en réjouir. Puis, soudain, il repéra la fléchette fichée à terre. Il reconnut son empennage noir et blanc. À côté se trouvaient sa machette, un carquois et un arc, liés ensemble par un collier en dents de cochon sauvage.

Le message était clair. Tutanji détenait Annie et, si Will voulait la récupérer, il devrait l'affronter.

D'autres coups de feu retentirent. Certains firent éclater l'écorce des arbres voisins, d'autres se perdirent dans la végétation. Puis, Will entendit de nouveau le cri « *Jacaré !* » et il sut que, momentanément, on l'avait oublié.

Il ne laissa pas passer l'occasion.

Glissant le collier autour de son cou, il scruta le sol et finit par trouver ce qu'il cherchait : des empreintes qui s'enfonçaient dans la jungle.

Alors, avec pour seul guide la demi-lune qui brillait dans le ciel, il se lança à la poursuite des Indiens.

19

Reino Novo

Fat Eddie Mano dégoulinait de transpiration, comme si sa peau adipeuse fondait à la chaleur. Corisco voyait les auréoles s'élargir à vue d'œil, sur sa chemise et sur son pantalon. Des gouttes de sueur perlaient sur son front. Une catastrophe!

Corisco regrettait maintenant de l'avoir reçu dans son beau bureau, si richement décoré et très difficile à entretenir. Il fallait sans cesse se battre contre ces fléaux qu'étaient les moisissures et le salpêtre. Ici, sous les tropiques, chaque centimètre cube d'air était gorgé d'eau. Fat Eddie, à suer comme un bœuf, ne faisait qu'empirer le phénomène. Comme si le taux d'humidité habituel, la pluie et les crues occasionnelles ne suffisaient pas, il fallait en plus que le gros apporte sa réserve de flotte personnelle dans le seul endroit de cette Amazonie pourrie qui soit à peu près vivable aux yeux de Corisco : son bureau !

Personne n'avait le droit de transpirer dans son bureau.

Le crayon qu'il tripotait cassa d'un coup sec entre ses doigts.

— Et la fille, *senhor* Mano ? Qu'est-elle devenue ?

Fat Eddie et sa petite cour étaient arrivés à Reino Novo alors que le soleil se couchait à l'horizon. Le caïd de Manaus avait apporté les pierres précieuses qu'apparemment il avait reprises à William Sanchez juste avant que celui-ci ne se fasse dévorer par un caïman, près de l'embouchure du Rio Marauia.

C'était une histoire intéressante, le genre d'anecdote qui ne pouvait se produire que dans une contrée aussi sauvage et immense que l'Amazonie. Pourtant, ce n'était rien comparé à l'enfer que Corisco s'apprêtait à déchaîner sur la région.

Fat Eddie paraissait dans l'expectative.

— Une fille ? Quelle fille vous intéresse en particulier, major Vargas ? J'en ai plein, des filles, à Manaus. Autant que vous voulez.

— Je me fiche de tes filles que tu vends à la Praça de Matriz ! répliqua Corisco. Je veux l'Américaine, la chercheuse qui voyageait sur le bateau de Travers.

Fat Eddie écarta ses bras énormes en guise d'impuissance.

— Le bateau a été entièrement détruit. Je vous l'ai dit, major. Et la fille, si elle était bien là, a dû être atomisée, elle aussi.

— Mais vous n'avez pas retrouvé son corps ?

— Non, admit Fat Eddie.

— Elle s'appelle Annie Parrish. Dr Parrish, précisa Vargas qui guettait la réaction de son interlocuteur.

Ce gros porc lui mentait, il en avait la conviction. Annie Parrish se trouvait bien à bord du *Sucuri* hier soir et, si elle n'était pas morte, c'est qu'elle était quelque part dans la forêt.

Mais, pour une raison encore obscure, Fat Eddie préférait faire celui qui n'était pas au courant.

Corisco ne supportait pas les cachotteries. Il se faisait fort de lui délier la langue. En dépit de son escorte, Fat Eddie ne faisait pas le poids – amusante expression en ce qui le concernait ! – contre la garde personnelle de Corisco, constituée de soldats d'élite.

Torturer longuement le gros serait une partie de plaisir.

Ce dernier fit semblant d'avoir un éclair de lucidité.

— Ah, la fille au singe laineux! Oui, oui, j'ai entendu dire qu'elle était revenue à Manaus. Mais c'est tout ce que je sais. Elle n'a rien à voir avec mes affaires.

Encore un mensonge, songea Corisco. Tous les *jagunços*, de Reino Novo à Manaus, savaient désormais que la tête d'Annie Parrish était mise à prix.

— Elle est avec les gens de la RBC, c'est ça? poursuivit le gros. C'est vous qui l'avez fait expulser du pays l'année dernière, hein, major?

La question n'étonna pas Corisco. Au Brésil, tout le monde connaissait l'histoire du singe laineux, même si l'on se trompait sur les circonstances.

À présent, Corisco se souciait seulement de savoir ce qu'était devenue Annie Parrish. Si elle n'était pas déjà morte, il la trouverait.

Il lui semblait impensable que le grand sacrifice ait lieu sans elle.

— Oui, c'est moi qui l'ai fait expulser, confirma-t-il. Et il se trouve que je n'en ai pas fini avec elle.

— Dans ce cas, elle vaut peut-être son poids en or? interrogea Fat Eddie avec un petit gloussement qui fit trembloter ses bajoues, tandis qu'une lueur cupide s'allumait dans son regard.

— En effet, elle a beaucoup de valeur.

Corisco claqua des doigts et Fernando s'avança aussitôt. Son patron prit sur le bureau l'une des affichettes qui représentaient Annie et la lui tendit en lui faisant signe de la passer à Fat Eddie.

Le gros pencha la tête et, dans un joli numéro d'acteur, feignit la surprise. Corisco faillit grincer des dents. Oh oui, elle valait son pesant d'or! Et plus elle s'obstinait à lui échapper, plus elle l'obsédait. Il était temps qu'il lance ses hommes à sa poursuite.

Si elle se trouvait près de l'embouchure du Marauia hier soir, quand le bateau avait été détruit, elle n'avait pas pu aller bien loin. Il était prévu qu'une brigade parte aujourd'hui de Reino Novo afin de capturer les « agneaux » qui manquaient à la cérémonie du grand rituel. Bon, il suffisait de diviser le groupe en deux et d'envoyer l'autre moitié à la recherche d'Annie Parrish. Il placerait cette deuxième section sous l'autorité de Fernando.

Le molosse saurait renifler la piste de la fille...

— Alors je la trouverai pour vous, major, et je vous la ramènerai, promit Fat Eddie. Si elle est à Manaus, je n'aurai besoin que de quelques heures pour la récupérer. En revanche, si elle est déjà sur la rivière, cela prendra plus de temps, j'en ai peur. Le Rio Negro est immense...

Le gros sourit, dévoilant ses dents aiguisées. Corisco songea : « Immense, oui. Mais pas assez grand pour nous deux ! »

Le sourire de squale de Fat Eddie ne l'intimidait pas du tout. La nuit du démon approchait et, quand tout serait fini, Eddie Mano serait soit mort, soit inoffensif. Dans tous les cas de figure, Corisco avait intérêt à l'épargner pour le moment. Il pouvait encore l'utiliser.

Annie Parrish était bien plus importante à ses yeux que ce misérable caïd des bas-fonds de Manaus. Toutefois, si Fat Eddie la lui ramenait... eh bien, tant mieux ! Sinon, le gros et ses *jagunços* viendraient grossir les rangs des « agneaux » qui seraient sacrifiés sur *El Mestre*.

Fat Eddie se mit tout à coup à toussoter, et Corisco devina instantanément ce qui provoquait cette réaction : derrière lui se trouvait le grand vivarium.

— Ah ! je vois que mon bébé est sorti de sa cachette !

D'un geste, Corisco intima à Fernando d'allumer la lumière à l'intérieur de la cage en verre.

Le colosse balafré s'approcha d'un panneau d'interrupteurs fixé au mur. Une à une, les lampes illuminèrent différentes zones du vivarium. On discerna tout d'abord les plantes qui poussaient au premier plan, puis les troncs soigneusement sélectionnés pour permettre à l'animal de se suspendre aux branches.

On aurait dit que la forêt amazonienne venait de faire irruption dans le bureau. Au centre de la cage coulait un petit ruisseau artificiel, alimenté par une pompe qui puisait l'eau dans la rivière.

La plupart du temps, il était impossible de voir l'hôte du vivarium. Mais, aujourd'hui, il s'était finalement décidé à se montrer, au grand ravissement de Corisco.

— Presque douze mètres, *senhor* Eduardo ! Le plus grand anaconda jamais tenu en captivité ! Il pèse trois cents kilos. D'ordinaire, je le nourris d'animaux. Je vous invite instamment à revenir dans une semaine, pour assister à une manifestation grandiose et festive que j'ai organisée depuis longtemps. Vous pourrez le voir chasser. C'est étonnant, je vous assure. Mais le clou du spectacle, c'est l'instant où il avale sa proie.

Fat Eddie n'en doutait pas une seconde. Pas plus qu'il ne doutait de la cruauté de Vargas, si dangereux maintenant qu'il disposait d'une armée personnelle, levée parmi les forces militaires brésiliennes, et si puissant grâce à son or inépuisable.

Et Vargas en possédait des tonnes. Il ne négociait, disait-on, que la moitié de ce qu'il extrayait des mines, et il utilisait le reste pour ses desseins personnels. Des projets secrets et démoniaques.

Fat Eddie dut se retenir de rire. L'Amazonie était pleine de démons redoutables qu'il avait tous rencontrés. Vargas, ce petit citadin de São Paulo, ignorait tout des *jurijuri*, des *brujos*, des *boraros* et des *wawekratins*. Sans même savoir ce qu'il manigançait, Fat Eddie aurait misé sur la victoire des esprits de la forêt. Et il avait bien envie d'être dans le coin pour faire main basse sur tout cet or, quand Vargas serait anéanti.

Il lui était impossible d'avoir du respect pour un type qui n'avait rien de mieux à faire que d'égorger des femmes sur un autel. En revanche, l'autel l'intéressait fichtrement ! Une construction en or massif qui, selon la rumeur, était dissimulée quelque part tout près de Reino Novo.

Était-ce pour cette raison que Vargas tenait tellement à retrouver la petite chatte blonde ? Parce qu'il voulait l'immoler au cours d'une cérémonie ?

En tout cas, Fat Eddie ne doutait pas de la trouver. Les engrenages de son cerveau s'étaient déjà mis en marche et, depuis longtemps, il avait ordonné à une centaine de ses *jagunços* de le rejoindre sur le Cauaburi.

Le major paierait bien plus que dix mille *reales* pour avoir la fille. Il le lisait dans son regard illuminé. Vargas avait beau jouer l'indifférence, il était obnubilé par la femme blonde. Il était prêt à tout pour la récupérer.

Fat Eddie avait sa théorie. S'ils n'avaient pas retrouvé de cadavre, cela signifiait qu'elle ne se trouvait pas à bord du *Sucuri* quand celui-ci avait été détruit. Aucune trace de brûlure n'indiquait qu'une explosion s'était produite. Non, le serpent-anaconda était parti, voilà tout, et ensuite le bateau et sa cargaison s'étaient pulvérisés dans la rivière.

Un sourire s'afficha sur ses lèvres poupines. Il avait récupéré ses armes et n'avait perdu qu'un seul homme dans l'opération. Cela dit, les forces qui avaient protégé Travers ces dernières années ne l'avaient pas tout à fait abandonné, sinon ce caïman géant n'aurait fait de lui qu'une seule bouchée, au lieu de dévorer l'un des capitaines de son escorte.

Travers s'était lancé à la recherche de la fille et il avait eu l'air drôlement pressé ! La capturer ne serait peut-être pas aussi facile que prévu. Pour elle, Travers avait menti et risqué sa vie, il n'avait pas hésité à sauter dans le Rio Negro avec un caïman géant à ses trousses.

Eddie commençait à soupçonner son vieux pote Travers d'être amoureux.

Mais l'amour ne suffirait pas à les sauver tous les deux. Quand Eddie rejoindrait son bateau, il enverrait un message radio aux hommes disséminés sur le Marauia. Ils avaient eu la journée pour retrouver la trace des deux fugitifs. La chasse devait toucher à sa fin.

Oui, sous peu, il ramènerait la petite chatte blonde à Reino Novo.

Et Guillermo ?

Si Fat Eddie venait d'affirmer à Vargas que Travers était mort, c'était essentiellement pour protéger ce dernier. Il avait trop de sympathie pour lui. Guillermo n'était pas un crétin comme le major. Guillermo connaissait les *jurijuri* et les *brujos*.

Parfois, Eddie se demandait si Guillermo n'était pas lui-même un sorcier. De temps en temps, il surprenait dans son regard une étincelle qui lui rappelait son père, un sorcier originaire de l'Équateur. Comme le père d'Eddie, Guillermo avait du sang sur les mains. Pas le sang délavé des femmes, comme Vargas, mais un sang imprégné de puissance.

Non, il ne fallait surtout pas sous-estimer Guillermo.

Un mouvement dans le vivarium attira son attention. Force lui fut d'admettre que Vargas avait trouvé un joli serpent, de proportions respectables. Avec ses anneaux verts et tavelés, et sa large tête triangulaire, il n'avait rien de la délicatesse des autres serpents qui peuplaient l'Amazonie.

Entre ses paupières bouffies, Fat Eddie jaugea Vargas. L'anaconda était balèze ! Mais le major n'était qu'un avorton. Ah, ils formaient une belle paire, ces deux-là !

Le major l'avait invité à revenir d'ici une semaine ? Il pouvait compter sur lui, il serait là !

20

Will passa la main au-dessus d'un feu abandonné au milieu d'une clairière. Les cendres étaient encore tièdes. Tutanji et sa troupe n'avaient pas plus de deux heures d'avance sur lui. Quant aux hommes de Fat Eddie, ils étaient sur sa piste et précédaient un autre groupe de limiers. Will les avait repérés lorsqu'il avait fait demi-tour, afin de savoir combien de *jagunços* le caïd de Manaus avait lancés à ses trousses. Il y en avait quinze exactement, mais ceux qui suivaient – sans doute les troupes de Vargas – semblaient encore plus nombreux. Le bassin entre le Marauia et le Cauaburi était très fréquenté ces temps-ci !

Comme cette pensée ironique lui traversait l'esprit, Will leva les yeux vers le bout de ciel qu'il apercevait malgré la densité de la jungle. Il ne rejoindrait pas les Daku avant la tombée de la nuit.

Un léger bruit lui fit tourner la tête. Rapidement, il scruta la clairière. Ce n'était qu'un paca – un rongeur tacheté – qui sortit des fourrés épais pour trotter à toute allure vers un arbre aux racines gigantesques.

Will baissa de nouveau les yeux vers le foyer.

Il était déjà venu ici… avant de tuer le jaguar. Il avait vécu au sein de la tribu, dans cette clairière, durant les premiers mois qui avaient suivi sa rencontre avec l'ana-conda. Lentement, il avait guéri, à l'ombre de ces palmiers-pêches, avant que les Indiens ne repartent en direction du nord.

Il s'agenouilla, saisit une poignée de cendres grises qu'il laissa couler entre ses doigts, avant de se relever.

Tutanji se dirigeait de nouveau vers le nord. Il marchait depuis quatre jours avec les siens. Will avait perdu leur piste la première nuit, après avoir franchi un ruisseau, puis il l'avait retrouvée à l'aube.

À ce moment-là, les hommes de Fat Eddie le talonnaient, mais depuis, ils avaient perdu du terrain. L'autre groupe se déplaçait encore plus lentement. Will n'avait entendu personne depuis trente-six heures, néanmoins il les savait dans les parages, à renifler sa piste tels des pit-bulls acharnés.

Marcos était doué, sacrément doué.

Tutanji était meilleur, mais il avait perdu son avance en s'embarrassant de femmes et d'enfants.

Will embrassa la clairière d'un regard circulaire, notant des traces de vie domestique : des épluchures d'ignames sur le sol, un panier de vannerie à moitié terminé... Les femmes et les enfants avaient attendu là pendant que les hommes avaient été chercher Annie. Elle devait être épuisée. Lui-même n'avait plus l'habitude de courir nuit et jour dans la forêt, et il commençait à ressentir les effets de la fatigue. Il y avait une éternité qu'il n'avait pas voyagé dans les collines entourant la Serra Neblina, dans le monde perdu où l'anaconda de Tutanji l'avait attaqué.

Était-ce là-bas, aux sources brumeuses des rivières, que le chaman emmenait Annie ?

C'était une terre en état de siège, à l'instar de l'Amazonie tout entière, une terre que Tutanji préserverait à n'importe quel prix des ravages causés par l'homme blanc. N'avait-il pas proposé à Will de partager avec lui ses secrets de sorcier, en échange de son aide contre la rapacité des chercheurs d'or et contre la curiosité des scientifiques qui, à leur façon, détruisaient la civilisation Daku, mettant en péril le fragile équilibre de vie des Indiens et provoquant d'innombrables discordes ?

C'est pourquoi Tutanji avait caché les siens, un peuple dont le reste du monde n'avait entendu parler que par la rumeur ou par les légendes qui circulaient sur la forêt amazonienne jusqu'au jour où l'on avait découvert de l'or sur le Cauaburi. Alors, le démon Corisco Vargas était arrivé avec ses hordes de chercheurs d'or, ses machines puantes, ses avions. Il avait fouillé la terre et il avait pollué les rivières.

Aucune femme, indienne ou non, n'était en sécurité dans l'entourage des *garimpeiros*. Aucune tribu n'était en mesure de repousser leurs incursions. De nombreux Daku étaient déjà morts. La majorité de leurs terres, autrefois très riches, avait été détruite, profanée par les centaines de mineurs.

Chaque année, les rivières devenaient de moins en moins poissonneuses. Bientôt la misère, la famine et la maladie régneraient entre les deux bras de rivière.

Le vent s'était levé et faisait frémir le feuillage des arbres. Après un dernier coup d'œil, Will se tourna vers la piste. Les Indiens menaient un train trop soutenu pour que quiconque ait l'idée de s'attaquer à la femme blanche, ce qui allait épargner bien des ennuis à Tutanji quand Will le rattraperait.

Il s'attendait à récupérer Annie épuisée. Mais il ne répondait de rien s'il la retrouvait violée ou traumatisée.

*
* *

Annie courait, pourchassée par des milliers de démons jaillis de la forêt, des agoutis pourpres aux dents acérées, des caïmans couleur de sang, gigantesques et voraces, des grenouilles orange à la peau venimeuse qui sautaient partout, des scorpions à la queue dressée, sur le point d'enfoncer leur dard mortel dans sa chair...

Cours! Cours! Cours, Annie...

Elle s'éveilla en sursautant et faillit tomber de son hamac en feuilles tressées. Son cœur battait à tout rompre. Sa première idée fut de fuir, mais il n'y avait aucun démon nocturne près d'elle. La nuit était belle, tiède, animée d'une brise agréable et ponctuée du coassement des grenouilles.

Tout autour, les Indiens dormaient dans des abris fabriqués à l'aide des palmes des arbres. Les femmes gardaient leurs bébés serrés contre leur sein, les enfants étaient pelotonnés les uns contre les autres, les maris tenaient leurs épouses enlacées.

Autour du campement, des feux brûlaient à intervalles réguliers, afin d'éloigner les bêtes sauvages. Des guetteurs surveillaient les alentours, certains armés de lances et d'arcs, d'autres de fusils modernes qu'ils portaient en bandoulière.

Deux hommes étaient assis près du foyer le plus proche d'Annie. Ils discutaient à mi-voix. L'un d'eux était Tutanji. Les flammes du feu rougissaient ses jambes et ses bras recouverts de peintures rituelles.

L'autre était William Sanchez Travers, reconnaissable entre mille à ses cheveux châtains striés de mèches blondes.

Le cœur d'Annie bondit. Il était venu!

Une vague de soulagement la submergea. Il était là, il l'avait trouvée!

Elle porta la main à son collier, celui que lui avait donné Will, caressa le morceau de quartz anguleux, les dents de jaguar douces et lisses. Le talisman l'avait protégée. Elle n'avait pas rencontré d'anaconda géant ni de jaguar dans ses rêves...

Et, maintenant que Will l'avait rejointe, tout irait bien.

Elle poussa un long soupir et, les paupières lourdes de sommeil, elle s'abandonna dans les bras de Morphée.

*
* *

Will jeta un coup d'œil à l'endroit où Annie dormait, vérifiant pour la énième fois que tout allait bien. Avec ses cheveux blonds et ses vêtements, il était facile de la repérer parmi les Indiens nus blottis dans leurs hamacs. Il constata qu'elle ne s'était toujours pas séparée de son sac-banane...

Depuis longtemps il avait ôté ses habits. De sa chemise déchirée, il avait confectionné un sac grossier dans lequel il avait fourré son short. Il était arrivé au sein de la tribu Daku comme l'un des leurs, avec pour unique vêtement un pagne noué autour des reins et des plumes de toucan nouées dans les cheveux.

Comme toujours, la transition avait été étonnamment facile. Chaque fois, il en était surpris, mais jamais très longtemps. Pourquoi se voiler la face ? Pourquoi faire semblant d'être un homme civilisé alors qu'au fond de lui, il savait pertinemment qu'il appartenait à la forêt amazonienne ?

Six mois s'étaient écoulés depuis sa dernière rencontre avec les Indiens. C'était trop long, peut-être. Il ne voulait pas que Tutanji se méprenne sur l'homme qu'il était en réalité, celui qui avait tranché la gorge du jaguar pour lui arracher les dents, celui qui avait vaincu l'anaconda. Will avait du sang sur les mains, du sang puissant de *pasuk*, et Tutanji l'avait oublié à son détriment, surtout depuis qu'il avait enlevé Annie.

— Les Daku ne vendent pas leurs femmes, dit-il d'une voix calme, sans manifester d'émotion particulière, les yeux rivés à l'affiche que Tutanji venait de lui tendre.

Pourtant, il avait la gorge nouée. En dépit de la mauvaise qualité du cliché noir et blanc, on voyait qu'elle avait été frappée. Elle avait une paupière gonflée et une ecchymose sur sa joue. Une tache sombre dans ses cheveux devait être du sang coagulé. Et, bien que la photo ait été coupée à hauteur des épaules, on se rendait compte qu'elle était nue, du moins la partie supérieure du corps. Un détail qui lui avait échappé à Santa Maria.

— Ce n'est pas une Daku, objecta Tutanji de son intonation chuintante.

— Elle est à moi et je suis Daku. Tu as vu mon sang. C'est le même qui coule dans tes veines.

Lors d'une transe particulièrement intense, ils avaient vu leurs histoires respectives s'entremêler à une époque ancienne. Ils ne s'en étaient pas étonnés car, lorsque Tutanji s'était mis en quête d'un apprenti blanc dans la forêt, il ne recherchait pas un étranger, mais un frère. Aujourd'hui, Will se faisait fort de le lui rappeler.

— Tu as transporté beaucoup de femmes sur ton bateau. Tu n'as jamais voulu en garder une pour toi, fit remarquer le chaman.

— Je veux garder celle-ci.

Mais Tutanji, lui, voulait la vendre à Corisco Vargas contre dix mille *reales*. Ce dernier n'avait pas perdu de temps pour inonder la région de ses affiches dont l'encre était à peine sèche. Même les Indiens en avaient !

Le vieil homme secoua la tête.

— Non, petit frère, cette femme n'appartient à personne. Elle n'a pas encore de maître.

— Cela m'est égal, je veux la récupérer ! assena Will.

Le temps pressait maintenant. Naïvement, il avait cru disposer de tout son temps pour accomplir sa mission. Il s'était trompé. S'il avait réglé son compte à Vargas un an plus tôt, ce salopard n'aurait jamais capturé la petite botaniste blonde du Wyoming, dont le seul crime consistait à vouloir révéler au monde un trésor végétal.

Évidemment, un an plus tôt, il ignorait encore que c'était Vargas qu'il lui fallait combattre. Les patrons de mines du Cauaburi rendaient des comptes à un certain Fernando. Will avait mis trop de temps à faire le lien entre ce demeuré et Vargas. Beaucoup trop de temps. D'ailleurs, sans l'aide de Fat Eddie, il chercherait encore…

Ses yeux se posèrent sur l'affiche. Il serra les dents en remarquant qu'au moment où la photo avait été prise, Annie n'arborait pas encore cette cicatrice à la tempe. Qu'avait-elle subi avant que la photo soit prise, et après ?

Ses grands yeux écarquillés trahissaient un effroi sans nom.

Il s'obligea à respirer profondément, cherchant un apaisement qu'il n'atteindrait jamais, il le savait, tant que Vargas serait en vie.

— Je ne comprends pas, reprit-il. Les Daku n'ont jamais convoité l'argent des Blancs. Pourquoi veux-tu ces dix mille *reales* ?

— Kiri et Wawakin, Shatari et Mete, tous ont été emmenés, et plein d'autres encore. Nous les rachèterons avec l'argent que nous rapportera la femme blanche, expliqua Tutanji dans le dialecte des Daku. Regarde autour de toi, petit frère, tu vois bien quels sont ceux qui manquent. Nous entendons leurs cris et leurs appels dans nos rêves, mais nous ne pouvons rien pour les sauver.

Will avait déjà pris note des absents au sein de la tribu, mais il avait pensé que ces Indiens avaient rejoint un autre clan de leur plein gré. Si en réalité ils avaient été enlevés, c'est que la situation avait nettement empiré au cours des six derniers mois. Beaucoup plus qu'il ne se l'était imaginé.

— À qui voulez-vous les racheter?

— Aux *pishtacos*.

Tutanji avait employé le mot quechua qui désignait les hommes blancs venus dans la forêt pour, selon la légende, décimer les Indiens et leur voler leur graisse corporelle. Ces *pishtacos* terrorisaient les Daku, bien qu'ils n'existent que dans leur imagination. Même Corisco Vargas ne se serait pas donné le mal de tuer pour s'approprier une ressource si rare chez les Indiens! Il aurait été plus efficace de s'en prendre à Fat Eddie qu'à toutes les tribus d'Amazonie.

— Des *pishtacos* ou des *garimpeiros*?

— Ce sont les mêmes, non? répliqua Tutanji en haussant ses maigres épaules. Ils nous attaquent, nous dépouillent, nous tuent. Ils enchaînent les nôtres, puis les emportent sur la rivière à bord de leurs bateaux à moteur.

— Où les emmènent-ils?

— Dans les mines. Un Tukano a vu beaucoup d'Indiens et des *caboclos* dans les mines du Cauaburi. Une centaine. Des Tukano, des Desana, des Daku, des Yanomani. Les patrons de mines gardent les femmes dans leurs bordels et jettent les hommes au fond des mines, ils les font travailler jusqu'à la mort, puis ils les parquent dans des cages, autour d'une montagne d'or.

L'autel de Reino Novo!

Will sentit ses poils se hérisser. Rien n'aurait pu l'alarmer davantage. Des Indiens et des *caboclos* emprisonnés, Corisco Vargas, la nuit du démon... Mon Dieu!

Bon sang, à quoi jouait ce détraqué?

— La lune sombre arrive, petit frère, murmura Tutanji. La femme est notre dernier espoir. Avec dix mille *reales*, nous pourrons récupérer les nôtres et les arracher à l'esclavage.

Will le fixa d'un regard dur. Il redoutait bien plus que l'esclavage pour les captifs et pour Annie.

— Non, Tutanji. Vargas veut la femme et il paiera beaucoup en échange, mais il ne libérera pas les Indiens.

Les traits fermés, Tutanji fouillait les braises du feu de la pointe d'un long bâton.

— Tu te trompes, petit frère. Tous les hommes blancs aiment l'argent. Ils ravagent le monde et brûlent la forêt pour l'argent. C'est la vérité.

Peut-être, mais ce n'était pas la seule vérité.

— Tous les hommes désirent également le pouvoir, contra Will. La femme est l'ennemie de Vargas, le démon qui a pris l'or de nos ancêtres, qui a volé les Daku et les Yanomani, les Tukano et les Desana. Il ne libérera pas les Indiens contre de l'argent alors qu'il est déjà très riche.

Il soutint le regard du vieux chaman, guettant une réaction sur son visage parcheminé et buriné. Avec un soupir, celui-ci détourna la tête.

— Peux-tu m'emmener là où les *garimpeiros* amarrent leurs bateaux, près de la mine de Reino Novo ? demanda Will.

— Si tu veux. C'est à une journée de marche. Deux si l'on voyage avec les femmes et les enfants.

— Alors, renvoie-les au nord avec les guerriers. Nous n'avons pas le temps. Nous irons seuls.

— Et la femme ?

— Elle est à moi. Elle va où je vais, décréta Will.

Le vieux accepta cet ultimatum d'un hochement de tête pensif.

— Le *sucuri* a quitté ton bateau. Mieux valait que j'emmène la femme avec nous, même si nous n'obtenions pas d'argent. Seule, elle n'aurait pas été en sécurité, expliqua-t-il.

De toute façon, Annie n'était en sécurité nulle part en Amazonie, réfléchit Will. Et certainement pas ici, pratiquement sur les terres de Vargas, avec les hommes de Fat Eddie sur les talons. Il avait essayé de la protéger, mais il commençait à se dire que tout cela était inéluctable, et que, comme lui, Annie était un élément indissociable de la guerre qui allait éclater.

Tutanji ne tarda pas à le conforter dans cette impression.

— Je l'ai reconnue, tu sais, quand je l'ai vue sur ton bateau.

— Tu l'as reconnue ?

— Oui, je l'avais vue avant… la première fois, quand elle a tué le singe. Cette femme que tu as emmenée, elle est sauvage. Elle a l'esprit de l'anaconda en elle. Tu dois l'apprivoiser, la dresser, être énormément patient.

Contrairement à la plupart des tribus, les Daku étaient de vrais nomades. Ils avaient certainement croisé Annie à un moment donné lors de son premier séjour sur le Cauaburi.

— Elle a l'esprit de l'anaconda en elle ?

— Oui. C'est une *wawekratin*, une sorcière. Ce serpent sur ton bateau, c'était peut-être le sien depuis le début.

Will demeura coi. Enfin, il bredouilla :

— Je croyais… que c'était *ton* serpent… qui défendait le *Sucuri* !

Cette fois, ce fut Tutanji qui lui jeta un regard interloqué.

— Tu as tué mon serpent, petit frère ! Tu ne t'en souviens donc pas ?

Bien sûr qu'il s'en souvenait. Mais il se sentait toujours en terrain glissant quand il était question de la sorcellerie et de l'Autre Monde. Le serpent qu'il avait tué était bien réel, tandis que l'anaconda du bateau n'était qu'une vision. Pourtant, il les avait toujours associés dans son esprit.

De toute évidence, il s'était trompé.

Mais, si c'était le serpent-esprit d'Annie qui avait protégé le *Sucuri* durant ces deux dernières années, pourquoi s'était-il volatilisé au moment où ils avaient justement besoin de protection ?

Quoi qu'il en soit, il ne fallait pas espérer obtenir la réponse à ces questions avant un bon moment.

Curieux, il demanda :

— Pourquoi ne m'as-tu pas attendu au bateau ? Tu savais pourtant que j'allais revenir.

— Je t'ai attendu ! se récria le chaman, l'air outré. Tu ne m'as donc pas vu dans l'eau, quand je faisais tout ce bruit pour distraire tes ennemis ?

Le caïman.

— C'était toi ?

— Oui, confirma le vieux en souriant, c'était moi.

— Et c'est toi qui as déclenché l'orage quand nous avons quitté Manaus ? Cette pluie torrentielle qui se déplaçait plus vite que le vent ?

— Oui, c'était moi.

Will n'en doutait pas une seconde.

— Tu devrais emmener la femme sauvage au fleuve, conseilla Tutanji. Lave-la et mets ta semence en elle pour l'apaiser. Recommence tous les jours et nourris-la de poissons et de fruits. Elle perdra sa folie.

Les Daku estimaient que chaque femme était intrinsèquement hystérique et n'atteignait une sérénité relative que si elle recevait régulièrement le sperme de son époux. Will n'y voyait pas d'objection, bien qu'il doutât fort que sa semence ait autant d'influence sur Annie.

Tutanji continuait :

— Je l'ai fait beaucoup courir pour qu'elle soit bien fatiguée. Comme ça, elle ne te posera pas de problème si tu veux la prendre maintenant.

Will jeta un coup d'œil en direction du hamac d'Annie. En effet, elle ne devait plus guère avoir d'énergie pour s'opposer à lui, toutefois ce n'était pas exactement de cette façon qu'il avait envisagé les choses. Il n'avait pas envie de lui faire l'amour alors qu'elle était trop éreintée.

Et ma foi, lui aussi était épuisé. Il ne s'était reposé qu'une petite heure de temps en temps au cours des quatre derniers jours et, en cet instant, le hamac l'intéressait presque autant que la femme qui y dormait.

Presque.

Cela faisait si longtemps qu'il n'avait pas dormi auprès d'une femme !

— Va, lui dit Tutanji en se levant. Prends la femme et, au matin, emmène-la à la rivière. Elle sera contente.

Will regarda le vieux chaman qui s'éloignait, puis il observa autour de lui le campement installé à la hâte. Seuls les feux indiquaient que l'endroit était habité par l'homme. Les abris en feuillage et les hamacs tissés étaient presque invisibles sur le fond de végétaux inextricablement emmêlés.

Il se leva à son tour, alla se glisser dans le hamac d'Annie et, après avoir refermé sur eux les pans du tissu, il réfléchit aux conseils que venait de lui donner le chaman.

Tutanji n'avait pas parlé à la légère. Les Daku prenaient très au sérieux le «dressage» des femmes, qu'ils considéraient moins sous l'aspect sexuel que sous la forme d'une responsabilité, d'une protection.

Étendu contre son corps, il releva un bras et lui cala la tête contre son épaule. Puis, avec un soupir de bien-être, il daigna enfin se détendre.

Les grenouilles avaient terminé leur concert et l'on percevait maintenant les autres bruits de la nuit : le chant lointain de la rivière, les notes criardes d'un oiseau. Will sentait le parfum des feuilles qui se mêlait à l'odeur âcre de la fumée. Il pleuvrait avant l'aube, car les nuages s'amoncelaient autour de la lune qui, telle une faux d'argent, tranchait le noir du ciel.

Bientôt, ce serait la nouvelle lune.

Il avait envie de prendre Annie par la main et de fuir.

Il voulait la protéger.

Il avait envie de l'embrasser.

Et, au moment où elle se tournait pour se nicher contre lui, c'est précisément ce qu'il fit. Il glissa les doigts dans ses cheveux afin de dégager son front et posa ses lèvres sur sa peau.

Elle était douce, souple et abandonnée. Lui-même se sentait étrangement rassuré. Il avait réussi à la rejoindre avant que quelque chose d'affreux ne se produise et, pour ce soir, cela lui suffisait.

Ou plutôt, cela lui aurait suffi si elle n'avait de nouveau bougé dans son sommeil pour glisser sa jambe entre les siennes.

Il se raidit, mais elle s'arqua et, cambrée, fit remonter son genou entre ses cuisses. Will ferma les yeux, tourna la tête, mais tressaillit lorsqu'une petite main chaude se posa sur sa poitrine et, doucement, descendit pour suivre le tracé de ses muscles…

Les sensations étaient tout simplement paradisiaques. Ses seins ronds et tendres s'écrasaient sur son torse, ses doigts déclenchaient en lui des ondes de pur plaisir.

Incapable de se retenir, il lui embrassa de nouveau le front, puis le nez. Dans un acquiescement inconscient, elle tendit son visage vers le sien dans une irrésistible requête.

Conscient qu'elle ne savait pas vraiment ce qu'elle faisait, il lui effleura la bouche de ses lèvres. Aussitôt, elle répondit à son baiser.

Finalement, il n'était pas aussi fatigué qu'il l'avait cru.

Affamé tout à coup, il l'embrassa avidement. Elle ne le déçut pas, lui mordilla les lèvres dans une lente exploration, si lente qu'il comprit qu'elle était encore à moitié endormie.

Son corps réagissait de plus en plus violemment aux caresses et aux baisers qu'elle lui prodiguait. La façon dont elle exprimait inconsciemment son désir le fascinait. Il n'était même pas certain qu'elle réalisait qu'elle l'embrassait *lui*, mais son corps le savait.

Elle avait déjà eu ces réactions quand il l'avait embrassée pour la première fois : ce léger mouvement de rotation des hanches, la progression de sa main qui descendait vers son sexe, laissant un sillage brûlant sur sa peau... Seulement, cette fois, elle n'interrompit pas son geste et atteignit son but.

Il étouffa un gémissement et songea vaguement qu'ils n'étaient qu'à quelques mètres de l'abri le plus proche où dormait un couple d'Indiens. Mais il n'allait pas arrêter Annie pour autant. Au contraire, il en voulait plus de seconde en seconde.

Lorsqu'elle referma les doigts autour de son pénis, il pressa ses hanches contre elle.

Seigneur, c'était si bon !

Il cueillit un sein au creux de sa paume, le pétrit doucement. Il était en érection depuis le premier baiser et, maintenant, son sexe était douloureux. Il aurait voulu qu'elle continue à le caresser, qu'elle ne s'arrête jamais et, en même temps, il brûlait de se fondre en elle.

Toujours à moitié endormie, Annie se frottait langoureusement contre lui. Il sentait son souffle dans son cou, sa langue sur sa peau, ses dents qui lui mordillaient le menton... et la douce pression insistante de sa main. Elle allait le consumer, le dévorer, l'envoyer au paradis sans même se réveiller...

Il aurait pu se laisser faire, tout simplement... mais il voulait plus.

Fébrile, il défit le bouton qui fermait le short de la jeune femme, ouvrit la fermeture Éclair. Annie souleva ses hanches pour l'aider. Rien n'était calculé de sa part mais, quand il se plaça entre ses cuisses, il la trouva humide et prête. Elle laissa échapper une plainte lorsqu'il stimula la source de son plaisir et sa respiration se fit haletante.

Il aurait voulu l'embrasser au plus secret de son intimité, la goûter, la faire jouir ainsi avant de la posséder, mais son désir était trop fort. La prochaine fois, se promit-il, et cette pensée décupla ses sensations.

D'un puissant coup de reins, il la pénétra profondément, tandis que sa bouche se refermait sur la sienne. Puis, la retenant contre lui d'une main, il se mit à bouger en elle.

Annie atteignit l'extase presque aussitôt. Il plongea en elle et étouffa son cri sous un baiser, lorsqu'il perçut les contractions de sa chair intime au moment où l'orgasme l'emportait et, au paroxysme de la volupté, il se répandit en elle.

Quelques minutes plus tard, il se retira et roula sur le dos. Annie s'était rendormie contre lui, totalement indifférente au record de vitesse qu'ils venaient d'établir.

Ils avaient eu une relation purement physique, dégagée de toute arrière-pensée, assouvissant une pulsion primaire sans s'embarrasser de préliminaires. Mais Tutanji avait raison. Annie n'avait jamais eu l'air plus sereine. Quant à lui, il ne s'était pas senti aussi bien depuis une éternité.

Au prix de quelques contorsions, il réussit à lui remettre son short et à refermer la fermeture Éclair. Annie ne se réveilla même pas et marmonna seulement quelques paroles indistinctes.

Il connut alors un moment de remords en songeant qu'il venait de prendre une femme endormie, puis il se rappela que c'était elle qui avait commencé à l'exciter, et son sentiment de culpabilité s'envola.

Annie l'Amazone...

Annie la dure à cuire, avec ses fusils israéliens et sa bouche si douce... Il espérait de toute son âme qu'elle ne le haïrait pas demain matin, lorsqu'elle se rendrait compte de ce qu'ils avaient fait...

... parce que, pour couronner le tout, il venait de tomber amoureux.

21

Corisco marchait dans la jungle sur le sentier illuminé de centaines de torches enflammées, une pour chaque «agneau» qui serait sacrifié durant la *noite do diabo*.

La fumée s'élevait en volutes tarabiscotées vers les arbres et la nuit éclairée d'un mince et pâle croissant. Dans quarante-huit heures, ce serait la nouvelle lune, le ciel ne serait qu'un immense dais de velours noir, une ouverture sur les ténèbres terrifiantes dont il était le maître absolu.

Il tenait contre sa poitrine un paquet bien enveloppé. L'excitation courait dans ses veines. Bientôt, des années de labeur seraient récompensées! Le major Vargas disparaîtrait. Il deviendrait le roi Corisco et régnerait sur six mille cinq cents kilomètres de fleuve et presque cinq millions de kilomètres carrés de montagnes, de forêts et de plaines.

Et la terreur réussirait là où la politique échouait toujours.

Aucun gouvernement ne comprenait vraiment ce qu'était le pouvoir. La bureaucratie liait les mains et les esprits des dirigeants. Corisco avait été suffisamment longtemps dans l'armée brésilienne pour constater les dégâts infligés par des fonctionnaires obtus. Des demi-mesures, voilà tout ce qu'on obtenait avec eux!

Mais pas à Reino Novo. Ici, c'est lui qui faisait la loi et, par conséquent, il créait ce que d'autres n'avaient fait qu'imaginer : un véritable Eldorado, dont le centre névralgique était déjà en place.

El Mestre était la pierre angulaire sur laquelle tout reposait.

Au bout du sentier, il déboucha sur ce qu'il appelait la « plaza » : une zone carrée, pavée de dalles en or massif qui reflétaient les flammes dansantes des torches plantées sur le périmètre.

En son centre se dressait une immense statue d'or aux courbes sinueuses : *El Mestre*, l'anaconda géant de plus de dix mètres de haut, qui surplombait même les arbres environnants.

Hypnotisé, le regard de l'observateur montait le long de l'édifice étincelant pour se fixer, stupéfait, sur la gueule béante d'où dépassaient quatre crochets, d'une longueur de plus d'un mètre chacun.

Les émeraudes et les diamants de Fat Eddie avaient déjà été enchâssés dans le métal pour figurer les yeux, *Los olhos de Satanas*, qui semblaient rutiler d'une vie intérieure démoniaque.

Les anneaux du serpent constituaient la base de la statue. Ils cachaient un escalier dont les marches s'élevaient jusqu'à une porte pratiquée dans la gorge de l'anaconda.

Tout autour de la plaza retentissaient les lamentations et les gémissements terrifiés des prisonniers retenus dans des cages.

Les femmes pleuraient doucement, les vieillards marmonnaient dans leur barbe. Tous étaient gagnés par l'épouvante chaque fois que Corisco faisait allumer les torches sur le sentier et sur la plaza. Ce spectacle de lumière, dont il ne se lassait jamais, annonçait de manière très imagée le funeste destin qui attendait les Indiens et les *caboclos*. Bientôt, leurs misérables vies seraient consumées par *El Mestre*, et leur sang ruisselle-rait en rigoles écarlates sur la plaza avant d'être recueilli en son centre.

Les prisonniers en parlaient dans des chuchote-ments apeurés depuis que Corisco leur avait expliqué avec complaisance quel sort il leur réservait. Les malheureux n'avaient aucun espoir de s'échapper. Les cages, installées tout autour de la plaza, étaient constituées de grilles en acier fixées dans des piliers de béton.

Par mansuétude, il avait fait disposer une couche de branchages sur le sommet afin de protéger les captifs de la pluie.

Bien que les cages soient là depuis peu de temps, la jungle y avait déjà apposé sa marque : des lianes s'en-trelaçaient aux barreaux déjà piquetés de rouille. Les feuilles qui poussaient fondaient le tout dans un océan de vert, comme si la forêt s'appliquait lentement à tout digérer.

Corisco gravit l'escalier et s'arrêta au premier étage de la tour-serpent, devant la porte d'une petite salle qu'il avait fait aménager. Le niveau supérieur se trouvait dans la bouche de l'anaconda. Il s'agissait d'une plate-forme flanquée par les quatre crochets gigantesques. Mais, pour le moment, Corisco n'avait rien à y faire.

Un peu plus tôt dans la journée, il avait tué un petit agouti en utilisant une simple pincée de carapace de scarabée-roi réduite en poudre. À présent, il allait chauf-fer le sang recueilli dans un bol, y ajouter quelques ingrédients secrets, des poudres et des potions à base de plantes tropicales, et surtout un hallucinogène puis-sant fabriqué avec la peau d'une grenouille très veni-meuse qui vivait dans la région, l'*uyump*.

Bien sûr, il prenait un risque en consommant cette mixture. Il y avait toujours du danger, mais Corisco avait besoin du plaisir étrange provoqué par ces visions, auquel la peur était étroitement mêlée. Une goutte d'élixir en trop, et la folie pouvait ravager son esprit. Seuls les plus forts et les plus résistants s'en sortaient.

Lui-même avait bien failli ne pas en réchapper. La première fois, il avait eu du mal à recouvrer la raison. Pourtant, il était revenu à la hutte du chaman sur le Rio Papuri, encore et encore, jusqu'à cette nuit où il avait vu sa destinée briller parmi les étoiles.

Il pénétra dans son sanctuaire où l'attendait un spectacle réjouissant : des scarabées-rois, des milliers, qui grouillaient partout, par terre, sur les murs, sur le plafond, sur la table. Leurs carapaces irisées donnaient un aspect coloré, irréel et mouvant à la pièce.

Et ils avaient faim.

Corisco ouvrit le paquet qu'il avait apporté et en retira la viande qu'il jeta sur la table. Aussitôt, les insectes s'agglutinèrent sur les morceaux ensanglantés pour se repaître de chair fraîche.

Un sourire satisfait déforma la bouche de Corisco. À présent, il était un homme riche. Immensément riche.

Et plus rien ne pourrait l'arrêter dans sa quête de gloire.

22

Annie fut éveillée à l'aube par le contact doux d'une main sur son épaule. Comme chaque matin, la jeune Ajaju venait la réveiller pour l'emmener à la rivière.

Annie se redressa dans le hamac et laissa pendre ses jambes dans le vide. Elle regarda autour d'elle. Les Indiens étaient en train de lever le camp, on empaquetait ce qu'on pouvait, les hommes chargeaient divers fardeaux sur leurs épaules.

Au bord du fleuve régnait la même fébrilité. Le matin, les mères s'occupaient principalement de leurs enfants et, ce jour-là, elles lavaient rapidement les marmots sous la chute d'eau qui dévalait un surplomb rocheux et tombait dans une vasque naturelle.

C'était une belle et fraîche matinée. La brume s'élevait de l'eau et tapissait le sol de la forêt. Les oiseaux sortaient du sommeil pour s'envoler. Une fois la toilette des enfants terminée, les femmes se hâtaient de remonter vers le campement.

Annie, qui était la seule à porter des vêtements, se retrouva seule le temps de se déshabiller et de se laver. Occupée à enfiler son short, elle mit un moment à se rendre compte que la berge était déserte. Étrange... Depuis son enlèvement, pas une fois on ne l'avait laissée sans surveillance.

Elle aurait pu profiter de l'occasion pour prendre la poudre d'escampette, mais ce n'était sans doute pas dans son intérêt. Les Indiens ne lui avaient fait aucun mal et Will…

Will.

Elle se figea.

Will était arrivé au campement.

Comment avait-elle pu l'oublier? Hier soir, elle avait été si soulagée de le voir! Tellement soulagée!

Peut-être trop.

Elle passa sa chemise et boucla son sac-banane autour de sa taille, avant de chercher des yeux les silhouettes féminines. Mais non, elle était bien seule.

Une bouffée de chaleur l'envahit soudain et ses joues devinrent brûlantes, comme lui revenait en mémoire le rêve qu'elle avait fait cette nuit.

Un rêve érotique incroyable, dans lequel William Travers avait joué le premier rôle avec son corps dur, souple, musclé qui, pendant quelques minutes, s'était fondu dans le sien…

Ces sensations lui semblaient encore si réelles!

Des cris animaux lui firent tourner la tête vers la cascade. Deux aigrettes crevèrent le feuillage d'un arbre, puis s'envolèrent vers la canopée, zébrant le ciel bleu de leur plumage blanc. Annie les suivit du regard, tandis qu'elles amorçaient en piqué spectaculaire vers le fleuve…

Il était là, debout sur un rocher plat qui s'avançait à deux mètres au-dessus de l'eau, tout près de la cascade, presque invisible au milieu des rubans de brume de l'aurore et des ombres projetées par les hauts troncs d'arbres.

Annie sentit son cœur palpiter follement. Il était magnifique. Il avait toujours sa parure de plumes dans les cheveux, une verte, une bleue, une noire. Avec de la teinture de *genipa*, il avait tracé deux raies parallèles sur ses pommettes.

Une autre ligne de peinture courait le long de ses jambes jusqu'à ses pieds. Il était armé d'une sagaie et de sa machette dont la lame pendait sur sa cuisse musclée. Un carquois de bambou et un arc lui barraient la poitrine.

Il ne portait que son pagne et la vue de son corps presque entièrement dénudé troubla Annie.

Elle comprit qu'elle n'avait pas rêvé. Ils avaient vraiment fait l'amour et cela avait été merveilleux. Elle se souvenait du goût de sa bouche, de la force de ses bras, du lent mouvement de va-et-vient de leurs corps... Et ces souvenirs éveillaient au creux de son ventre un désir lancinant qu'elle se serait crue incapable d'éprouver après les événements de Yavareté.

Will se retourna sur son rocher et leurs regards se croisèrent. Annie sentit son visage s'enflammer davantage. Ils avaient fait l'amour. Il lui semblait impossible qu'elle lui ait autorisé un tel degré d'intimité, encore plus improbable qu'elle ait initié ce contact, et pourtant elle se remémorait ses mains qui s'aventuraient dans une lente exploration de son corps, ses caresses qui devenaient de plus en plus audacieuses...

Elle avait les joues en feu. Plus elle le regardait, plus les souvenirs affluaient à sa mémoire.

Il descendit la façade rocheuse pour rejoindre la rive, et Annie put contempler ses muscles bandés par l'effort sous sa peau bronzée. Puis, tout à coup, une question angoissante la tarauda. S'agissait-il simplement d'une admiration légitime ou ressentait-elle bien plus que du désir à son égard ?

Elle n'était même pas amoureuse du cow-boy du Wyoming qui avait fini par repartir dans le circuit professionnel du rodéo sans que leur séparation l'affecte particulièrement. Quant à son professeur d'université, il avait partagé avec elle une passion plus intellectuelle que physique. Annie n'avait été que modérément dépitée lorsqu'il l'avait larguée pour s'amouracher d'une autre étudiante.

Will venait de s'immobiliser à sa hauteur.

— Bonjour. *Tudo bem?*

— Oui, répondit-elle.

Quand elle était près de lui, tout allait bien.

Pour lui aussi, elle nourrissait une passion intellectuelle, et depuis des années ; depuis en fait qu'elle avait lu son premier ouvrage, un traité de phytothérapie intitulé *La forêt guérisseuse*.

Mais ce qui faisait battre son cœur pour l'heure, ce n'était pas la perspective d'entretenir avec lui de longues discussions scientifiques, c'était son odeur typiquement masculine, c'étaient ses mains longues et nerveuses. Et elle n'avait qu'à regarder son ventre musclé pour avoir tout à coup la bouche sèche.

Il existait sans doute de très rationnelles explications physiologiques au désir qu'elle éprouvait en cet instant, mais en l'occurrence elle s'en fichait comme de l'an quarante !

— Viens avec moi, je veux te montrer quelque chose, lui dit-il.

Annie lui emboîta le pas et, comme ils remontaient le chemin qui longeait la cascade, elle admira sans vergogne sa haute silhouette, ses larges épaules, son dos longiligne doré par le soleil équatorial, son cou puissant sous les mèches châtain clair.

En le voyant ainsi, elle eut très envie de le sentir de nouveau en elle.

Il se tourna à demi sans s'arrêter, lui offrit sa main. Elle ne put s'empêcher de rougir et il sourit, d'un lent sourire qui ressemblait à une promesse. Elle comprit alors que, même s'il avait réellement quelque chose à lui montrer, ce n'était pas la raison essentielle qui le poussait à s'éloigner du camp.

Une vague d'excitation l'assaillit. Sa main disparaissait dans la sienne, plus large, calleuse. L'énergie de son bras se communiquait à elle. C'était la première fois qu'elle pouvait compter sur la force d'un homme.

Son regard glissa des épaules de Will aux spirales serpentines tatouées le long de sa colonne. Le vieux chaman l'avait marqué à vie à l'aide d'épines de palme et de teinture. Elle imaginait la scène : la nuit épaisse au cœur de la jungle, Will étendu à terre, baignant dans son sang et celui du serpent, près de Tutanji qui psalmodiait jusqu'à l'aube, ses vieilles mains guidées par une vision *caapi*, à travers des rouleaux de fumée...

En échange de trois années de sa vie et de l'anéantissement futur de Vargas, Will avait reçu la promesse de la Connaissance. Pour qu'il consente à ce marché, l'Indien avait dû plaider fort brillamment sa cause.

— Dis-moi, que te donnera Tutanji si tu parviens à mettre Vargas hors d'état de nuire ? s'enquit-elle lorsque la curiosité devint trop forte.

— Une carte, qui situe un lieu sacré, au nord de l'endroit où nous nous trouvons actuellement.

— Un lieu sacré ? La cité perdue, l'Eldorado dont tout le monde parle chaque fois que ton nom est mentionné ?

Parmi toutes les rumeurs qui circulaient sur le compte de Will, celle-ci était l'une des plus persistantes.

— Non, Annie. Il ne s'agit pas d'or, mais de plantes fossiles, un trésor de la nature. Et, à vrai dire, quand j'ai vu ton orchidée, j'ai pensé qu'elle en faisait peut-être partie.

— Non, une orchidée fossile, c'est impossible. Tu le sais aussi bien que moi...

— Ton orchidée n'est pas une fleur normale. Le phénomène de bioluminescence est tout à fait inhabituel. J'adorerais effectuer des recherches là-dessus si je disposais d'un laboratoire !

Et elle, donc !

— Il va nous falloir du matériel. J'ai effectué de nombreux tests sur la fleur quand j'étais dans le Wyoming, et je n'ai rien trouvé qui n'ait été déjà découvert sur d'autres spécimens biologiques luminescents. Et pourtant, oui, le phénomène est différent ! Et parfois… parfois…

Sa voix mourut. Il lui jeta un coup d'œil.

— Parfois ?

— Parfois, reprit-elle avec un petit rire bref, j'ai l'impression qu'elle essaie de me dire quelque chose, que les ondes lumineuses sont comme une sorte de code en morse…

À sa grande surprise, il acquiesça.

— C'est exactement ce que j'ai pensé après avoir passé deux bonnes heures à la détailler !

— C'est incroyable, n'est-ce pas ?

— Oui.

Ils échangèrent un sourire, sans cesser de marcher main dans la main.

— Et ton tatouage ? interrogea-t-elle encore. À quoi rime-t-il ?

Le sourire de Will s'effaça pour laisser place à une expression teintée de résignation et d'amertume.

— Mon tatouage… répéta-t-il, songeur. Ce qui est stupéfiant à propos de ce tatouage, c'est que je ne sois pas mort durant l'opération ou peu après d'une horrible infection. Le reste fait partie du jeu de Tutanji. À la base, le dessin représente l'anaconda cosmique, qui symbolise du point de vue des Indiens Daku l'éveil de la conscience humaine, l'avènement de l'existence de l'homme dans le jardin d'Éden.

— S'agit-il de la carte ?

— Non, c'est plus une sorte de talisman. Je n'aurai la carte qu'après être revenu vainqueur de Reino Novo.

S'il en revenait, songea Annie.

Mais elle ne voulait pas penser à cela.

Ils demeurèrent silencieux et continuèrent d'avancer à travers les arbres ruisselants d'humidité. Ils devaient parfois franchir de petits ruisseaux ou se baisser pour passer sous des lianes ou des basses branches.

Annie avait l'impression d'avoir fait cela toute sa vie : marcher dans la jungle à la recherche de plantes, en suivant des sentiers à peine tracés que seuls les yeux les plus exercés réussissaient à distinguer.

Elle avait parcouru certaines régions tropicales où les iguanes se laissent tomber des arbres pour mieux vous surprendre. Dans le Patanal brésilien, les plages étaient jonchées de caïmans. Bref, elle était habituée à côtoyer la faune amazonienne. Mais, en définitive, elle avait rencontré peu de serpents et, depuis quelques jours, ils avaient également déserté ses nuits. Grâce au collier de Will.

Elle commençait à y croire dur comme fer, en dépit de ses chers principes scientifiques. Oui, la forêt était de leur côté et c'est ce qui les protégerait quand ils seraient à Reino Novo.

Au bout du chemin, ils croisèrent un autre ruisseau peu profond dont l'eau boueuse montait à peine aux chevilles. Leur passage dérangea une escadrille de papillons aux ailes bleues parcourues de stries nacrées, pareilles à de petites voiles qui captaient les rayons du soleil.

Annie retint son souffle, admirative, en les voyant voleter au-dessus de l'onde avec la grâce des esprits de la forêt. Elle avait déjà vu de tels spécimens, mais jamais en si grande quantité.

La jungle regorgeait de richesses. Alors qu'ils marchaient toujours, Annie retrouva un rythme autrefois familier, avant que l'épisode du singe laineux ne bouleverse son existence, quand, infatigable, elle passait des jours à arpenter le terrain en quête de nouveaux échantillons.

Parvenu devant une profonde cuvette qui recueillait l'eau d'une cascade, Will désigna la piste qui longeait la roche, sous le promontoire rocheux et disparaissait derrière l'écran d'eau.

Annie le suivit sans hésiter et, comme ils passaient derrière la chute, ils se retrouvèrent rapidement trempés. Annie rejeta en arrière ses cheveux mouillés et écouta le ruissellement de l'eau sur la pierre, savourant d'être coupée du reste du monde. Le chemin s'achevait brutalement par un éboulis et ils durent se glisser dans l'eau et nager sur les derniers mètres afin de gagner la rive opposée.

Ils entrèrent dans une sorte de cocon végétal, niché entre le ciel d'azur et un épais entrelacs de fougères qui recouvrait le sol. Annie ne résista pas à la tentation. Elle ôta ses chaussures et ses chaussettes pour fouler avec délice ce tapis de fraîcheur.

Tsunki, songea Will, fasciné par la vision qu'elle offrait dans son tee-shirt mouillé qui lui collait à la peau.

Tsunki, un esprit de la rivière réputé pour séduire les hommes en leur promettant mille faveurs sexuelles. Selon Tutanji, on en rencontrait souvent. Un chasseur allait se baigner ou pêcher près du fleuve et il se trouvait soudain face à l'incarnation érotique de tous ses désirs charnels, un démon féminin qui revêtait une apparence de mortelle pour mieux l'ensorceler.

Tutanji affirmait avoir rencontré par deux fois durant sa jeunesse de telles enchanteresses. Et la seconde lui avait conféré les pouvoirs surnaturels qui faisaient de lui aujourd'hui un puissant homme-médecine.

Tandis qu'il observait Annie, le désir enfla en lui, violent, sulfureux. Annie Parrish, *tsunki* de l'Amazonie. Elle l'avait certainement envoûté et séduit.

Annie leva les yeux vers lui. D'un geste, il lui désigna le rivage et la masse brune d'un tronc près de l'eau. Avec satisfaction, il vit son regard s'agrandir à la vue du cadeau qu'il lui faisait...

— Je les ai trouvées ce matin, pendant que tu dormais, expliqua-t-il.

— Mon Dieu !

Lentement, elle s'approcha du tronc et se pencha pour effleurer les pétales bleus des fleurs qui poussaient là à profusion.

— Regarde là-haut, ajouta-t-il.

Comme elle obtempérait, il vit son émerveillement se muer en incrédulité. Il y avait des centaines d'orchidées bleues en fleur sur les arbres. Elles étaient si nombreuses qu'on avait l'impression qu'elles formaient un deuxième ciel dans le sous-bois.

Un vrai miracle.

— *Aganisia cyanea*, murmura-t-elle d'une voix émue, ses doigts fins frôlant un pétale bleu.

— Je n'ai pas tout compté mais, à vue de nez, il y en a plusieurs centaines. Un record mondial. Si vous voulez vérifier, docteur Parrish, nous pourrons l'homologuer pour la postérité.

Elle rit, les yeux brillants de plaisir.

— Tu imagines les rumeurs quand on apprendra que le Dr Travers et le Dr Parrish étaient ensemble au beau milieu de la forêt amazonienne, quelque part au nord-ouest du Brésil, au moment où ils ont fait une découverte majeure en botanique !

Elle rit de nouveau, un son musical et frais qui lui donna la chair de poule et attisa son désir. Il adorait la faire rire.

Il l'aimait. Tutanji pouvait bien garder tous les autres *tsunkis*, Annie était la personnification de son désir avec sa peau vanillée et son corps aux courbes douces. Il s'était perdu en elle, sa bouche unie à la sienne, tandis qu'elle l'attirait de plus en plus profondément en elle, l'aspirait par son sortilège, en poussant de petits cris qui l'avaient enivré...

À ce souvenir, son sexe se durcit.

Annie devait bien se douter qu'il ne l'avait pas entraînée à l'écart du camp uniquement pour lui montrer les orchidées. À présent, elle feignait de porter toute son attention sur la fleur qu'elle caressait et dont elle explorait les secrets, exactement comme Will avait envie d'explorer son intimité. Il voulait l'embrasser, la toucher, la posséder.

Il regarda le collier autour de son cou gracile, songea au pelage fauve du jaguar, à ses yeux aussi verts que ceux d'Annie… Sans rien dire, il tendit la main et saisit une dent d'ivoire.

Le regard d'Annie se riva au sien. Elle savait qu'il l'avait emmenée ici pour lui faire l'amour, parce qu'il n'en aurait sans doute plus l'occasion et qu'il était vital pour lui de voler ces quelques instants, avant de reprendre la piste.

Lentement, il fit glisser ses doigts sur la gorge de la jeune femme. Elle ne bougea pas. Consciente de son désir, elle n'ébauchait aucun mouvement de recul.

— Tutanji dit que tu es sauvage, que tu as besoin d'être apprivoisée.

— Apprivoisée?

— Oui. Il dit que je dois mettre ma semence en toi pour t'apaiser, et que même les femmes les plus rebelles acceptent l'homme qui sait les apprivoiser.

Il vit la rougeur qui envahissait son visage et son cou, et il se souvint de l'intensité avec laquelle elle avait réagi à ses caresses dans le hamac.

Sans hâte, sa main remonta le long de sa nuque, puis suivit le contour de son visage.

— Nous avons fait l'amour hier soir, Annie.

Une seconde, les longs cils dorés voilèrent l'éclat des prunelles vertes.

— Je sais. Je m'en suis souvenue ce matin.

— Je n'en étais pas sûr. Tu dormais à moitié.

— Pas tant que cela.

Les yeux dans les yeux, ils demeurèrent immobiles un moment. Le cœur de Will battait de plus en plus fort. Il sentait son parfum musqué, l'odeur du désir qui s'éveille, et il se remémorait la saveur de ses baisers, la douceur de sa langue qui jouait avec la sienne… L'impatience le saisit. Il prit sa tête entre ses paumes, captura ses lèvres. Puis, tout de suite, sa main s'inséra entre ses cuisses.

Annie gémit, et Will se demanda lequel était en train de séduire l'autre.

Il l'embrassa fiévreusement tout en déboutonnant sa chemise, puis tira sur son short. Il ne souhaitait pas la brusquer, mais le temps leur était compté et il ne voulait pas perdre une minute, pour rester en elle le plus longtemps possible.

Elle gémit encore lorsqu'il glissa la main sous les boucles serrées de sa toison intime pour écarter les lèvres de son sexe. Elle était déjà noyée de désir alors qu'il l'avait à peine caressée. Il concentra chacune de ses pensées, chaque fibre de son être, sur un seul objectif : la posséder.

Il se pencha pour cueillir une orchidée parmi celles qui jonchaient le sous-bois, avant d'entraîner Annie sur le tapis de fougères.

Annie avait l'impression d'avoir été aspirée dans un rêve. À l'ombre des grands arbres de la forêt, Will la séduisait, pressait son grand corps dur contre le sien, l'emprisonnait entre ses cuisses puissantes, la tenait plaquée contre le sol doux et odorant, tandis que sa bouche la taquinait et lui faisait mille promesses qu'il tiendrait, elle n'en doutait pas.

Il retroussa sa chemise et fit pleuvoir des baisers voraces sur tout son corps. Quand il happa la pointe d'un sein, elle se sentit fondre et sut qu'elle était sur le point d'entrer au paradis sur terre, ici, avec la forêt qui l'encerclait et Will au-dessus d'elle.

Doucement, il fit courir la corolle de l'orchidée sur son autre sein et en agaça le mamelon.

— Will !

Il changea de sein, suça l'autre avidement pour apaiser sa soif de caresses. Ses cheveux frôlaient la poitrine d'Annie. Dans un geste possessif, elle y enfouit ses doigts, les fit glisser dans les mèches soyeuses, jusque sur sa nuque, pour mieux le retenir à elle.

La fleur poursuivit son chemin entre ses seins, son ventre, puis entre ses jambes. Elle soupira, s'ouvrit à ses caresses. Will laissa tomber la fleur pour la toucher avec ses doigts, tout en lui murmurant en portugais qu'elle était belle, qu'il la désirait, que sa moiteur le rendait plus fou encore et qu'il voulait la goûter.

Sa bouche suivit la trace laissée par l'orchidée, s'attarda un instant autour de son nombril, puis descendit encore pour trouver l'endroit le plus secret de son corps.

Il prenait son temps, savourait son propre plaisir, la lapait comme un chat, sachant la titiller jusqu'à la faire vaciller au bord de la folie, puis la laisser reprendre souffle pour mieux recommencer à attiser sa passion.

Au-dessus d'eux, un couple de toucans s'envola d'un arbre avec une bordée de cris rauques. Plus haut, dans la canopée lointaine, les singes hurleurs lançaient leurs appels gutturaux. Mais ici-bas, dans leur cocon, tout suivait le rythme de l'amour, peau brûlante contre chair humide, respiration pantelante, tandis que Will l'apprivoisait avec une patience infinie...

— Will, je t'en prie ! haleta-t-elle finalement.

Il remonta vers elle, l'embrassa dans un baiser plein de ferveur, en même temps qu'il prenait possession de son corps, centimètre par centimètre, jusqu'à s'ancrer au plus profond d'elle.

Annie poussa un cri sourd qui l'électrisa et il se mit à aller et venir, de plus en plus vite, porté par une frénésie presque animale. Elle répondait à chacune de ses poussées, venait à sa rencontre, soudée à lui, grisée par la même ivresse.

Will ne pouvait plus s'arrêter. Jamais il n'avait éprouvé pareil plaisir. Il s'émerveillait d'être en elle. Elle était brûlante, accueillante et, lorsque l'orgasme la saisit, il l'accompagna et se répandit en elle dans un cri qu'il étouffa contre sa bouche.

Durant les minutes qui suivirent, Annie demeura immobile, le temps que son souffle se calme, et que les battements de son cœur retrouvent un rythme normal.

Il lui semblait que tout son être irradiait le plaisir inouï que Will venait de lui donner. Il était toujours en elle et l'emplissait d'une chaleur et d'une joie intenses.

Et, quand elle reprit ses esprits, elle sut qu'elle était tombée irrévocablement amoureuse.

23

Rio Cauaburi

Fat Eddie, écumant de rage, vociférait dans la radio à ondes courtes installée à bord de son canot :

— Dix mille *reales* ! Elle vaut plus que ta vie, Marcos !

— *Sim, senhor*, répondit l'homme qui, quelque part en pleine jungle entre le Marauia et le Cauaburi, tentait vainement de mettre la main sur Annie Parrish et Travers.

Fat Eddie n'avait que faire de son agrément. Il voulait la petite chatte blonde ! Il voulait l'or que Corisco Vargas lui donnerait en échange. Il avait déjà envoyé la tête de Johnny Chang à Leticia et attendait en retour une parfaite réduction de tête, bien horrible, une *tsanta* comme les réussissait si bien son ami Jivaro. Et celle d'Annie Parrish viendrait bientôt compléter la paire.

À la rigueur, Fat Eddie pouvait admettre que Marcos n'ait pas réussi à capturer Travers, mais la fille, il aurait dû l'avoir depuis des jours ! Ce n'était qu'une femme, bon sang ! Elle ne pouvait pas courir comme un lapin dans la forêt indéfiniment.

Pourtant la cavale continuait, d'après les dires de Marcos dont les excuses n'amadouaient pas du tout Fat Eddie. Il ne payait pas ses employés pour écouter leurs jérémiades !

En amont, droit devant eux, il n'y avait rien… à part Reino Novo ! Si Annie Parrish courait se jeter dans la gueule de Vargas, ce serait un désastre sans commune mesure, puisque Fat Eddie n'en retirerait aucun bénéfice.

Il ne supportait pas cette idée. Si de toute façon la botaniste devait finir sur cet autel ridicule idolâtré par Vargas, autant que lui, Fat Eddie, ait fait son beurre entre-temps !

Ignorant la radio qui grésillait et les bredouillis confus de Marcos, il hurla en direction de la flotte d'embarcations qui le suivaient sur le fleuve :

— Demi-tour ! On repart au nord !

Pourquoi Travers et la fille se rendaient-ils dans les mines d'or ? C'était un mystère. Mais il y avait certainement beaucoup de profits à la clé. Les gens ne risquaient pas leur vie avec tant de témérité à moins d'être sûrs de gagner beaucoup d'argent.

S'il le fallait, il attraperait lui-même la petite chatte et, avant de la livrer à Vargas, il saurait bien lui délier la langue pour lui faire avouer ce qu'elle cherchait.

Bien que les femmes soient les créatures les plus rancunières créées par Dieu, quelque chose lui disait que l'ingénieuse Annie Parrish avait autre chose en tête que la vengeance pure et simple. Il en fallait plus pour risquer ainsi sa vie. Oui, elle était revenue chercher quelque chose et, bientôt, il en aurait le cœur net.

La voix de Marcos jaillit de nouveau de la radio :

— *Senhor, senhor !* On les a trouvés, *senhor* ! On les tient !

Eh bien, il était temps ! songea Fat Eddie, avant de crier dans le micro :

— Bravo, Marcos ! Bravo ! Mille *reales* pour toi, mon ami !

En réalité, son second ne s'était distingué que par son inefficacité et son incompétence. Il le paierait une fois cette histoire terminée, quand ils seraient de retour à Manaus. Et si d'aventure la *doutora* s'échappait de nouveau, Marcos était un homme mort.

Eddie était à bout de patience.

*
* *

Installé au cœur de la forêt amazonienne dans une clairière, Marcos avait parfaitement compris ce qui l'attendait. Message reçu cinq sur cinq.

Il n'était pas fou au point de croire à la mansuétude du gros, voilà pourquoi il s'était senti obligé de lui raconter ce bobard à l'instant, à la radio. Enfin « bobard », c'était exagéré, il s'agissait plutôt d'une déduction. Car ils avaient bien découvert quelque chose: un campement abandonné dans une clairière.

C'était mieux que rien et, en tout cas, cela suffisait à Marcos pour clamer victoire auprès de son patron. À ce stade, il était prêt à prendre des risques. Cela faisait trois jours qu'il pataugeait entre les différents bras de rivière à la recherche de la petite *doutora*, harcelé par les mouches et les moustiques, harassé de chaleur et la peur au ventre. Il en avait assez que Fat Eddie Mano lui hurle des ordres dans les oreilles sans lui laisser de répit.

Il arma son pistolet, jeta un regard autour de lui. Rubio, son acolyte, s'agenouilla à côté des vestiges d'un foyer et lui fit signe que les cendres étaient encore tièdes. Jorge et Daniel étaient en train de fouiller les abris en branchages, au cas où quelque chose d'intéressant aurait été oublié – ce qui était bien improbable.

Marcos connaissait les Daku. Ces derniers se déplaçaient avec le strict minimum, et on ne voyait pas bien ce qu'ils auraient pu laisser derrière eux. La grande question, c'était en fait de savoir si Guillermo Travers avait rejoint la tribu.

À la radio, Marcos entendit Fat Eddie lancer de nouvelles consignes à sa flottille.

Dans le meilleur des cas, Travers gisait quelque part dans la forêt, mort. Il avait eu beaucoup de chance quand il avait sauté à l'eau, poursuivi par ce caïman géant. Et, en réussissant cet exploit, il avait mis Marcos dans une situation encore plus délicate par rapport à Fat Eddie.

— Quelle est votre position ? aboya le gros. Je vais venir la chercher avant que tu ne la laisses filer une fois de plus !

— Nous sommes sur un affluent du Marauia, nous nous dirigeons vers le Cauaburi.

Marcos commençait vraiment à avoir les jetons. Il aurait préféré être n'importe où plutôt qu'ici. Il avait bien sûr entendu parler de la *noite do diabo*, mais il avait cru qu'il serait de retour à Manaus bien avant que ce foutu carnaval de cinglés ne commence.

Et voilà qu'il se baladait en plein dans la zone concernée, parce que son idiot de patron s'obstinait à le faire cavaler après la petite Blanche !

Marcos n'avait plus qu'une envie : ficher le camp, avec ou sans Annie Parrish, et que cela plaise ou non à Fat Eddie.

Le gros continuait de beugler ses instructions. Marcos répondit :

— *Sim, senhor.*

Lopes, qui était parti examiner la piste des fuyards, revint en trottinant vers la clairière. Marcos lui lança un regard interrogateur en articulant silencieusement le mot « femme ». Avec un large sourire, Lopes hocha la tête. Marcos laissa échapper un soupir de soulagement.

Puis, Lopes leva huit doigts.

Marcos eut envie de cogner sur quelque chose. Il se fichait bien du nombre d'Indiennes présentes au sein de la tribu Daku ! Une seule femme l'intéressait.

— *Sim, senhor*, marmonna-t-il à Fat Eddie, avant d'articuler de nouveau à l'intention de Lopes : femme blanche.

Lopes répondit alors d'un haussement d'épaules accompagné d'un hochement de tête négatif.

Pour Marcos, ce fut la goutte qui fait déborder le vase. Ils avaient presque rejoint les Indiens, mais Annie Parrish n'était pas parmi eux ! Il renonçait. Il rentrait à Manaus. Que le diable se charge d'attraper cette fille, ainsi que Guillermo Travers et Fat Eddie tant qu'il y était !

— *Sim, senhor*, répéta-t-il dans la radio. Oui, oui, nous l'avons coincée. Nous nous dirigeons vers le Rio Cauaburi, vers Reino Novo… Oui, *senhor*. Nous devrions arriver là-bas demain soir… Oui, *senhor*. Je la fais ligoter. Elle ne s'échappera pas. Ne vous inquiétez pas… Hein ? Quoi ? Je vous entends mal, *senhor*…

Sa décision était prise. Il émit quelques borborygmes bizarres dans le micro, laissa passer quelques secondes, puis :

— Il y a des parasites, *senhor*. Je ne vous reçois plus… Vous m'entendez ?

Et il coupa la liaison radio. Cette fois, il en avait marre. Demain soir, il serait à Manaus, en sécurité, pendant que le gros devrait se dépatouiller avec Corisco Vargas et certainement toute une kyrielle de démons.

Tout ce qu'il lui restait à faire maintenant, c'était rebrousser chemin, contourner les hommes de Vargas qui le suivaient, puis foncer vers la rivière.

Très fier de sa ruse, il ricana. Que Fat Eddie aille donc griller en enfer ! Car, bien entendu, c'est là-bas que le gros finirait.

*
* *

Les orchidées bleues débordaient des trois branches sous lesquelles Annie était assise. Quelques mètres plus loin, une profusion de fleurs formait une autre grande tache bleue. À gauche, un *mumguba* était presque entièrement tapissé d'*Aganisia cyanea*.

Elle était émerveillée.

Elle connaissait des botanistes qui se seraient damnés pour contempler un tel spectacle. Et elle n'avait ni éprouvette ni appareil photo, absolument rien pour apporter la preuve de cette découverte, la deuxième de sa carrière.

Ou plutôt la troisième, corrigea-t-elle en baissant les yeux vers Will, assis à côté d'elle dans la lumière tamisée de leur nid de végétation.

Comme il rangeait ses flèches dans son carquois, elle admira ses muscles qui jouaient sous sa peau, ses cheveux châtains parsemés de mèches blondes aussi brillantes que l'or.

Il l'avait transformée en une femme avide et sensuelle qui, à présent que ses sens étaient assouvis, restait grisée par le plaisir éprouvé. Elle était tombée amoureuse, ce qui n'était pas très malin étant donné les circonstances et présageait d'un funeste avenir... si tant est qu'ils en aient un alors que tous deux s'apprêtaient à affronter Vargas : Will pour l'empêcher de détruire la forêt, elle pour récupérer ce qui lui appartenait et que Corisco Vargas lui avait volé à Yavareté...

Non pas l'orchidée, mais sa fierté et sa confiance en elle.

Car Will avait raison. Elle devait cesser de se voiler la face.

Elle s'était toujours débrouillée seule et s'était tirée sans dommage des situations les plus épineuses, jusqu'à l'épisode du singe laineux et son séjour dans cette cellule, où Vargas l'avait livrée à ce cinglé de Fernando et son appareil photo...

Elle avait dû pâlir en se remémorant ces souvenirs car Will lui toucha soudain le bras.

— Annie ?

Elle détourna la tête, laissa échapper un soupir. Elle avait beaucoup menti depuis son retour au Brésil, sans culpabiliser outre mesure. Maintenant, elle ne le supportait plus. Le mensonge ne devait pas entacher l'intimité nouvelle qu'elle partageait avec Will.

— Tu avais raison, à Barcelos. Je suis revenue pour me venger.

— De Vargas ?

— Oui. J'aurais acheté un lance-roquettes à Manaus si Johnny Chang n'avait pas refusé catégoriquement de m'en vendre un. Il disait que Fat Eddie aurait sa peau si une arme aussi destructrice disparaissait des entrepôts… On a vu ce qu'il y a gagné, le pauvre !

— Un lance-roquettes !

Elle croisa son regard sidéré. Elle mourait d'envie de l'embrasser, de lui mordiller les lèvres, de se frotter à lui, de caresser sa poitrine…

Elle avait un problème. Un énorme problème, qui n'était pas près de s'arranger.

Elle consentit enfin à lui répondre :

— Oui. J'ai acheté ces armes à Chang en pensant qu'elles me serviraient juste à me défendre le cas échéant. Mais j'en ai pris beaucoup…

— Oui, plutôt !

— En fait, j'en avais assez pour mettre tout Reino Novo à feu et à sang. Je me le suis caché au début, mais je sais maintenant que c'était mon intention. Je voulais détruire les mines, puis rayer Yavareté de la carte, nettoyer la planète de cette racaille. Inconsciemment, j'avais l'impression que je ne me sentirais jamais en sécurité tant que la prison de Yavareté serait debout.

— Annie, que s'est-il passé là-bas ?

Will avait posé la question d'une voix douce quoique pressante. Il saisissait parfaitement les implications de ce qu'elle lui disait et de ce qu'elle lui taisait. Là, sous le dais de fleurs bleues, alors qu'il venait de lui faire l'amour passionnément , il lui demandait de raconter l'expérience la plus traumatisante qu'elle ait jamais vécue.

Elle respira profondément avant de se lancer :

— Techniquement parlant, il n'y a pas eu viol.

C'était sans doute la raison pour laquelle elle avait toujours occulté ces images, comme s'ils elles n'avaient pas vraiment d'importance. Après tout, elle n'avait pas été violée, et les traces de coups s'étaient effacées, excepté cette petite cicatrice sur la tempe qu'elle aurait pu se faire dans les circonstances les plus banales.

Will la saisit doucement par le poignet.

— Alors, techniquement parlant, que s'est-il passé ?

— As-tu déjà été à Yavareté ?

— Oui.

— Tu as vu la prison ?

— C'est un cube en parpaing qui a l'air plutôt délabré et humide. On dit que les cafards ont la taille de rats et les rats la taille de chiens. C'est proche du fleuve, il n'y a pas de fenêtre et il paraît que l'endroit est inondé durant la saison des pluies.

— Oui, la description est assez exacte, murmura Annie.

— Alors, que s'est-il passé ? Tu ne l'as pas révélé à Gabriela, mais à moi, tu vas me le dire.

— C'était… très bizarre.

— Comment cela ?

— J'étais enchaînée nue au mur. Vargas s'abrutissait en buvant une espèce de décoction qu'il faisait mijoter dans une marmite. Et son bouledogue, Fernando, n'arrêtait pas de prendre des photos. Il y avait de l'encens, du sang… Pendant trois jours, j'ai attendu qu'ils me sacrifient lors d'un rituel quelconque. Mais le pire…

Elle se tut, fronça les sourcils, puis reprit :

— … le pire, c'est de savoir que je m'en suis tirée à bon compte. Je n'étais pas la première fille à être enchaînée nue dans cette cellule. Il y avait une pile de vêtements abandonnés dans un coin et certains étaient pleins de sang. J'étais persuadée que j'allais finir comme ces pauvres créatures…

— Y avait-il quelqu'un d'autre ? Des témoins ?

— Non. Les gens de la rivière se tiennent à l'écart de Vargas. Ils ont trop peur de lui et je pense que c'est pour cela qu'il peut commettre tous ces meurtres sans être inquiété. J'ignore si les rumeurs qui parlent de vierges sacrifiées sur un autel d'or sont véridiques, mais je suis sûre qu'il a assassiné des femmes dans cette prison. Cet endroit pue la mort !

Will lui saisit le menton et lui releva la tête pour la regarder dans les yeux.

— Gabriela m'a dit qu'il t'avait battue.

— Oui, mais il n'a pas atteint mon âme, et c'est cela qui compte. J'étais sa prisonnière, pas sa victime. Je ne l'aurais jamais accepté.

Will la lâcha en poussant un long soupir. Il avait exigé la vérité et elle la lui avait dite. Seigneur ! Depuis le début, il n'avait cessé de la sous-estimer. Elle était Annie l'Amazone, non pas parce qu'elle avait réussi à emporter des armes de contrebande sur le Rio Negro, non pas parce qu'elle avait sillonné la jungle ou qu'elle ne s'était pas démontée après avoir vu la tête coupée de Johnny Chang, mais parce que trois jours passés dans ce trou pourri de Yavareté ne lui avaient pas fait oublier qui elle était.

Il connaissait peu de personnes qui possédaient une telle force de caractère.

— On a dû te donner beaucoup d'amour quand tu étais enfant, fit-il remarquer finalement. Si ce n'était pas ta mère, qui donc ? Ton père ?

— En partie, admit-elle avec un sourire léger. Mais j'avais aussi Mad Jack. Il m'a toujours soutenue et aimée et il a fait en sorte que j'aie de l'estime pour moi-même. Je lui dois énormément.

Will sourit à son tour. Il devenait de plus en plus

amoureux de seconde en seconde. Sans bruit, il se leva et lui tendit la main pour l'aider à se relever.

— Il est temps d'y aller. Nous devons rattraper Tutanji et les autres.

— Je sais. Pas question de faire la grasse matinée !

Elle eut un sourire espiègle. Il se pencha pour l'embrasser spontanément. Elle était si jolie !

— J'aimerais beaucoup rester ici avec toi, pour toujours, oublier le temps, Vargas et le reste. Malheureusement, ce n'est pas possible aujourd'hui.

— Tu dois aller à Reino Novo ?

— Oui, et toi, tu vas suivre la route du nord avec les autres femmes.

— La route du nord ? Pourquoi ? Qu'y a-t-il là-bas ?

Après un instant d'hésitation, il tira un rouleau de papier froissé de son carquois.

— Les hommes de Fat Eddie ne sont plus très loin, et les gorilles de Vargas les suivent.

— Vargas a envoyé des hommes à nos trousses ? Pourquoi ?

En guise de réponse, il lui tendit l'affiche. Elle la déroula et jura entre ses dents quand son regard se posa sur la photo.

— Le fils de pute ! Où as-tu trouvé ça ? gronda-t-elle entre ses dents.

— C'est Tutanji qui me l'a donnée. Il comptait te livrer à Vargas.

— Hein ? Mais pourquoi ?

Elle était réellement abasourdie. Les Daku étaient les Indiens les moins intégrés à la civilisation blanche. Ils ne possédaient même pas d'outils en métal !

— Hier soir, près du feu, Tutanji m'a confié que Vargas retenait prisonniers une centaine d'Indiens et de *caboclos*. Il les a enfermés dans des cages à Reino Novo. Plusieurs parmi eux sont des Daku que Tutanji espérait racheter avec l'argent de la récompense.

— À quoi cela rime-t-il, à ton avis ?

— Je pense que Vargas a l'intention de tous les tuer durant la nuit du démon.

Annie devint livide et murmura :

— Une cérémonie sacrificielle… Oui, il est tout à fait capable d'orchestrer quelque chose d'aussi horrible. Il aime tuer. À Yavareté, il tuait des agoutis avec un poison spécial qu'il gardait dans une boîte en or. Ensuite, il faisait tiédir leur sang et le buvait, mélangé avec d'autres ingrédients mystérieux. Il en renversait beaucoup et, crois-moi, ce n'était pas une vision très ragoûtante…

— Quel genre de poison ?

— Je ne sais pas trop. C'était une poudre nacrée, une toxine qui provoque une hémorragie interne, je crois. Après l'avoir ingéré, l'animal se met à saigner par tous les orifices naturels.

— Du scarabée-roi. C'est un insecte extrêmement rare qui vaut cent fois son poids en or. Quand on pile la carapace, on obtient en effet une poudre irisée. C'est une manière plutôt onéreuse d'obtenir du sang d'agouti !

— Vargas se fiche de ce que cela lui coûte. Il est prêt à payer pour le plaisir de voir le sang jaillir.

Elle eut un petit geste machinal de la main, comme si elle cherchait à chasser des pensées obsédantes de son cerveau. Il faillit la prendre dans ses bras mais, déjà, elle enchaînait :

— J'imagine que nous n'avons pas le temps de retourner à l'endroit où le *Sucuri* a sombré pour tenter de récupérer quelques armes ?

— Non, pas aujourd'hui.

Il lui frôla la joue d'une brève caresse, le regard rivé à la fine cicatrice qui courait sur sa tempe. Qu'elle ait été ou non la victime de Vargas, peu importait, car Will le tuerait de toute façon. Il n'était pas assez civilisé pour laisser ce rat en vie.

24

Le ciel se chargea lentement et prit une teinte plombée alors qu'ils continuaient leur progression vers le nord. Annie avait déjà voyagé en compagnie de scientifiques et d'Indiens. Ces derniers se déplaçaient plus silencieusement et plus rapidement dans la jungle. Et Will crapahutait aussi bien qu'un Indien.

Au bout de deux kilomètres, la pluie se déversa à travers le feuillage des arbres en une averse douce qui mouilla la terre brûlante et remonta bientôt sous forme de vapeur.

En quelques minutes, ils se retrouvèrent dans un univers irréel de vapeur blanche ouatée, où l'on n'entendait que le clapotis des gouttes sur les feuilles. Will ne ralentissait pas et Annie suivait son rythme soutenu. Elle n'avait pas discuté lorsqu'il avait exprimé son intention d'aller au nord. Comme la nuit où le *Sucuri* avait sombré, elle savait au plus profond de son être qu'ils ne devaient à aucun prix se séparer.

Elle était sur le point de lui en faire la remarque quand, brutalement, Will se figea devant elle. Annie avait elle aussi entendu le coup de feu. Ils échangèrent un regard et, à la deuxième détonation, se mirent à courir d'un même élan.

D'autres coups de feu éclatèrent. Au lointain, on percevait des cris et des clameurs. Quand enfin ils atteignirent le lieu où l'attaque s'était produite, la bataille était terminée. Les Indiens avaient disparu, mais il restait des traces évidentes de ce qui s'était passé.

Des calebasses de *chicha*, une boisson fermentée, avaient été brisées. Des épluchures d'ignames jonchaient le sol. Les arbres et les plantes qui encerclaient la zone à découvert où la tribu de Tutanji s'était fait surprendre étaient criblés d'impacts de balles. Les feuilles étaient déchiquetées là où les rafales les avaient atteintes. Mais, par chance, il n'y avait aucun corps.

— Rassemble la nourriture que tu pourras trouver, lui dit Will après avoir jeté un rapide coup d'œil alentour. Je reviens tout de suite.

Il s'enfonça dans la forêt, puis se ravisa, revint sur ses pas et lui tendit sa machette.

— Tiens. Et n'aie pas peur de t'en servir.

— Ça ne risque pas !

Il attendit qu'elle ait glissé le grand coutelas à sa ceinture pour l'embrasser sur la joue, avant de se fondre dans la végétation.

Annie examina le sol autour d'elle afin de décrypter les empreintes. Les Indiens avaient été désarmés. Les arcs et les sarbacanes avaient été jetés par terre. Tous les biens qu'ils transportaient étaient éparpillés. Les récipients avaient été cassés, leur contenu renversé.

Annie ne récolta guère plus d'une demi-douzaine de cassavas, ces pains à base de farine de manioc, dans un état de fraîcheur douteux. Mais elle n'allait pas faire la difficile et les fourra dans ses poches.

Quand Will revint, elle avait pris tout ce qui était récupérable.

— Ils ne sont pas très loin devant nous, expliqua-t-il. Et ce ne sont pas les hommes de Fat Eddie. Je les aurais reconnus.

— Qui sont-ils, alors ?

— Des *pishtacos*.

— Les *mangeurs-de-gras* ? Les croque-mitaines de l'Amazonie ?

— Selon Tutanji, les *pishtacos* et les *garimpeiros* rôdent autour de la rivière et attaquent les Indiens pour les emmener travailler de force dans les mines. Ceux qui sont trop épuisés sont enfermés dans des cages.

— Les Indiens ne résistent pas très longtemps dans les mines.

— Et leurs femmes encore moins dans les bordels, acquiesça Will. À mon avis, Vargas a dû envoyer deux groupes à ta recherche, un sur les traces de Fat Eddie, l'autre du côté des mines. Ce sont ces derniers qui ont enlevé Tutanji et les siens.

— Et nous allons les suivre, c'est cela ?

— Oui. Aide-moi à trouver des fléchettes. Et fais attention ! Elles sont toutes trempées dans du curare.

Ils ramassèrent une sarbacane et quelques fléchettes trouvées çà et là, les glissèrent dans le carquois de Will, puis ils s'engagèrent sur la piste des *garimpeiros* de Vargas et de leurs captifs.

Des heures plus tard, Will marqua une première pause et Annie se laissa tomber à terre, le souffle court, les muscles douloureux. Un an passé aux États-Unis et une semaine à bord du bateau ne l'avaient pas préparée au climat équatorial. Seigneur, elle était en nage, il devait faire au moins 48 °C et l'humidité était telle que le baromètre avait hésité toute la journée entre « averse » et « crachin ».

Will s'agenouilla auprès d'elle.

— Fatiguée ?

— Un peu, mentit-elle en essuyant son front ruisselant de sueur d'un revers de main.

Il saisit sa gourde.

— Tiens…

Il renversa sur ses doigts un peu de poudre verte, qu'il frotta ensuite contre les gencives de la jeune femme.

C'était fin et poudreux, la consistance ressemblait à celle du talc, et le goût était légèrement fumé.

— Fais-en une pâte avec ta salive et garde-la dans ta bouche aussi longtemps que tu pourras, recommanda-t-il, avant de s'en servir une bonne dose.

— Qu'est-ce que c'est ?

— Quelque chose qui me vient de Tutanji et qui est bon pour toi, répondit-il mystérieusement en souriant.

Ils demeurèrent assis en silence à attendre que le remède fasse effet. Au bout de quelques minutes, la faim d'Annie s'apaisa et elle trouva la chaleur supportable. Il lui fallut juste fournir un petit effort pour se mettre debout. Et quand Will lui demanda si elle était prête à repartir, elle n'hésita pas.

Le crépuscule tombait quand ils s'arrêtèrent de nouveau. La rivière était proche maintenant, et Annie distinguait les voix des Indiens et des hommes de Vargas, non loin devant eux. Les femmes pleuraient. Les hommes criaient.

Annie sentit le découragement l'envahir. Comment allaient-ils s'y prendre pour sauver ces pauvres gens et les arracher à ces mercenaires armés jusqu'aux dents ?

Mais Will avait un plan. Il commença par ôter deux plumes de ses cheveux pour les glisser dans ceux d'Annie et les nouer de façon qu'elles restent dressées au sommet de son crâne.

— Voilà ! fit-il d'un air satisfait. Comme ça, tu as tout à fait l'air d'un oiseau. Et maintenant, je vais te maquiller aux couleurs de la jungle.

À l'aide d'une poignée de terre, tel un artiste jouant des nuances de sa palette, il dessina des triangles et des raies sur son visage. Annie l'aida en peignant elle-même ces mêmes motifs sur ses jambes et ses bras.

Lorsqu'il eut fini, Will lui confia son arc et sa gourde pour ne garder que la sarbacane et le carquois.

— Nous allons les suivre jusqu'à leurs bateaux et nous passerons à l'action sur la plage. Reste cachée dans un endroit où tu pourras voir ce qui se passe et, le moment venu, précipite-toi dans le dernier canot.

Elle hocha la tête, priant pour que la nuit soit entièrement tombée à ce moment-là. Sinon, avec ou sans plumes, il était peu probable qu'elle réussisse à se fondre dans le paysage.

Will se glissa entre les arbres et Annie le suivit. Ils parvinrent rapidement en vue du fleuve et se tapirent sous les fougères.

Cinq embarcations étaient amarrées sur la plage sur laquelle venaient de déboucher les vingt-trois Indiens prisonniers, gardés par une dizaine de *garimpeiros*, pauvres bougres en haillons qu'encadraient une poignée de militaires en uniforme.

En voyant ces derniers, Annie comprit que Vargas occupait toujours un poste dans l'armée, ce qui dans une certaine mesure rendait les autorités brésiliennes complices de l'ignoble massacre sur le point d'être perpétré.

Will et elle ne pouvaient compter que sur eux-mêmes pour tenter de l'arrêter.

Après lui avoir effleuré le bras d'une caresse réconfortante, Will s'éloigna et fut rapidement happé par la forêt. Restée seule, Annie considéra la machette et l'arc passés à sa ceinture. Ils étaient vraiment sous-équipés pour affronter l'épreuve de force qui s'annonçait !

Sur la plage, les *garimpeiros* dressèrent une tente, puis ils allumèrent un feu afin de cuire leur repas, pendant que les Indiens étaient regroupés dans un enclos improvisé gardé par les soldats armés de pistolets automatiques.

Silencieuse et immobile derrière les racines chantournées d'un arbre, Annie s'obligeait à inspirer et expirer régulièrement. Elle devait se tenir prête à réagir au moindre signal de Will.

Près du fleuve, deux *garimpeiros* se dirigèrent vers l'enclos et voulurent emmener une Indienne. Il s'agissait d'Ajaju, l'amie d'Annie, qui se mit à crier, le visage crispé par la peur. Les autres Indiens protestèrent et s'agrippèrent à elle pour la retenir, mais les mineurs les frappèrent. L'enfant d'Ajaju pleurait. Pendant quelques secondes, Annie craignit que les *garimpeiros* ne parviennent à leurs fins. Finalement, les soldats intervinrent et les renvoyèrent en les menaçant de leurs pistolets.

Un murmure de colère courut dans le groupe de *garimpeiros*. Le viol des captives était leur prérogative, une récompense en échange de leur obéissance. Annie vit les hommes mécontents lancer des objets divers sur les Indiens, sous le regard indifférent des soldats.

Elle se força à respirer encore plus doucement.

Elle était prête.

Jusqu'à sa séquestration à Yavareté, Annie avait mené une existence plutôt protégée. Elle avait été parfois témoin d'actes de brutalité et avait souvent manqué de confort au ranch. Son père n'avait pas les moyens de lui payer des habits neufs comme les parents des autres enfants et, la plupart du temps, elle devait se contenter des hardes trop grandes de Mad Jack.

Plus tard, en Amérique du Sud, elle avait été confrontée à la vraie misère, au dénuement le plus total dans lequel végétaient certains autochtones ; une situation dont était responsable le gouvernement incompétent constitué d'ambitieux qui faisaient passer leurs privilèges avant le bien de leur peuple. Mais à Yavareté, livrée aux sévices d'un psychotique sadique, Annie avait rencontré pour la première fois la cruauté. Du jour au lendemain, elle avait irrémédiablement changé.

Elle admettait maintenant être revenue au Brésil animée par le désir de vengeance, motivation inconsciente qui l'avait poussée à acheter tout un arsenal d'armes sophistiquées. Et à présent, agenouillée derrière l'arbre, sur le qui-vive, elle sentait son corps se diluer dans la masse végétale de la forêt. Elle n'était pas différente des autres êtres vivants de la faune et de la flore environnantes.

En cet instant, elle savait qu'elle était capable de tuer.

Cette certitude modifia sa perception du monde extérieur. Elle n'était plus différente de ces gens par son intelligence, son éducation, sa culture, ou ses papiers d'identité. Non, elle était exactement comme eux, soldats brutaux, mineurs ignares, Indiens illettrés.

Elle toucha le cristal et les dents de jaguar qui reposaient sur son cou, chercha Will du regard. Elle le localisa bientôt, à l'extrémité gauche de la plage. Bien qu'elle ne discernât pas bien sa silhouette, elle devinait ce qu'il faisait : tapi tel un fauve, avec sa sarbacane et ses fléchettes au curare, il attendait.

Il disposait de huit dards empoisonnés et Annie savait que huit hommes allaient mourir.

Elle aussi, à cette minute, était un jaguar. Comme un félin, elle se tenait aux aguets. Et quand le signal serait donné, elle bondirait sans la moindre hésitation.

Sur la plage, les hommes de Vargas avaient fini de manger. Ils rassemblaient leurs affaires pour lever le camp. À ce moment, un nuage léger passa devant le soleil et jeta une ombre sur la rivière. Et le premier homme tomba.

Annie fut la seule à s'en apercevoir. Elle avait vu le *garimpeiro* se rapprocher de la forêt en ouvrant sa braguette. Tout à coup, il porta la main à sa gorge avant de s'écrouler sans un bruit et de disparaître dans la végétation.

Un autre *garimpeiro* sans méfiance suivit les traces du premier afin de se soulager lui aussi. Il rencontra une mort aussi subite que silencieuse.

Le soir était tombé doucement sur le fleuve. La nuit ne serait pas longue à venir maintenant. Aux aguets, Annie patientait. Déjà, les soldats ordonnaient aux Indiens de monter à bord des canots. On jetait de l'eau sur les feux. Un homme lança un appel en direction de la forêt noyée dans la pénombre et, n'obtenant pas de réponse, réitéra :

— *José ! Agora mesmo !*

— *Um momento !* fit la voix de Will derrière les fourrés.

Annie ne se rappelait pas être restée aussi longtemps dans la même position. Mais, en dépit de la douleur, comme le jaguar, elle aurait pu attendre des heures si nécessaire.

Son regard fut attiré par un mouvement : quelqu'un sortait de la tente dont les soldats avaient commencé à ôter les piquets. Tout d'abord, Annie crut que deux personnes sortaient en même temps de l'abri, tant la silhouette était massive. Puis elle comprit qu'il s'agissait d'un seul individu d'une taille et d'une corpulence peu communes.

C'était Fernando, avec ses deux mètres, son mufle de bison, son torse large comme un tonneau, et ses jambes épaisses comme des troncs d'arbres.

La réaction instinctive d'Annie fut de fuir. Mais, en un quart de seconde, elle parvint à maîtriser sa peur. Elle était un jaguar. Même un géant ne pouvait rien contre elle.

Elle l'observa. Sanglé dans un uniforme d'officier qu'elle ne l'avait jamais vu porter, un fusil d'assaut à la main, il se dirigea vers le canot de tête et, une fois à bord, donna le signal du départ.

Une à une, les embarcations larguèrent les amarres et s'éloignèrent de la petite plage. Dans chacune des trois premières, Annie compta un soldat armé et deux *garimpeiros* chargés de surveiller les Indiens serrés les uns contre les autres.

Par chance, l'obscurité s'était subitement épaissie. Le quatrième canot venait de s'engager dans le courant du fleuve quand le dernier soldat, qui venait de plier la tente, se tourna vers la forêt pour héler les deux disparus.

Will frappa avec précision et rapidité. Foudroyé, l'homme s'effondra sur le sol de fin gravier. Les Indiens parqués à bord du canot réagirent aussitôt et, en dépit de leurs mains liées, sautèrent dans l'eau peu profonde pour rejoindre la rive.

Encore plus rapide, Annie avait jailli du couvert des arbres au moment même où Will posait le pied sur le sable. À l'aide de la machette, elle coupa les liens des prisonniers. Ni Tutanji ni Ajaju ne se trouvaient parmi eux. Will s'adressa rapidement à l'homme qui l'écouta puis, d'un geste, fit signe aux deux femmes et aux enfants de le suivre dans la jungle.

Annie grimpa à bord du canot. Elle venait de démarrer le moteur quand Will sauta à son côté. Devant eux, sur le fleuve, un appel s'éleva du quatrième bateau qui avait déjà pris une bonne avance et qu'on ne distinguait plus dans la nuit. Will, qui s'était mis à la barre, répondit en portugais et l'on entendit le rire de son interlocuteur invisible.

Momentanément rassurée, Annie s'effondra contre le bastingage. Ses jambes ne la portaient plus. Ses nerfs la lâchaient.

Will lui conseilla dans un murmure :

— Essaie de dormir. Nous n'atteindrons pas Reino Novo avant plusieurs heures.

— Tu as vu le géant... qui est sorti de la tente ?

— Oui.

— C'était Fernando.

Il hocha la tête et, en silence, effleura les plumes fichées dans ses cheveux blonds.

— Tu as l'air d'un oiseau mais, en réalité, tu es un jaguar. Je t'ai vue tout à l'heure, dans la forêt, quand tu attendais le signal.

Elle soutint son regard un instant. La brise caressait leur visage. Là-haut, dans le ciel d'encre, les étoiles scintillaient.

— Oui, c'était moi, chuchota-t-elle.

Il sourit et elle entrevit la blancheur de ses dents dans la nuit.

— Va dormir.

Elle obtempéra, trop fatiguée pour protester. Et dès que sa tête se posa sur le banc de bois qui courait à tribord le long de la coque, ce fut comme si elle venait de se pelotonner dans le plus douillet des lits. Elle sombra dans un lourd sommeil.

*
* *

Des heures plus tard, ce fut le silence qui l'éveilla, ainsi que le froid de l'aube qui venait tout juste de poindre à l'horizon.

Will avait éteint le moteur et la lanterne. Ils dérivaient le long de la berge et, de temps en temps, des branchages giflaient la coque. Will les écartait tant bien que mal lorsqu'ils menaçaient de bloquer la progression du canot.

Annie releva la tête et fut saisie par le spectacle qu'offrait Reino Novo.

Jamais elle n'aurait imaginé que le site ait tant évolué en un an. Il était… méconnaissable !

Au cœur de la jungle touffue et sombre, la cité irradiait une lumière aveuglante. Des spots extrêmement puissants, comme ceux qui éclairent les stades, éclairaient les ouvertures béantes des puits, dans lesquelles s'engouffraient des mètres et des mètres de tuyaux jaunes et orange semblables à des tripes.

Un peu partout, les mineurs s'activaient telles de fébriles fourmis. Certains rinçaient le matériel à l'aide de nettoyeurs à haute pression. L'eau ruisselait, délayait la boue ocre et brun. C'était un univers de gadoue, de misère, de cacophonie et de violence au cœur même de la grande forêt.

Tout au long de la rivière s'ouvraient des gouffres plus horribles et effrayants les uns que les autres.

— Sommes-nous toujours sur le Cauaburi ? interrogea Annie.

— Non. Nous avons quitté le cours principal il y a deux heures environ. Nous nous trouvons actuellement sur un affluent à l'ouest.

— Où sont les autres canots ?

Il désigna une série de pontons qui, quelques centaines de mètres plus loin, s'avançaient des deux côtés de la rivière. Les quatre embarcations étaient amarrées à celui qui se situait le plus au sud. Il régnait une agitation fébrile de ce côté-là.

— Viens. Nous devons nous dépêcher, sinon nous serons distancés.

Annie fut soulagée qu'il ne lui ait pas intimé l'ordre de demeurer sur le canot.

À la vue des Indiens qu'on débarquait sur les quais, elle devina leur peur et leur désarroi. Reino Novo ressemblait à l'enfer. Les hauts fourneaux titanesques de la fonderie vomissaient des rouleaux de fumée et de suie dans le ciel. Sur la rive nord, une ville avait été construite, avec des ruelles bourbeuses flanquées de bordels et de bars. Plus haut en amont se dressaient d'énormes citernes de combustible nécessaire au fonctionnement des générateurs alignés sur les berges, là où la surface de l'eau était irisée et puante.

L'odeur pestilentielle qui y régnait aurait suffi à terroriser le peuple de la forêt. En tout cas, Annie était horrifiée.

— Cet endroit est... incroyable ! murmura-t-elle.

— Je sais. C'est cent fois plus grand que je ne m'y attendais. Tiens, prends ça.

Il lui tendit le fusil et les cartouchières qu'il avait pris la veille sur le cadavre du soldat, avant d'ajouter :

— Tâchons de rester cachés tant que nous ne saurons pas où ils emmènent les Daku. J'espère qu'ils vont les enfermer avec les autres. Notre priorité est de libérer le plus grand nombre de prisonniers. Ensuite, si c'est possible, nous essaierons de tout faire sauter en utilisant ce machin...

Il ouvrit la fermeture Éclair d'un sac de couchage coincé sous le banc. Annie découvrit plusieurs bâtons de dynamite attachés ensemble par du fil de fer.

— Les gars de Vargas sont prévoyants, ils parent à toute éventualité, hein ? fit-elle en glissant un bâton de dynamite dans chacune de ses poches.

Will acquiesça d'un sourire.

— Oui. Allez, viens. On y va.

25

Fat Eddie manœuvrait lentement le canot aux abords de Reino Novo, s'éclairant de sa puissante torche alimentée par des batteries. La nuit avait été longue, il n'avait pas beaucoup mangé et il n'était pas de très bonne humeur. Cela faisait maintenant une bonne semaine qu'il se baladait sur la rivière. Plutôt incroyable pour un homme qui se targuait de diriger son immense réseau sans jamais quitter sa ville bien-aimée de Manaus !

C'était la faute de cette maudite fille ! Un vrai démon ! Depuis des heures, des jours, il était coincé sur son embarcation, obligé de subir les ricanements ironiques des hommes de Vargas. Il avait perdu son hydravion et il n'avait toujours pas mis la main sur la petite blonde !

Que se passait-il, bon sang ? Il aurait dû l'avoir retrouvée depuis longtemps, or elle s'évertuait à lui filer entre les doigts comme une anguille !

On disait que Vargas l'avait enfermée trois jours durant dans une cellule de Yavareté. Comment avait-il réussi cet exploit, Fat Eddie aurait bien aimé le savoir ! S'il fallait disposer d'une prison pour la tenir en place, eh bien, il en trouverait une ! Il avait de toute façon changé d'avis et renoncé à réduire sa jolie tête blonde. Et il était sur le point de se raviser également quant à sa promesse de la livrer à Vargas.

C'était une finaude, cette fille, une petite futée, de la trempe de Guillermo. Et Fat Eddie se prenait à leur dresser un tout nouveau plan de carrière : si ces deux-là acceptaient de travailler pour lui, il aurait une chance de devenir l'homme le plus riche de tout le Brésil.

Encore fallait-il au préalable régler son compte à Vargas.

Ses doigts boudinés posés sur le gouvernail du canot, Fat Eddie songea que c'était une bonne idée, une très bonne idée même. Oui, décida-t-il finalement. Aucun doute, il fallait éliminer Corisco Vargas. Ce type représentait une véritable menace. Depuis un bon moment déjà, Marcos n'avait pas donné signe de vie et Eddie suspectait fortement que Vargas n'était pas étranger à ce silence radio. Non qu'il ait abattu son capitaine au beau milieu de la jungle. Mais Marcos était un trouillard de premier, qui avait une peur bleue de cette vaste fumisterie dont on ne cessait de parler : la nuit du démon.

La nuit du démon, la nuit du démon ! Les gens de la rivière n'avaient que ces mots à la bouche, qu'ils chuchotaient entre eux avec terreur.

Nuit du démon, mon cul ! fulminait Fat Eddie. Autant dire carrément la nuit de Vargas. *Il* ne pouvait vraiment plus le sentir, ce type !

C'est Vargas qui détenait ces Indiens et *caboclos* qui avaient mystérieusement disparu dernièrement, Eddie en aurait mis sa main au feu. Que comptait-il en faire ? En tout cas, une chose était sûre : ce serait horrible et cela se finirait très mal pour ces misérables. Tout ce que Vargas touchait de près ou de loin finissait par crever, comme cette immense portion de forêt vierge qu'il était en train de massacrer.

Eddie avait visité de nombreux sites miniers au nord, et il avait fait affaire avec les patrons de mines, chaque fois qu'il en avait eu l'occasion. Mais jamais il n'avait vu un endroit comparable à Reino Novo.

C'était gigantesque.

La lampe torche installée à bord du canot se balançait mollement sous son support, éclairant les deux berges à intervalles réguliers. Soudain, Eddie repéra un détail qui l'intrigua. Il saisit le spot qu'il braqua en direction d'un bateau amarré à un tronc d'arbre.

Bizarre, franchement bizarre ! Il y avait cinq pontons en parfait état un peu plus loin en amont. Pourquoi aurait-on attaché une embarcation à un arbre, en retrait du débarcadère ?

Il y avait anguille sous roche. La fille n'était pas loin. Il reniflait sa piste tel un limier.

— Jorge !

Il se tourna et fit signe à l'homme qui pilotait un autre canot. Il désigna l'embarcation. Un sourire lui échappa, révélant ses dents de requin. Peut-être n'était-il pas trop tard pour tirer profit de tout ce micmac ? Oui, peut-être.

*
* *

Will et Annie rampaient sur les piles de scories qui s'entassaient tout autour de la fonderie qui vomissait sa fumée grise.

De la rivière, on voyait les feux luire comme les flammes de l'enfer. Entre la fonderie et les mines s'étendait une sorte de no man's land où couraient des tuyaux semblables à des serpents. L'eau ruisselait et chaque planche jetée par terre pour faciliter le passage des ouvriers était noyée dans la boue.

En dépit de toutes ses richesses, Reino Novo n'avait pu vaincre le fléau qui frappait la forêt vierge : une fois la fine couche d'humus disparue, rien ne parvenait à maintenir la terre. La bataille se résumait ensuite à une lente détérioration du terrain, car la pluie était toujours victorieuse.

Au-delà des passerelles en bois se trouvaient des rangées de huttes devant lesquelles Fernando et ses hommes faisaient passer les Indiens, entre les tas d'ordures qui se consumaient lentement en dégageant des odeurs nauséabondes.

Annie avait la gorge nouée. Il y avait des mineurs partout. La plupart étaient hagards ou épuisés et ricanaient devant les captifs ou les regardaient défiler d'un œil bovin. Les mineurs étaient eux aussi des prisonniers. On les avait attirés à Reino Novo par de fausses promesses de richesse, puis jetés dans la servitude en leur faisant contracter des dettes qu'ils ne seraient jamais en mesure de rembourser. L'épicerie où ils se fournissaient pratiquait des prix élevés de façon qu'ils dépensent juste un peu plus que leurs salaires. Et puis il y avait les patrons qui empochaient une bonne partie de l'or durement gagné par les *garimpeiros*. Le reste, ils le dépensaient en filles et en alcool, des plaisirs éphémères dont peu d'hommes savaient se passer, mais qu'aucun n'avait vraiment les moyens de s'offrir.

Dire que leur existence était lugubre relevait de l'euphémisme. Le mot ne suffisait pas à résumer la profonde misère humaine qui régnait dans les mines.

Derrière la fonderie, la forêt amazonienne réimposait sa suprématie. Les racines et les lianes fibreuses s'enfonçaient sous les tas de scories pour émerger plus loin au milieu d'un terrain vague grisâtre. La végétation poussait de plus en plus près de la piste. C'est là que se tenaient Will et Annie.

Will posa la main sur le bras d'Annie.

— Continue de les suivre. Je reviens d'ici cinq minutes. Sinon, retourne au bateau et tire-toi d'ici. Promis ?

— Promis, répondit-elle sans hésiter.

Il l'embrassa rapidement avant de courir s'enfoncer dans la jungle qui longeait la piste.

Il ne lui restait plus que cinq fléchettes.

Annie le vit disparaître, ce qui ne prit pas plus de deux secondes, montre en main. Lorsque le soldat qui fermait le cortège s'effondra l'instant d'après, elle devina exactement où se cachait Will, tout comme les Indiens qui se mirent aussitôt en état d'alerte, le regard tourné vers la forêt, conscients qu'ils n'étaient plus seuls désormais.

Tapi dans l'ombre, Will visait posément, frappait, s'enfuyait. Quand le deuxième soldat tomba, ses acolytes n'avaient aucune idée encore du carnage qui était en train d'avoir lieu.

Annie osa retrouver l'espoir. Les mines étaient derrière eux, ils se trouvaient dans la jungle, verte, profonde, pleine de promesses. S'ils parvenaient à délivrer les Indiens, ils se fondraient tous dans cet univers amical et personne ne les retrouverait.

C'est alors qu'elle entendit les voix.

Des voix masculines qui s'élevaient tout près et provenaient de la forêt.

Annie se releva et se mit à courir à petites foulées sur la piste.

Qui diable la suivait? Bonté divine, un seul nom lui venait à l'esprit!

Fat Eddie Mano.

*
* *

Corisco était assis au frais, dans son bureau, à contempler pensivement le cylindre en verre qui contenait l'orchidée, seule source de lumière dans la pièce avec le vivarium foisonnant de plantes encastré dans le mur.

Il avait perdu. La nouvelle venait tout juste de lui parvenir. Fernando était arrivé avec les derniers «*agneaux*», mais Annie Parrish ne se trouvait pas parmi eux. Cette fois, c'était sûr, elle échapperait au grand sacrifice. Et il ne pourrait pas la torturer pour lui faire avouer où elle avait trouvé les fleurs...

Mais peut-être se trompait-il depuis le début ? Il était possible, après tout, que les orchidées poussent en réalité très loin de Reino Novo...

Corisco frotta ses yeux fatigués. Il n'était pas tout à fait remis de sa transe nocturne et des visions délirantes créées par l'*uyump*. Ruminer sa défaite sapait ses ultimes forces. Il songerait plus tard à punir les responsables.

Son regard dévia vers une boîte posée au coin du bureau, qui renfermait le cadeau commandé expressément pour elle une semaine plus tôt, alors qu'il était encore convaincu de la réussite de son plan : une robe en lamé doré, ou plutôt un chiffon de quelques grammes à peine, que le tailleur de São Paulo lui avait envoyé par bateau.

La robe dans laquelle elle aurait dû mourir.

Il se pencha, saisit le tissu arachnéen et scintillant qu'il observa une minute. La tenue parfaite pour sa beauté blonde...

Puis, il reporta son attention sur l'orchidée qui émettait sa douce lumière dorée frangée de rayons verts.

Ainsi, ses questions demeureraient toujours sans réponse. Jamais il ne saurait de quoi était composée cette lumière, et quel était le message contenu dans ce phénomène quasi surnaturel...

Durant ses transes, aidé par l'*uyump*, il avait cherché la signification de tout cela. En vain. Aucune vision ne lui avait fourni d'explication.

Alors, tant pis ! Il lui fallait se faire une raison. Il était riche, il était puissant et, bientôt, le monde entier craindrait son nom. Il avait choisi le bon chemin, la bonne destinée. Il lui suffisait de contempler Reino Novo, l'empire qu'il avait créé, pour s'en convaincre et oublier ses souvenirs fugaces d'avant, de l'époque où il ne consommait pas ces substances euphorisantes et où son esprit fonctionnait encore normalement.

Et pourtant, en dépit de tout, cette orchidée continuait de l'obséder.

Fasciné, il la regardait flotter dans son écrin de verre. Elle lui était devenue si précieuse ! Combien d'heures avait-il passées ainsi à la contempler, nuit après nuit, hypnotisé par sa lumière jusqu'à être intimement persuadé que la fleur communiquait avec lui.

Mais au matin, il sortait de sa transe, reprenait ses esprits et se rendait compte que les sensations s'étaient évaporées.

Aujourd'hui, le rêve se volatilisait pour de bon.

Il lui restait quand même ses « agneaux ». Leur sacrifice lui apporterait gloire en le consacrant comme un monstre. Aussi ne devait-il pas leur faillir. En dépit de sa lassitude et de sa déception, il allait sortir et faire le tri parmi les nouveaux arrivants. C'était bien le moins. Les forts iraient travailler dans les mines, les faibles, les infirmes et les vieux seraient destinés à *El Mestre*.

Un coup frappé contre la vitre du vivarium le tira de ses réflexions. L'anaconda dressa sa tête triangulaire, la recula légèrement, puis, de plein fouet, heurta de nouveau la paroi.

Quelque chose craqua dans le mur. Corisco sourit, impressionné par la puissance de l'animal. Pauvre bête ! Il connaissait la nature de son problème. L'anaconda avait faim.

Une faim qu'il ne pourrait assouvir avant la nuit du démon.

26

Will intercepta Annie dans sa course et lui plaqua une main sur la bouche pour l'empêcher de crier tandis qu'il l'immobilisait.

Sur le moment, elle ne le reconnut pas et ses yeux s'écarquillèrent sous l'effet de la terreur. Il attendit qu'elle se calme avant de retirer prudemment sa main.

— Il y a des hommes qui arrivent! souffla-t-elle, haletante. Ce ne sont pas des Indiens, ils font beaucoup trop de bruit.

Leurs regards se croisèrent.

— Fat Eddie, murmura Will.

Il n'arrivait pas à y croire. Le gros n'en démordait pas. À ce stade, ce n'était plus de la ténacité, c'était de la rage!

— Les cages sont droit devant nous, je les ai vues. Mais je te préviens, Annie, l'éclat doré que tu as entrevu entre les arbres de la forêt l'année dernière provient de quelque chose d'énorme, quelque chose qui a une forme de...

— De quoi?

— De serpent. C'est une statue en forme de serpent.

Un serpent d'au moins dix mètres de haut. Il avait fallu une quantité énorme d'or pour l'édifier et Will ne comprenait même pas comment Vargas empêchait ses soldats et ses *garimpeiros* de le voler par poignées entières de pépites. C'était sans doute par peur qu'ils s'abstenaient, une peur primaire, animale, qui amenait Will à se poser d'autres questions encore plus dérangeantes : que préparait Vargas à Reino Novo ? Et que leur arriverait-il s'ils ne parvenaient pas à s'enfuir de cet enfer ?

Annie était livide. Muette, elle l'écouta expliquer :

— Il n'y a que deux gardes près des cages. Tous deux sont armés et un seul a les clés. Je ne veux pas que tu utilises ton arme, sauf pour te défendre, d'accord ? Mieux vaut éviter de rameuter ici une troupe de soldats et de *garimpeiros*.

— Compris, acquiesça-t-elle d'une voix blanche.

— Bien, allons-y.

Ils reprirent leur avancée. Will s'en voulait terriblement, et son sentiment de culpabilité augmentait à chaque pas. Jamais il n'aurait dû permettre à Annie de venir ici. D'une manière ou d'une autre, il aurait dû la mettre en sécurité. Bien sûr, elle s'était entêtée à l'accompagner, mais surtout ils avaient joué de malchance.

N'avait-il pas prévu initialement d'arriver seul à Reino Novo à bord du *Sucuri* en se faisant passer pour un contrebandier, afin de repérer les lieux, et de décider tranquillement de la meilleure tactique à adopter pour annihiler Vargas ?

Qu'était-il arrivé à son superbe plan ?

Annie l'Amazone, voilà ce qui était arrivé !

Will ne regrettait pas leur rencontre et pour rien au monde il n'aurait voulu modifier le cours des choses. Simplement, il aurait préféré qu'Annie soit en cet instant à des milliers de kilomètres de là ! N'importe où, mais pas avec lui.

Les pensées d'Annie étaient à peu près similaires aux siennes. Elle aussi aurait souhaité se trouver ailleurs, n'importe où, mais pas à proximité d'un serpent en or géant dressé au milieu de la jungle.

Son fusil sur l'épaule, elle marchait, la peur au ventre, le cœur cognant si fort qu'elle craignait de manière irrationnelle que Corisco Vargas ne l'entende par-dessus le grincement des pompes, le vrombissement des tuyaux et les cris des centaines d'hommes qui travaillaient vingt-quatre heures sur vingt-quatre dans les mines.

Fernando l'entendrait lui, c'était sûr. Il n'était pas très loin, à quelques dizaines de mètres en avant, dans la clairière éclairée par un curieux halo de lumière.

Comme ils pressaient l'allure, elle se rendit compte que le halo était en fait le reflet de dizaines de torches qui éclairaient une énorme quantité d'or. La piste débouchait sur une place pavée de dalles d'or, sur laquelle se dressait une statue représentant un anaconda géant.

Et pas n'importe lequel !

— Will ! Mon Dieu... Tu ne le reconnais pas ?

— Qui ?

— Le serpent !

— Oui, eh bien ? C'est un serpent, quoi.

— Non, c'est *mon* serpent ! Celui qui m'étrangle dans mes rêves. Et c'est aussi le tien, l'anaconda qui protégeait le *Sucuri*.

Will n'avait pas du tout envie d'entendre ce genre de discours. Lui-même n'avait jamais vu d'anaconda à bord de son bateau. Le seul qu'il ait jamais approché était celui qui avait enfoncé ses crochets dans son épaule, et il s'agissait en l'occurrence d'un serpent tout à fait réel, il pouvait en attester !

— Oh, Annie ! Je t'en prie...

Sans l'écouter, elle leva les yeux vers la colossale statue.

— Mon Dieu, c'est incroyable ! murmura-t-elle avec un mélange d'incrédulité et d'épouvante.

Ce n'était pas non plus le genre de réaction que Will espérait.

— Écoute, remuons-nous ! Il me reste trois fléchettes et il y a quatre soldats, Fernando compris. Il faut en finir et se tirer vite fait. Prends l'arc et tiens-toi prête.

— Commence par Fernando, suggéra-t-elle en arrachant avec peine son regard à la statue. Il a un Galil.

Excellent conseil.

Comme ils approchaient de la clairière, un cri guttural retentit soudain. Le dernier garde venait de se rendre compte qu'ils avaient perdu deux hommes en cours de route. Il n'eut guère le temps d'en tirer des conclusions, car un dard empoisonné vint se ficher dans sa nuque.

Will abattit le deuxième avant que celui-ci ait le temps de se servir de son arme. Le troisième demeura un instant abasourdi à la vue de ses acolytes qui s'affalaient à terre sans raison apparente et, quand le déclic se fit enfin dans son cerveau, il avait une fléchette plantée en pleine poitrine.

L'homme griffa sa chemise pour tenter d'arracher l'arme enfoncée dans sa chair. Peine perdue. Le curare agissait déjà et ses genoux fléchissaient. Comprenant qu'il allait mourir, les yeux écarquillés par la peur, il s'effondra à son tour sur les dalles en or.

Annie avait l'impression de visionner un cauchemar au ralenti. Elle retint son souffle, jusqu'au moment où une détonation éclata : le dernier garde venait de leur tirer dessus. Elle réagit dans la seconde, épaula son fusil, visa et pressa la détente.

La déflagration fit écho à la première et fut suivie d'un cri de douleur. Annie fit volte-face.

— Will !

Il était tombé à genoux et se tenait le bras. Du sang filtrait à travers ses doigts crispés.

— Will !

— Prends les clés, Annie. Tout de suite ! grinça-t-il entre ses dents.

Péniblement, il s'obligea à se remettre debout. Annie s'élança et traversa la place en courant. L'homme sur lequel elle venait de tirer se tordait de douleur sur le sol. Les autres ne bougeaient même plus. Leurs muscles étaient déjà tétanisés par le poison et ils s'asphyxiaient lentement, leurs yeux grands ouverts fixés sur le ciel, tandis que la paralysie gagnait peu à peu leurs poumons.

Un brouhaha d'excitation monta des cages qui flanquaient la place. Les Indiens et les *caboclos* étaient sauvés. Il ne restait plus à Annie qu'à se saisir des clés pour ouvrir les gros cadenas qui fermaient les grilles, avant que d'autres gardes n'accourent, alertés par les coups de feu.

C'est-à-dire qu'il ne lui restait plus qu'à arracher le trousseau de la ceinture du garde qui agonisait par terre, le ventre en sang. Mon Dieu, en aurait-elle la force ?

Elle s'agenouilla et, d'une main tremblante, décrocha le trousseau. À cet instant, la voix de Will retentit :

— Annie, attention !

Trop tard. Une main énorme et charnue venait de saisir sa cheville et la projetait à terre. Annie chuta pesamment, le souffle coupé.

Fernando – qu'elle n'avait pas vu parce qu'il sortait apparemment de la statue – tenta de rouler sur elle. Elle lui décocha une série de coups de pied dans le ventre et hurla quand une douleur fulgurante traversa le bras sur lequel elle avait amorti sa chute. La brute l'écrasait de tout son poids.

Les clés ! Elle avait perdu les clés.

Soudain, Will fut à leur côté, un couteau à la main. Il saisit Fernando par sa tignasse. La lame métallique étincela et Annie poussa un cri perçant en voyant le sang jaillir de la gorge du colosse. Révulsée, elle recula.

La panique la gagna. Il y avait du sang partout, qui pulsait des carotides sectionnées de Fernando, qui dégoulinait du bras de Will... Du sang sur la chemise et le pantalon du soldat blessé par balle... Les flaques s'élargissaient, le liquide rouge et tiède, presque phosphorescent dans la lumière naissante de l'aurore, s'infiltrait dans les rigoles qui séparaient les dalles d'or, formant de petits ruisseaux écarlates qui couraient vers le centre de la place, là où se creusait une large vasque en or qui, petit à petit, s'emplissait...

Annie frémit. Corisco buvait du sang, elle s'en souvenait maintenant. Il s'en servait pour fabriquer un élixir hallucinogène auquel il ajoutait l'*uyump*, la peau d'une grenouille venimeuse. «La grenouille du diable», comme l'appelaient les Indiens. Le meilleur moyen pour aller directement en enfer.

Will aussi avait bu du sang, le sang du jaguar. Et elle avait du sang sur ses vêtements, sur ses chaussures, sur sa peau. Elle avait du sang partout. Elle avait perdu les clés, perdu son fusil...

Mon Dieu, Les clés! Avec tous ces morts, elles devaient être couvertes de sang.

— Will...

Elle détacha enfin le regard des cadavres qui l'entouraient pour lever les yeux vers Will qui se dressait devant elle. Il n'avait pas lâché son couteau.

— Aide-moi, Will! Les clés...

Elle capta un vague mouvement dans son dos, une présence dont elle n'enregistra pas vraiment la réalité, alors qu'elle s'obstinait:

— Will, nous devons...

— Non, Annie, coupa-t-il pour l'empêcher de parler, c'est trop tard.

— Trop tard, en effet! fit une voix derrière Annie.

Une voix qu'elle connaissait bien et qui lui glaça le sang dans les veines.

Elle se figea, presque incapable de respirer à cause de la terreur qui lui nouait soudain le ventre.

Corisco Vargas !

Des soldats apparus de nulle part la dépassèrent et se ruèrent vers Will. Deux d'entre eux le ceinturèrent, un autre lui confisqua le couteau, pendant que d'autres le maintenaient en joue de leurs pistolets.

D'un pas mesuré, Corisco contourna lentement Annie pour venir se poster face à elle. Elle eut un mouvement de recul instinctif qui annihila toute forme de fierté ou d'arrogance.

Vargas était pire que dans son souvenir. Plus chafouin, plus diabolique, avec son bandeau noir sur l'œil et cette ligne blanche étrange qui courait dans ses cheveux noirs. Il avait le visage émacié, presque cadavérique. Son uniforme tombait de manière impeccable sur son corps maigre.

— Bienvenue à Reino Novo, docteur Parrish, articula-t-il avec un sourire sardonique. Ravi de vous revoir !

Il se détourna pour jauger Will d'un regard chargé de dédain.

— Et vous, docteur Travers ? J'ai entendu dire que vous aviez passé du temps chez les Indiens, dernièrement. Apparemment, vous avez beaucoup d'affinités avec ces gens. Vous allez même jusqu'à vous habiller comme eux ! Ce qu'on raconte est donc vrai ? Le *sucuri* ? L'Eldorado caché dans la forêt ?

— Il est ici, l'Eldorado perdu, répliqua Will, les mâchoires crispées, tandis que les soldats lui liaient les bras dans le dos.

À la grande surprise d'Annie, Vargas éclata de rire.

— Comme vous êtes astucieux, docteur ! En effet, Reino Novo est le nouvel Eldorado. Enfermez-le, vous autres !

Le sourire de Vargas s'effaça tandis qu'il se retourna vers Annie pour ajouter :

— Et amenez-moi la fille. Nous avons à discuter, le Dr Parrish et moi. Pas vrai, Annie ?

Will voulut plonger en avant, mais les soldats le retinrent. Alors qu'il se démenait, l'un d'eux s'avança et le frappa rudement sur la tête avec la crosse de son fusil. Will s'écroula comme une masse, et Annie eut l'impression de voir toute sa vie défiler devant ses yeux.

— Venez, docteur, disait Vargas. Nous serons mieux dans mon bureau. Je suis sûr que vous avez beaucoup de choses à me dire.

*
* *

Juché sur sa chaise soutenue par quatre hommes qui unissaient leurs forces en ahanant, Fat Eddie, dans un état proche de la catalepsie tant la convoitise le tenaillait, regardait Vargas entraîner la petite chatte blonde vers la maison.

Peu lui importaient en cet instant les dix mille *reales* perdus. Jamais il n'avait vu une telle quantité d'or. Une montagne ! C'était inimaginable, et pourtant… la statue était là, sous ses yeux avides. Il reconnaissait ses diamants et ses émeraudes, enchâssés dans la tête du serpent pour figurer les yeux.

Plus tard, quand il ferait démonter l'édifice, il n'oublierait pas de récupérer les joyaux.

Sur son ordre, ses hommes s'étaient déjà mis en place, sécurisant les quais et les mines, posant des charges d'explosifs tout autour des réservoirs de gaz et d'essence.

Sous peu, tout cet or lui appartiendrait. Il ne restait qu'un léger détail à régler : envoyer Corisco Vargas *ad patres*. Et Fat Eddie n'aurait même pas à se charger du boulot : il lui suffirait de libérer le démon qui se trouvait en cet instant face contre terre, dans l'une des cages d'acier qui entouraient la place.

Oui, quand son ami Guillermo verrait ce qui était arrivé à sa petite chatte blonde, il mettrait certainement Vargas en pièces avec la férocité d'un jaguar enragé !

27

Tous les doutes que Corisco avait pu concevoir à propos de ses méthodes, projets et ambitions s'étaient envo-
lés. Sortant des profondeurs de la nuit et de la forêt,
Annie Parrish était venue à lui !

Il se carra contre le dossier de son fauteuil, savourant
l'agréable euphorie du succès. Le soleil s'était levé. Il
tenait la fille, et elle allait enfin lui dire ce qu'il voulait
savoir.

Sinon, elle mourrait.

Derrière elle, le vivarium aux vitres brisées était vide.
Son ancien occupant était devenu de plus en plus
agressif la veille mais, là encore, Corisco avait su maîtriser la situation. Le monstre avait été déplacé et
attendait son prochain repas, qui venait d'arriver sous
la forme du Dr Parrish.

Corisco avait ordonné qu'on la baigne, qu'on lave ses
cheveux pleins de boue et qu'on lui enlève ces plumes
ridicules. Ses domestiques avaient fait merveille pour
lui rendre sa beauté et, à présent, elle resplendissait
dans la robe en lamé doré, exactement comme il l'avait
rêvé. Mieux valait parler de « linceul », d'ailleurs. Le
terme convenait parfaitement à ce voilage diaphane et
brillant qui dévoilait sa peau veloutée.

La coupe était plutôt originale : le tissu souple mou-
lait la douce rondeur de ses seins, puis se resserrait dans
un anneau doré pour dénuder la taille, avant de s'éva-
ser sur les hanches. La jupe, fendue des deux côtés,

dénudait les jambes fuselées. Le dos était entièrement nu jusqu'à la chute des reins.

Il était vraiment dommage qu'il n'ait pas le temps de s'amuser un peu avec elle. Mais une anarchie grandissante s'était emparée de Reino Novo au cours de la nuit passée, et Corisco allait devoir intervenir en personne. Fat Eddie avait pris un peu trop au pied de la lettre son invitation à revenir. Pour tout dire, il avait donné l'attaque. Oh, rien de grave ! lui avait assuré son nouveau capitaine, un homme qui le servait depuis presque aussi longtemps que Fernando. Quelques tireurs embusqués qui faisaient de l'esbroufe, rien de plus. Ils étaient systématiquement débusqués par les soldats, mais même les troupes les mieux entraînées avaient besoin d'une main ferme pour les guider...

Corisco secoua la tête. Ce vieux Fernando ! Égorgé comme un goret... Lui-même n'aurait pu trouver fin plus appropriée pour son capitaine, bien qu'il ne manquât pas d'imagination dans ce domaine. Il aurait dû s'en occuper rapidement si Travers ne l'avait pas fait à sa place. Il ne pouvait se permettre de tolérer le moindre échec à Reino Novo, or Fernando s'était royalement planté. Il n'avait eu que ce qu'il méritait.

Son regard glissa sur l'orchidée d'Annie qui reposait désormais à côté de la sienne. La paire ainsi formée était tout simplement merveilleuse. Ayant étudié de très près la fleur durant un an, Corisco était capable de repérer la plus infime modification. Et il était absolument certain que leur fréquence lumineuse avait changé, de manière subtile quoique indubitable, au moment où il les avait rapprochées.

Corisco avait toujours couru après le pouvoir, celui que procuraient les hallucinations, la peur, l'or... Mais le plus grand de tous les pouvoirs était sans doute là, sous ses yeux, en ce moment.

— Vous voyez, n'est-ce pas ? murmura-t-il.

Il ne se formalisa pas de son mutisme. Oh oui, elle

voyait ! Ses yeux verts ne quittaient pas les deux orchidées. Elle aussi avait eu le temps d'examiner la fleur, et il ne doutait pas que ses observations fussent au moins aussi pertinentes que les siennes, et sans doute plus étant donné sa profession.

— Savez-vous ce que cela signifie ? Savez-vous ce qu'elles veulent dire ?

Il se leva brusquement, marcha vers elle et la vit esquisser un mouvement de recul vite réprimé. Son expression était difficile à déchiffrer. Elle reflétait de la crainte, ce qui semblait logique au premier abord, toutefois Corisco se rendit compte avec stupeur qu'elle n'avait pas peur pour elle, mais pour les fleurs !

Il n'en revenait pas. Que croyait-elle donc ? Qu'il allait se prendre les pieds dans le tapis et fracasser les tubes ?

Un sourire condescendant plissa ses lèvres.

— Je ne vais pas les abîmer.

Enfin, elle daigna le regarder et laissa tomber :

— Et vous ne les comprendrez jamais non plus.

— Parce que vous, si ? riposta-t-il d'un ton volontairement dubitatif.

— Si l'on me donne du temps et un laboratoire, oui.

Corisco médita cette éventualité qu'il n'avait pas envisagée jusqu'alors. Pouvait-il la faire travailler pour lui au lieu de la tuer ? L'idée méritait qu'on s'y attarde.

— Et Travers ?

Une émotion passa sur ses traits et il faillit rire de pouvoir si aisément lire en elle. Elle était plus insondable à Yavareté. Mais l'amour avait tendance à abrutir les esprits les plus brillants.

— Il est bien meilleur botaniste que moi, insista-t-elle.

— Je devrais donc le garder et vous tuer ?

Il se délecta de sa réaction ambivalente. C'était vraiment sa spécialité, plonger ses victimes dans d'atroces dilemmes, les torturer savamment en semant le doute dans leur esprit. Annie et lui avaient passé de si bons moments à Yavareté ! Il n'avait commis qu'une seule erreur, quand il l'avait dévêtue pour faire plaisir à Fernando. Il aurait dû la garder pour lui.

Voilà que lui aussi était en proie au dilemme... S'il la tuait, il se forgeait une réputation mondiale. Annie Parrish était célèbre et, autrefois, elle avait été une professionnelle respectée. L'éliminer prouverait à tout le monde à quel point il était dangereux de venir en Amazonie, *son* Amazonie.

Mais, en la gardant, il en retirerait un plaisir si jouissif...

— Je pourrais vous laisser en vie tous les deux, à la condition de posséder suffisamment d'orchidées... Oui, ce serait possible, murmura-t-il avec nonchalance.

C'était une proposition honnête.

— En trouver d'autres prendra peut-être des années...

— Pas si quelqu'un sait où elles se trouvent. Et vous le savez pertinemment, docteur Parrish !

Sa patience fondait. Ils avaient joué au même petit jeu à Yavareté. Recommencer ne l'amusait pas le moins du monde.

— C'est votre vie qui est en jeu, docteur. La vôtre et celle de William Sanchez Travers. N'en doutez pas une seconde.

En entendant un cri en provenance des mines, il jeta un regard par la fenêtre. Il se passait quelque chose. Momentanément distrait, il saisit sur le bureau sa radio portable et sortit dans le patio attenant.

Avant qu'il n'ait le temps de joindre son bras droit, une énorme explosion secoua Reino Novo.

Corisco ne tressaillit pas. Il continua de marcher d'un pas régulier, dépassa la fontaine et s'immobilisa sous le porche en pierre. Là, les mâchoires serrées, il contempla ce qui restait du ponton n° 2 dont des débris volaient en éclats.

Le ponton n° 3 explosa dans la foulée, et Corisco sentit une vague de fureur monter en lui. Lentement, il revint sur le seuil du bureau.

— Je vous suggère de bien réfléchir à la proposition que je viens de vous faire, docteur Parrish. Si vous ne me promettez pas de trouver d'autres fleurs, votre vie ne vaudra rien à mes yeux.

— Et William Travers ?

Il ébaucha un geste d'impatience.

— Travers ? Il intéresse plus Fat Eddie que moi. Mais il ne doit pas être en grande forme avec une balle dans le corps et une fracture du crâne. Ses chances de survie sont minces et, s'il résiste, il finira sacrifié sur *El Mestre* ce soir. C'est pour vous et vous seule que vous vous battez, docteur Parrish. Alors, faites-nous plaisir à tous les deux et optez pour la plus sage décision.

Il tourna les talons et, avant de s'éloigner, prévint les gardes qui surveillaient le patio :

— Vous mangerez vos testicules en guise de petit-déjeuner si elle n'est pas là à mon retour !

*
* *

Will s'éveilla avec une migraine épouvantable et l'impression que son crâne avait éclaté. Il était en sueur et grelottait, ce qui n'était pas bon signe sous cette latitude.

Hagard, il se tâta le cuir chevelu. Il avait une bosse énorme au-dessus de l'oreille gauche et ses cheveux étaient raidis par le sang coagulé. Il tenta de rouler sur lui-même afin de se redresser et se figea en réprimant un gémissement, une douleur fulgurante lui cisaillant le bras.

Il retomba de côté, le souffle court, un juron au bord des lèvres.

Un murmure de voix étouffées lui parvint tout à coup et lui fit tourner la tête. Un groupe d'Indiens – des femmes apeurées et des vieillards craintifs – s'était massé dans un coin de la cage, non loin de lui. Will se sentit rasséréné lorsqu'il repéra Tutanji parmi eux. Au moins n'était-il pas seul.

Toutefois, alors que sa vision s'acclimatait peu à peu à la luminosité déclinante, il se rendit compte qu'il était séparé des Indiens par une grille d'acier.

Ce constat déclencha une vague de souvenirs et force lui fut d'admettre que toute forme de soulagement était prématurée. Récapitulons : il avait reçu une balle dans le bras, puis on l'avait assommé avant de le jeter derrière les barreaux, dans une de ces maudites cages où Corisco Vargas gardait ses détenus.

Une rafale crachée par une arme automatique déchira le silence de la nuit. Le bruit, qui provenait de la rivière, en contrebas des mines, fit sursauter Will. Aussitôt, des éclairs crépitèrent devant ses yeux, déchaînant une souffrance intolérable dans son crâne.

Recroquevillé par terre, il gémit longuement, mêlant plaintes et jurons. Dehors, la pétarade continuait. Soit la fameuse *noite do diabo* avait commencé, soit une armée était en train de donner l'assaut contre Reino Novo.

Il priait pour que la deuxième hypothèse soit la bonne. C'était bien pour cela qu'il était venu, non ? Pour détruire le site et tuer Vargas. C'était la mission dont l'avait investi Tutanji. Mais la situation avait dérapé et... il y avait autre chose, quelque chose de très important mais dont il ne parvenait pas à se souvenir. C'était pourtant vital, essentiel...

Voyons, il était parti pour Reino Novo à bord du *Sucuri*, avec les pierreries de Fat Eddie et...

... Annie.

Ils avaient emmené Annie !

Tous ses souvenirs lui revinrent d'un coup : le débar-

quement en pleine nuit, la statue, les soldats qui ago-
nisaient devant l'autel, puis Corisco qui faisait irruption avec ses hommes et emmenait Annie avant qu'elle
n'ait eu le temps de s'emparer du trousseau de clés…

Voilà ce qui s'était passé : ils avaient été capturés en
essayant de libérer les Indiens et les *caboclos*.

Les clés ! Il les lui fallait.

Il réussit à s'asseoir et faillit s'évanouir de nouveau
tant la douleur était intense. Il devait prendre les clés
pour sortir de cette cage et sauver Annie… Mais il n'en
avait pas la force.

— Tiens, bois cela, petit frère.

Tutanji venait de s'accroupir face à lui dans la cage
voisine. Il passa le bras à travers les barreaux et lui tendit une petite gourde.

— Te voilà de retour parmi nous, petit frère.

— Oui, je suis de retour, acquiesça Will dans un
chuchotement, pour ménager ses forces. Et Annie ? Où
est-elle ?

— La femme jaguar ? Elle est ici, dans les mâchoires
de l'anaconda d'or. Et je crains vraiment, petit frère,
qu'on ne veuille lui voler son âme ce soir même.

Tutanji désignait un point hors de la cage. Will suivit
la direction de son doigt et leva les yeux vers l'immense
tour d'or qui dominait la place. La lueur des torches
enflammées se reflétait sur les marches en or qui montaient jusqu'à la bouche béante.

Une femme était ligotée là, écartelée entre les quatre
crochets d'or semblables à des stalactites et stalagmites
autour desquelles s'enroulait la fumée des torches.

Le cœur de Will s'arrêta de battre durant une seconde
qui lui parut une éternité. En cet instant, Annie ne lui
apparaissait pas du tout comme un jaguar, mais comme
une pitoyable créature sans défense terrifiée à l'idée de
sa mort prochaine.

Lentement, il se leva, tituba contre les grilles de sa
cage. Ses mains se refermèrent autour des barreaux en

acier qu'il secoua avec désespoir. Annie avait simplement l'air de ce qu'elle était : un agneau sur l'autel du sacrifice.

La peur et un intense sentiment de culpabilité envahirent Will, lui bloquant la poitrine. Il aurait dû se démener pour la faire sortir du Brésil, surtout quand il avait compris ce qui allait se produire ! Tout était sa faute. Il aurait dû...

Un garde qui effectuait sa ronde passa devant les cages en jetant des insultes aux Indiens. De la crosse de son fusil, il cognait méchamment les doigts de ceux qui osaient agripper les barreaux. Will retira ses mains et attendit que le soldat se soit éloigné pour reporter son attention sur Annie.

Elle portait toujours autour du cou le collier qu'il lui avait donné. Malheureusement, il doutait de la puissance de protection du talisman en de telles circonstances. Le costume ridicule et scintillant qui voilait à peine son corps visait manifestement à la faire passer pour une prostituée. À cette vue, son estomac se souleva. Il tenta de se rassurer, en vain. Corisco ne l'avait pas violée la première fois et Fernando était mort. Mais de là à espérer...

Il se tourna vers Tutanji.

— Combien de temps suis-je resté inconscient ?

Il faisait nuit lors de leur capture. Peut-être ne s'était-il évanoui que quelques minutes ? Corisco aurait eu juste le temps de faire attacher Annie dans la gueule du serpent, elle n'aurait pas encore subi les sévices de ce désaxé...

La réponse du vieux chaman ruina cet espoir.

— Tu as dormi toute la journée, petit frère. Pendant ce temps, le soleil s'est levé, puis couché, et il y a eu beaucoup de combats du côté de la mine. Et puis, la nuit du démon a commencé.

Will leva les yeux vers le ciel. C'était la nouvelle lune. On ne distinguait que la trace blanchâtre de la voie lactée. Il se souvint qu'il fallait une nuit noire pour que se réalise la *noite do diabo*.

Anxieux, il détailla Annie. Elle n'avait pas l'air blessée, c'était déjà ça, bien que cela ne veuille pas dire grand-chose. Il ne distinguait aucune trace de sang ou de meurtrissures, ni sur son visage ni sur son corps, et elle semblait capable de tenir debout seule, même si elle avait pour l'heure les bras et les jambes liés.

Apparemment, elle n'avait pas été molestée.

La voix tendue, il dit à Tutanji :

— Il faut que nous sortions d'ici.

— Oui, répondit le chaman en lui tendant de nouveau la gourde. J'attends que tu me ramènes les clés. Tiens, bois. Cela te rendra tes forces.

Sans discuter, Will but une longue gorgée et manqua s'étouffer tant le breuvage était amer. Il rendit la gourde à Tutanji, comprenant – trop tard – qu'il aurait dû s'enquérir des ingrédients de la potion avant de l'ingurgiter.

Tutanji avait déjà failli le tuer une bonne douzaine de fois. Pourquoi leur situation présente changerait-elle quoi que ce soit ? Le vieux chaman vivait au rythme de l'Autre Monde et les élixirs capables de revigorer les plus faibles étaient sa spécialité.

Or, Will avait besoin de retrouver ses forces. Rapidement.

De son bras valide, il secoua la grille de sa cage. Les barreaux résistèrent fermement sous la secousse. Il s'efforça de se remémorer les récents événements. Voyons, comment s'étaient passées les choses ? Le trousseau de clés était tombé par terre, devant les cages. À quel endroit se trouvait le soldat qu'Annie avait abattu ? Où le trousseau avait-il pu rouler ?

Il se tourna pour se repérer, mais exécuta le mouvement trop vite et dut se frapper le front pour contrer la douleur. Seigneur, il avait vraiment l'impression que son crâne était sur le point de se fendre en deux !

Il ferma les yeux, vit des éclairs multicolores zigzaguer sous ses paupières closes.

— Les clés ? Où sont-elles ? chuchota-t-il encore.

— Là-bas. Un singe va nous les apporter.

Un singe ?

Will rouvrit les yeux, ne laissant qu'un mince interstice entre ses paupières frémissantes.

— Quel singe ?

Tutanji pointa l'index vers la forêt et, à la lumière des torches, Will distingua un petit tamarin empereur à la barbiche blanche, assis sur une basse branche d'un arbre situé à moins de deux mètres de la cage.

L'animal tenait dans sa main minuscule le trousseau de clés. Sa face agitée de mimiques tournée vers la place illuminée, il paraissait songeur et empli de crainte, comme s'il réfléchissait à la cérémonie sanglante qui allait se dérouler.

Will considéra Tutanji avec espoir.

— C'est toi ? Le singe, c'est toi ?

Le chaman secoua la tête.

— Non. Je suis un caïman, un anaconda, un jaguar, mais je ne suis pas un esprit-singe. Appelle-le, toi. Il viendra peut-être.

Le ton dubitatif inquiéta Will. *Peut-être ?* Voilà donc la haute opinion que Tutanji avait de lui après toutes ces années d'initiation ? Eh bien, la confiance régnait !

Il valait sans doute mieux essayer directement d'attraper ce maudit singe par la peau du cou, parce que Will était bien sûr d'une chose : cette bestiole craintive n'allait certainement pas lui apporter les clés sur un simple claquement de doigts de sa part !

Malheureusement, il n'avait pas le bras assez long pour l'attraper.

Frustré, il secoua de nouveau la grille qui, cette fois, branla légèrement et grinça, ce qui attira l'attention du singe.

Celui-ci planta son regard dans celui de Will et le regarda avec perplexité.

Will se figea, n'osant ciller. Il hésita. Et puis zut ! Il n'avait rien à perdre.

— Petit frère ! petit frère ! appela-t-il doucement.

À son côté, Tutanji entonna une mélopée monocorde dont les notes furent emportées par la brise nocturne. Le singe restait assis, les yeux écarquillés, mâchonnant une invisible noix, la mine toujours aussi soucieuse et méditative.

— Allez, petit frère ! Viens me voir ! roucoula Will, qui luttait pour ne pas perdre patience.

Le singe inclina la tête de côté, se gratta pensivement la barbiche.

— Tu vas venir ici, sale bête ! Ramène tes fesses plus vite que ça, sinon je vais t'ouvrir la panse de bas en haut avec mon grand couteau !

Le tamarin cessa de mâcher et demeura bouche bée un instant, ses yeux jaunes fixés sur Will. Puis, dans un cri strident, il sauta à terre et disparut dans les fourrés.

Will se mit à jurer en tambourinant contre la grille. Tutanji avait vraiment eu une riche idée le jour où il l'avait choisi comme disciple !

Il se retourna et frôla de nouveau l'évanouissement. Avait-il le vertige ? Non, cette fois, il s'agissait plutôt d'une hallucination : il voyait un serpent rose vif, aussi brillant qu'un néon, danser et se tortiller sous son nez.

— Que m'as-tu… fait boire, vieux frère ?

Désorienté, il se passa la main sur le front. C'était bien le moment d'avoir des visions de l'Autre Monde ! C'est dans la réalité qu'il devait sauver Annie.

— Le serpent va s'en aller, promit le chaman. Ensuite, tu seras fort. Ce n'est pas du *yagé*, le vin de l'âme. Ce n'est que du tabac pour te donner des forces et te faire oublier la douleur, là où la balle de l'homme blanc est entrée dans ta chair.

Une dose de nicotine, comprit Will. Voilà tout simplement ce qui créait ces mirages. Les principes actifs de cette substance étaient mille fois plus puissants quand on l'ingérait que quand on l'inhalait.

Pas étonnant qu'il voie des serpents roses !

— La mère de la mère du tabac était un serpent, petit frère. Tu as besoin de la force du serpent.

Will ravala une réplique agacée. À en croire Tutanji, il avait sans cesse besoin du pouvoir d'un animal quelconque. Alors qu'en l'occurrence, il n'avait besoin que d'une chose : les clés qui ouvraient le cadenas de cette fichue cage !

Une exclamation collective retentit dans la nuit et lui fit lever la tête. Cette fois, il ne ressentit aucune douleur, aucun étourdissement. Comme d'habitude, le remède de l'homme-médecine se révélait très efficace. Il reprenait des forces de seconde en seconde.

Corisco arrivait, dans un bruit de bottes croissant, alors que le cortège de soldats se rapprochait sur le sentier qui remontait de la rivière.

Une peur presque palpable s'empara des prisonniers.

Will jura en voyant apparaître les soldats dans la clairière. Ils étaient une centaine ! Tous étaient armés d'un fusil semi-automatique et portaient deux cartouchières qui se croisaient sur la poitrine. Des munitions qui, bientôt, allaient déchiqueter les corps des Indiens sans défense et des vieux *caboclos* épouvantés.

Ce serait un massacre. Et Will ne pouvait absolument rien faire pour l'empêcher.

À moins que…

Le garde de tout à l'heure revenait pour un autre tour de ronde. Au moment où il passait devant la cage, Will saisit les barreaux à pleines mains et se mit à secouer frénétiquement la grille.

28

Corisco déboucha sur la plaza à la tête de ses hommes. Tous étaient prêts à mourir pour lui, prêts à tuer pour lui. Et aujourd'hui, il exigerait de leur part ces deux preuves de dévouement.

Les *jagunços* de Fat Eddie s'étaient abattus sur Reino Novo telles des nuées de moustiques, mais, en dépit de leur nombre incroyable, ils n'étaient pas de taille à lutter contre des soldats soumis à un entraînement régulier.

Néanmoins, c'était irritant, cette stratégie de guérilla qui avait tenu en respect ses hommes près de la mine n° 2, durant une bonne partie de la journée.

Les tireurs embusqués de Fat Eddie et ceux de Corisco s'étaient livrés à un combat dur mais pas très longtemps. Corisco avait ordonné qu'on coupe toute retraite aux *jagunços*. Le gros et sa bande étaient désormais pris au piège. Et Corisco s'apprêtait à faire exploser la mine n° 2.

Sous peu, il serait débarrassé de Fat Eddie et de ses hommes. Au prix, bien sûr, de quelques pertes parmi ses propres rangs, mais c'était une broutille.

Il était imbattable quand il s'agissait de livrer bataille au corps à corps, quel que soit le terrain, et, bientôt, il le deviendrait à une échelle beaucoup plus grande.

N'empêche qu'il venait de perdre une journée à cause de ces demeurés qui avaient eu l'audace de s'en prendre à lui. Comme s'il allait se laisser déloger de son fief ! Il fallait avoir perdu la tête pour le braver de la sorte.

Et la personne qui avait osé lui jeter le plus grand défi était Annie Parrish.

Elle l'avait tellement déçu quand il était venu lui demander sa réponse tout à l'heure, vers midi. Au lieu de l'implorer pour avoir la vie sauve, elle l'avait supplié d'épargner le *gringo*, lui promettant des milliers d'orchidées en échange de sa clémence. Elle se disait prête à travailler d'arrache-pied pour leur arracher leurs secrets, à déployer tous ses talents de chercheuse... du moment que William Travers vivait.

Incroyable... Il n'avait même pas eu besoin de la menacer. Elle lui avait coupé l'herbe sous le pied, avait capitulé de la manière la plus abjecte, sans combattre, le spoliant ainsi des plaisirs les plus délicieux que réclamait sa nature sadique.

Pourtant, il avait accepté son offre. Il lui avait permis de devenir son esclave contre la vie de William Sanchez Travers qui de toute façon ne tenait qu'à un fil !

Sa bouche se plissa dans une moue méprisante. Il n'arrivait pas à croire qu'elle ait capitulé aussi facilement ! Elle s'était vendue, et pour rien. Le *gringo* ne passerait pas la nuit, dans l'état où il était.

Elle avait plus d'amour-propre à Yavareté.

D'un pas décidé, il traversa la *plaza* et gravit les marches de la tour, quatre à quatre, tandis que ses hommes s'alignaient en formation devant les cages.

En dépit de l'intervention de Fat Eddie, la nuit du démon aurait lieu comme prévu. Et ce soir, une légende naîtrait. Il n'allait pas laisser un gros lard de Manaus le ridiculiser, pas plus qu'un *gringo* avec ces ridicules tatouages dans le dos.

Franchement, comment ce cinglé avait-il cru réussir dans son entreprise armé d'une vulgaire sarbacane ?

Il devait cependant admettre que Travers s'était bien

débrouillé. Il avait réussi à s'emparer d'un bateau, et avait réglé son compte à Fernando avec une facilité déconcertante.

Fat Eddie s'était mis le doigt dans l'œil quand il avait affirmé que le *gringo* était mort dévoré par un caïman sur le Rio Marauia. Décidément, le gros cumulait les bévues, et il avait tout particulièrement manqué de flair en décidant de s'attaquer à Corisco.

Mais c'était la reddition inattendue du Dr Parrish qui l'irritait au plus haut point.

Ses informateurs de Manaus lui avaient appris qu'elle avait volé des armes appartenant à Fat Eddie, par l'intermédiaire d'un certain Johnny Chang dont la tête, aux dernières nouvelles, se trouvait maintenant quelque part en Équateur pour subir une petite modification.

Ensuite, Annie Parrish avait remonté le fleuve pour venir à la rencontre de son ennemi, ici à Reino Novo, avec des fusils, des grenades et de la dynamite.

Prête, donc, pour un duel au sommet.

Que s'était-il passé entre-temps pour qu'elle se dégonfle ainsi ?

L'amour ?

Il ricana. Si elle préférait s'asservir par affection pour un ivrogne, un botaniste raté sans la moindre ambition devenu rat de rivière... grand bien lui fasse ! Il veillerait à ce qu'elle paie mille fois le prix, jour après jour.

Il atteignit la plate-forme où Annie était écartelée entre les crochets de l'anaconda géant, huit mètres au-dessus de la *plaza*. Et il lui vint à l'esprit que, finalement, lui aussi péchait parfois par sentimentalisme. Il aurait dû la tuer, lui donner la place qu'il lui réservait à l'origine au cours du grand rituel.

Son martyre aurait bien mieux servi sa cause que toutes ces orchidées.

Mais sa peau était si douce et si veloutée ! À la lueur des torches, elle se parait d'un halo doré. Le tissu de sa robe était si fin qu'il devenait presque translucide. Il n'aimait pas trop ses cheveux coupés à la garçonne, mais bah! ils finiraient bien par pousser. Il n'avait qu'à lui laisser un peu de temps.

Oui, il avait envie, *très* envie, de lui laisser du temps.

Corisco avait toujours aimé faire souffrir les femmes. Il jouissait de lire la terreur sur leurs traits décomposés. Pourtant, il se sentait capable de changer, de contrôler ses instincts primaires et, peut-être, de réapprendre quelque chose qui s'apparenterait à de la tendresse pour elle.

Elle était unique! Une telle femme valait qu'on se donne du mal pour elle.

Il pouvait aussi l'offrir aux démons de l'Amazonie, puis distribuer les images de son immolation dans le monde entier par satellite. Et son nom s'inscrirait en lettres de sang dans l'Histoire.

Perspective bien tentante, également.

Il secoua la tête, irrité. D'ordinaire, il n'éprouvait pas ce genre de tiraillement. Quand il fallait choisir, il savait trancher dans le vif. Mais Annie le faisait douter de ses certitudes.

Il s'approcha d'elle, posa la main sur son épaule dénudée. Elle tressaillit et il éprouva des sensations presque oubliées.

Sa libido était devenue si bizarre depuis qu'il consommait cette potion à base de peau de grenouille! Les visions lui conféraient un pouvoir dont il n'avait pas osé rêver, mais la mixture le rendait également impuissant, contradiction étrange avec laquelle il avait appris à vivre.

— Que vais-je faire de vous, docteur Parrish? s'interrogea-t-il d'une voix douce, tout en faisant glisser ses doigts sur ses épaules et le long de son dos.

Il la sentit trembler sous la caresse et trouva sa réaction étonnamment érotique.

— Nous avons conclu un marché. Vous n'avez qu'à vous y tenir, articula-t-elle.

Il sourit. Annie Parrish était l'une des rares personnes au monde à le faire sourire.

— Vous n'êtes pas raisonnable de pactiser avec le diable, docteur.

Il se campa face à elle. Sa main droite lui frôla le cou, avant de se refermer sur son sein. De la gauche, il lui souleva le menton pour la forcer à soutenir son regard. Il ne lut rien d'autre que de la répulsion dans ses yeux mordorés, mais il trouvait cela très excitant. D'ailleurs, il commençait à avoir un début d'érection. Cela lui arrivait rarement et, de toute façon, son sexe ne durcissait jamais assez pour lui permettre d'avoir un rapport normal.

Alors, pourquoi garder cette fille ?

La morosité l'envahit soudain. Il laissa retomber son bras. Le Dr Parrish était certes unique, mais jamais elle ne lui appartiendrait.

Son destin était scellé.

Après tout, ce n'étaient pas les scientifiques américaines qui manquaient en Amazonie, récoltant des échantillons végétaux, collectionnant des insectes ou des papillons et, en général, fourrant leur nez partout dans la forêt.

Il n'aurait pas à chercher loin.

*
* *

Annie entendit Corisco descendre les marches derrière elle. Elle eut envie de crier de colère, ce qui dissipa miraculeusement la peur panique qui l'avait saisie à son approche.

Elle avait vu le regard de Vargas luire, puis s'éteindre. Elle savait qu'il allait les tuer, Will et elle. Elle en avait l'intime conviction. Sa stratégie avait échoué.

Dans un sursaut, elle secoua les cordes qui l'entravaient, s'arc-bouta, tira… en pure perte.

À Yavareté, elle avait opté pour une résistance stoïque et butée, ce qui lui avait valu d'être rouée de coups. Cette fois, elle avait changé de tactique et, bien que Vargas ne l'ait pas touchée – ou à peine –, elle craignait que les conséquences de sa prétendue soumission ne se révèlent pires encore.

Où était Will ?

Depuis des heures elle était ligotée là, sans savoir ce qu'il était devenu. La lumière des torches qui ondoyait dans la nuit et se reflétait sur chaque centimètre carré d'or l'éblouissait et l'empêchait de voir les cages en contrebas. Au-delà de la clairière, le monde était plongé dans la nuit amazonienne.

Sur la place, un bataillon de soldats se tenait au garde-à-vous, le fusil d'assaut à la main. Bientôt, la tuerie commencerait. Une véritable boucherie dont elle serait témoin du haut de son sinistre perchoir.

De nouveau, elle se démena pour échapper à ses liens, de plus en plus frénétiquement à mesure que la peur montait. Elle devait se libérer ! Will était quelque part dans ces cages, parmi les Indiens et les *caboclos*, blessé, incapable de se défendre.

Et elle ne supporterait pas qu'il meure sous ses yeux.

29

Will tira le corps du garde inconscient à couvert dans la forêt. Ses doigts le brûlaient encore après le coup qu'il avait reçu, quand il avait brutalement saisi le fusil de l'homme avant de projeter celui-ci contre la grille, avec une telle violence qu'il l'avait assommé sur-le-champ.

À peine sorti de sa cage, il avait lancé les clés à Tutanji. À présent, les captifs rampaient hors de leurs prisons et, profitant de la nuit, couraient se dissimuler dans les fourrés. Dès que leur fuite serait repérée – ce qui n'était plus qu'une question de secondes –, l'enfer se déchaînerait sur eux. Et Will comptait précisément sur le chaos qui s'ensuivrait pour libérer Annie.

Il s'empara du fusil du garde et plaça une nouvelle balle dans la chambre. Il se saisit de son coutelas et s'élança vers la statue.

Il était sorti de Harvard avec un doctorat en botanique, sa thèse avait reçu la mention Très bien, avec les félicitations du jury. Pourtant le moins qu'on puisse dire, c'est qu'il ne s'était pas montré très malin dans cette histoire. En fait, depuis le début, il se comportait comme le dernier des imbéciles !

Il avait presque atteint l'escalier quand une énorme explosion en provenance de la rivière secoua Reino Novo et le fit piler net. La terre trembla sous la violence du choc. Sur la place, les soldats de Corisco, déséquilibrés, s'écroulèrent sur les dalles. Will, un instant désorienté, en profita pour reprendre sa course.

Il savait que le répit serait de courte durée. À peine cette pensée lui avait-elle traversé l'esprit qu'un arbre s'abattit dans la forêt avec un craquement sonore. Au-dessus du fleuve, une énorme boule de feu embrasa la nuit et se mit à cracher de la fumée et des flammes.

Will poursuivit sa course, en dépit de sa stupé-faction.

Qui diable débarquait à Reino Novo ?

*
* *

Fat Eddie était assis sur sa grande chaise en bois, un détonateur à la main. Après la déflagration, les plis et les replis de son gros ventre tressautaient encore.

Quelle journée ! jubilait-il. Quelle putain de jour-née !

Ses hommes s'étaient rendus maîtres de la mine n° 2 et de ses environs immédiats, à la limite nord de Reino Novo, en début d'après-midi. Puis, les troupes de Vargas avaient débarqué et leur avaient coupé la retraite vers la rivière.

Ensuite, la situation était devenue confuse mais, en définitive, le plus grand nombre avait prévalu. Et, lorsqu'ils s'étaient rendu compte que les hommes de Vargas étaient en train de truffer la mine d'explosifs, ils avaient pris le relais et achevé le boulot.

Peut-être avec un peu trop de zèle, pensa Fat Eddie à travers la fumée et la suie qui commençait à retomber en pluie noirâtre.

Un de ses hommes se précipita vers lui en faisant de grands signes et en criant quelque chose que Fat Eddie ne put entendre à cause de l'écho. Néanmoins, il lut sur ses lèvres :

— La seconde charge est prête, *senhor*!

*
* *

Pétrifiée, Annie retenait son souffle, tandis que l'immense tour-serpent, ébranlée par l'explosion, vacillait sur son socle.

Si terrifiée qu'elle soit en cet instant, elle se surprit à s'interroger sur la façon dont avait été conçu l'édifice. Avait-on prévu qu'il résiste en cas de petits séismes ? C'était peu vraisemblable. Annie sentait les vibrations se répercuter dans toute la structure.

Baissant les yeux, elle se rendit compte de la pagaille qui régnait sur la *plaza*. Par miracle, la plupart des prisonniers s'étaient évadés de leurs cages. Will avait donc une chance de s'en sortir vivant, songea-t-elle avec soulagement.

Mais, quelques secondes plus tard, une deuxième explosion retentit et déclencha une onde de choc encore plus forte. Cette fois, la tour-serpent chancela. Le cou dressé se balança de gauche à droite en grinçant, jusqu'à ce que l'assise émette un craquement, puis un autre, puis encore un autre… On aurait dit une porte géante qui pivotait sur ses charnières rouillées, ou encore des plaques d'acier qui s'effondraient les unes sur les autres.

En tout cas, ce n'était sûrement pas de bon augure.

Annie agrippa fermement les cordages qui lui liaient les poignets. Au moment où elle levait les yeux, un bruit encore plus sinistre se fit entendre et elle vit une profonde lézarde apparaître.

De toutes ses forces, elle tira sur la corde. Si elle réussissait à désolidariser le crochet du reste de la statue, elle pourrait libérer son bras…

Un grondement sourd s'éleva dans son dos. Tirant sur ses liens, elle tourna la tête. Cette fois, c'était la gorge du serpent qui était en train de se fissurer! La brèche, qui suivait le tracé des marches d'or, s'agrandissait de seconde en seconde.

La tour allait s'effondrer, c'était imminent.

*
* *

Dents serrées au point d'avoir les muscles de la mâchoire tétanisés, Corisco se figea devant l'escalier de la tour.

Que fabriquaient ces imbéciles à la mine n° 2?

Sur la *plaza* c'était la pagaille. Les hommes et les femmes s'étaient échappés, puis fondus dans la nuit afin de sauver leurs misérables existences de vermisseaux.

Il avisa son capitaine qui était en train de se relever et aboya:

— Pourchassez-les et rassemblez-les! Immédiatement! Et ceux que vous ne réussirez pas à rattraper, abattez-les!

Des soldats armés ne devraient pas avoir trop de difficultés à dominer une bande de femmes folles de terreur et de vieillards clopinant, tout de même!

Le capitaine se mit au garde-à-vous et claqua des talons, avant de se ruer vers ses subordonnés pour leur transmettre les consignes. Sous l'œil attentif de Corisco, les soldats se regroupèrent, puis se divisèrent en deux: ceux qui suivaient le capitaine et ceux qui restaient pour assurer la sécurité de la *plaza*.

Dans la jungle, autour de la clairière, plusieurs arbres s'écrasèrent dans un fracas de branchages brisés et de feuilles froissées. L'endroit devenait dangereux. Corisco en conclut qu'il valait mieux se garder de toute action intempestive et attendre que tout soit rentré dans l'ordre.

Et sa belle captive ? Les secousses ne l'avaient pas blessée, au moins ?

Comme il levait les yeux vers la plate-forme, une sensation très étrange et très désagréable s'insinua en lui : pour la première fois, il douta de sa victoire.

El Mestre, sa magnifique tour-serpent aux yeux d'émeraudes et de diamants, son autel érigé à la gloire du Démon, était en train de se fendre en deux.

Corisco recula d'un pas pour mieux juger de l'étendue des dégâts. Son malaise augmenta. Une grosse fissure était en train de déchirer la gorge de l'anaconda. Si le phénomène se poursuivait, la tête allait basculer en arrière et, tel un œuf qui s'ouvre, répandre son contenu.

Tout son contenu.

À cette pensée, un frisson le secoua.

Puis, tout à coup, le sol se déroba sous ses pieds.

30

Fat Eddie gisait vautré dans l'herbe, là où il avait atterri après avoir été éjecté de sa chaise. Seule l'incroyable quantité de graisse qui lui protégeait le corps l'avait préservé lors de la dernière explosion. Il est vrai qu'il avait été en partie abrité des débris voltigeant en tous sens par la forêt environnante.

Sauvé par sa graisse! Les mots faisaient écho dans sa tête, alors qu'il jetait un regard ahuri autour de lui. Deux de ses hommes les plus malingres avaient été projetés contre des troncs et leurs corps disloqués n'étaient même pas retombés à terre. Trop légers, ils avaient été emportés comme des fétus par le souffle. Tandis que Fat Eddie… Il en fallait plus pour le plaquer contre un arbre.

Et il fallait au moins trois hommes pour le remettre sur pied.

— Getulio! beugla-t-il. Joaquin! Alberto! Venez par ici!

Un à un, les hommes émergèrent de la forêt en s'époussetant et en grommelant des jurons. Pourtant, tous étaient heureux. Ce soir, ils étaient riches. Leurs canots étaient chargés d'or et la nuit n'avait pas encore livré toutes ses promesses.

La dernière explosion avait été tonitruante. Fat Eddie en déduisait que le dépôt de carburant de Vargas n'existait plus. Non, il ne devait plus y avoir un seul baril d'essence ou une seule bonbonne de gaz à Reino Novo. Et pourtant, ce n'était pas grâce à lui, ni à aucun de ses hommes qui se souciaient seulement de récupérer le plus d'or possible.

Corisco n'avait certainement pas fait une chose pareille. Alors ? Il ne restait plus que Guillermo, mais Fat Eddie aurait parié sa part du butin que ce n'était pas lui non plus. Si le botaniste était encore en vie, il irait libérer sa petite chatte blonde avant tout.

Par conséquent, cela signifiait qu'un troisième adversaire s'en prenait à Vargas, quelqu'un qui semblait farouchement déterminé à anéantir Reino Novo.

La nuit du démon, songeait Eddie, qui soufflait comme un bœuf pendant que ses hommes le faisaient rouler sur le dos. Il commençait à l'apprécier, cette nuit du démon !

Getulio, Alberto et Joaquin étaient forts comme des Turcs. À eux trois, ils réussirent à déposer leur patron sur la chaise où Fat Eddie se carra avec un soupir d'aise. Oui, la *noite do diabo* avait déjà fait de lui un homme très riche. Mais il voulait plus encore : *El Mestre*, ce tas d'or dont ce cinglé de Vargas se servait pour immoler de jeunes vierges… ou d'éminentes botanistes.

— À la *plaza* ! commanda-t-il.

Aussitôt, quatre hommes s'avancèrent pour soulever la chaise.

*
* *

Sur la *plaza*, rien ne bougeait. Tout le monde était couché par terre. Les hommes encore vivants, étourdis, assommés, se remettaient lentement de la terrible explosion.

Will avait été projeté dans les airs et il avait perdu son fusil. Son corps n'était plus que plaies et contusions.

Au prix d'un farouche effort de volonté, il se redressa sur son bras valide et, lentement, s'agenouilla. Il laissa son vertige s'apaiser, se mit debout. Un soldat étalé non loin l'aperçut. Pendant une seconde, Will craignit qu'il ne se servît de son arme, puis l'expression hagarde du jeune soldat lui fit comprendre que celui-ci se fichait éperdument qu'un prisonnier de plus s'échappe. Il se moquait de tout ce qui pouvait se passer autour de lui et n'avait plus qu'un souhait : se tirer au plus vite de Reino Novo et sauver sa peau.

Quant à Corisco, il gisait face contre terre, au pied des marches. Du sang s'écoulait d'une large entaille sur son front.

Will n'en fut même pas soulagé tant la douleur le torturait. Il regarda Annie en haut de la tour. Elle ne bougeait pas, cramponnée à ses cordages. Son corps mince semblait vidé de ses forces. En arrière-plan, des flammes gigantesques léchaient le ciel au-dessus de la rivière. Le dépôt de combustible venait très certainement d'exploser et la chaleur dégagée par l'incendie créait un mouvement d'air qui faisait voleter des mèches claires autour du visage d'Annie. La plate-forme tenait encore, mais cela ne durerait pas.

Il devait faire vite.

Sans la quitter des yeux, il se rua vers l'escalier, sauta par-dessus le corps inanimé de Corisco... et s'immobilisa brusquement.

Un trou béant crevait la structure à mi-hauteur, révélant la présence d'une pièce secrète dans la gorge de l'anaconda d'or. Et une ombre mouvante était en train d'en sortir...

Un anaconda géant, bien réel celui-ci, dont les anneaux ondulants n'en finissaient pas de s'extraire de la tour. Énorme, il dressait sa tête triangulaire et dardait sa langue fourchue, tout en étirant son corps vers la plate-forme supérieure.

Will était médusé. Il savait qu'il devait se secouer,

sauver Annie… Mais ce serpent, mon Dieu! Il ressemblait tant à *l'autre*, à l'anaconda de Tutanji, celui qui hantait encore ses cauchemars et avait élu domicile sur le *Sucuri*…

Les cicatrices sur sa poitrine et son dos se mirent soudain à le brûler. Le souvenir de la souffrance atroce rejaillit dans sa mémoire, tandis qu'il revivait la nuit où l'anaconda parti chasser dans le Monde perdu l'avait trouvé endormi au bord de la rivière…

Il fallait courir, sauver Annie. Mais le serpent était monstrueux. Et sa seule vue le paralysait.

*
* *

À bout de forces, Annie trouva l'énergie d'ouvrir les yeux. Au pied de la statue, elle aperçut Will, immobile comme s'il venait d'être frappé par la foudre.

Elle reprit espoir. Elle était si fatiguée qu'elle n'éprouvait même plus de peur. Et puis, Will était là, maintenant. Elle n'avait qu'à attendre qu'il gravisse l'escalier pour venir la délivrer.

Mais il ne bougeait toujours pas.

— Will? appela-t-elle faiblement.

Il tressaillit et, lentement, leva la tête vers elle. Au moment où leurs regards se croisaient, elle vit une flamme s'allumer dans le sien. Il parut enfin sortir de sa transe et, comme il s'élançait dans l'escalier, il disparut de son champ de vision.

Annie s'abandonna à la pesanteur. Will était blessé et certainement aussi épuisé qu'elle, mais le pire était passé maintenant. Il était libre et…

Quel était ce bruit?

L'angoisse la fit se raidir. Quelle bestiole montait vers la plate-forme en produisant ce chuintement inquiétant? Un lézard? Oui, sûrement. L'Amazonie grouillait de lézards.

Tout à coup, la chose rampante se dressa à la verticale de la plate-forme et Annie sentit ses cheveux se hérisser sur sa nuque.

Elle s'était totalement trompée. Il lui restait des réserves de peur insoupçonnées. Et, alors que l'énorme gueule striée de vert et de noir se balançait, menaçante, et que les gros yeux dorés se fixaient sur elle, elle poussa un hurlement strident qui résonna dans toute la forêt.

31

Le serpent devait peser au moins un quart de tonne et dépasser les dix mètres de long. Mais, contre toute attente, le cri poussé par cette toute petite femme l'arrêta net dans sa progression, et il recula même sa tête.

Will ne s'arrêta pas pour autant. Le géant n'allait pas rebrousser chemin, il continuait au contraire de monter vers la plate-forme et gagnait du terrain inexorablement, centimètre par centimètre.

Will grimpait les marches quatre à quatre, sans se soucier des gros scarabées à carapace irisée vomis par la statue éventrée, qu'il écrasait sous ses semelles. Le coutelas à la main, il se tenait prêt à frapper. Mais ce fut l'anaconda qui passa à l'attaque le premier, avant même que Will n'ait atteint la plate-forme. Avec un sifflement menaçant, la tête triangulaire fondit sur lui. Will évita d'un bond les crochets étincelants. Une décharge d'adrénaline explosa en lui. Il n'obéissait plus qu'à un instinct de survie animal. Il ne pouvait pas se permettre de penser, sinon la peur le figerait sur place.

Le monstre plongea vers lui à deux reprises, tandis que sa queue ne cessait de monter les marches en arcs gracieux, indépendants de la tension meurtrière qui habitait l'avant de son corps. Will réussit à parer ses assauts en se dissimulant dans la cavité d'où sortaient les scarabées.

Là-haut, Annie avait cessé de crier. Paniqué par ce brusque silence, il bondit et gravit les dernières marches, persuadé que le serpent resserrait déjà ses anneaux sur la jeune femme pour broyer son corps.

Au moment où il allait atterrir sur la plate-forme, une poigne d'acier se referma sur sa cheville et le tira violemment en arrière.

Il tomba sur les marches, se retourna d'un coup de reins, s'attendant à se trouver face à une gueule béante et une langue fourchue. Mais c'est le canon noir d'un pistolet pointé sur son front qu'il découvrit.

Et, derrière, la tête chafouine de Corisco Vargas apparut.

— Laisse mon petit chéri s'occuper de la fille. Cela fait partie du plan, grinça-t-il avec un sourire d'illuminé.

— Ah oui ? Eh bien, le plan vient de changer ! gronda Will.

Le regard de Corisco s'agrandit de stupeur au moment où la lame du coutelas s'enfonçait dans son ventre. Alors qu'il s'effondrait, Will dévia le bras de son ennemi au moment précis où celui-ci pressait la détente. Deux balles ricochèrent sur les marches d'or.

Will ne songeait qu'à Annie. Sans perdre une seconde, il retira le coutelas et un jet de sang jaillit. Abandonnant Vargas dans l'escalier, il gravit les dernières marches qui le séparaient de la plate-forme.

Tout d'abord, il ne distingua rien que les immenses anneaux lovés sur eux-mêmes qui bloquaient sa progression. Enfin, il aperçut Annie, inerte, presque nez à nez avec le monstrueux reptile qui la fixait de son regard hypnotique.

Elle avait l'air d'un ange blond dans cette posture abandonnée, bras et jambes écartés, ses doigts fins crispés sur les cordes.

Will voulut se jeter en avant, mais se heurta aux anneaux ondulants. Avec acharnement, il tenta de forcer le passage. Et, alors qu'il levait le coutelas dans l'intention de frapper, il se figea, le cœur battant, à la vue du serpent et de la femme qui, face à face, semblaient perdus dans les limbes d'un autre temps.

Les secondes s'écoulèrent. L'anaconda n'attaquait pas. On aurait dit qu'il dévisageait Annie, qu'il la jaugeait…

Le coup de feu prit Will au dépourvu. Il ne l'entendit qu'après avoir été atteint. Il tituba, bascula en avant… *vers les anneaux verts sans fin de l'anaconda géant*.

Annie sursauta et rejeta la tête en arrière. Le charme était rompu. Elle vit Will s'effondrer sur le serpent et, derrière lui, apparaître Corisco, l'air triomphant malgré son ventre ensanglanté, qui brandissait un pistolet fumant.

Avec un ricanement, il se dressa sur la plate-forme et, posément, visa le crâne de Will, évanoui à ses pieds.

Annie entendit un hurlement démentiel et mit un dixième de seconde à comprendre qu'il jaillissait de sa propre gorge.

À cet instant, une autre détonation, plus sourde et plus puissante, claqua dans la forêt. La balle atteignit Corisco en plein cœur. Il était déjà mort lorsqu'il bascula en arrière avant de tournoyer dans le vide, tel un pantin désarticulé.

Le silence retomba dans la jungle.

Hagarde, Annie tourna la tête et croisa de nouveau le regard doré de l'anaconda qui n'avait pas bougé. Celui-ci demeura immobile quelques secondes, puis balança sa tête pesante vers l'escalier pour y trouver un appui. Et là, tranquillement, il entreprit de descendre l'escalier.

Quand Annie, qui n'osait respirer, vit l'extrémité de sa queue glisser sur la plate-forme à ses pieds, elle comprit que la tête du serpent avait déjà atteint le sol.

Enfin libéré de son vivarium, le grand anaconda avait choisi de retourner dans la jungle.

*
* *

— C'est vraiment le truc le plus dingue que j'aie jamais vu ! s'exclama Mad Jack en appliquant une compresse sur le poignet meurtri d'Annie.

En quelques minutes, il eut tôt fait de désinfecter et panser les plaies infligées par les cordes sur la chair tendre.

— Un serpent assez gros pour bouffer mon cheval ! Et toi tout entortillée sur ton perchoir, comme Fay Ray dans *King Kong* ! Bon sang, Annie, est-ce que je dois te ligoter moi-même pour te renvoyer à la maison par conteneur, histoire d'être sûr de te retrouver en vie ? Et comment s'appelle-t-il, ce grand type qui arrivait avec son grand couteau pour te sauver ?

— Will. William Sanchez Travers…

Annie ne prêtait pas vraiment attention aux propos de Mad Jack. Elle était comme sonnée, elle avait mal à la gorge d'avoir tant crié, et son corps était agité de tressaillements incoercibles.

Mad Jack avait débarqué à la tête d'un petit bataillon armé. Où avait-il recruté ces gens ? Dans le Wyoming ? Pour l'heure, une femme et deux hommes étaient en train d'installer Will, toujours inconscient, sur une civière. Ils avaient à peine eu le temps de le descendre de la plate-forme, tout à l'heure, que l'immense tour-serpent, dans un vacarme étourdissant, s'était écroulée sur la place.

À présent, le calme était revenu, bien qu'Annie ait du mal à s'en convaincre.

— Travers ? Le chercheur qui avait disparu ? J'ai entendu parler de lui. Ne t'inquiète pas, ma poulette.

Je suis venu en hydravion. Ton copain sera à Manaus dans deux heures. Il ne nous reste plus qu'à nous tirer d'ici.

— Les soldats ?

— Les soldats et les *jagunços* travaillent en ce moment main dans la main. Ils sont très occupés. Il n'y a que l'or qui les intéresse.

Annie esquissa un sourire fatigué. C'était la première fois que son vieux pote Mad Jack l'appelait « ma poulette ». Adolescent, il la surnommait « Nini-pot de colle » parce qu'elle s'obstinait à le suivre partout. Puis, il y avait eu Calamité. Et, ces quatre dernières années, gonflé de fierté, il avait pris l'habitude de l'appeler « Doc ».

Mais jamais encore « ma poulette ».

Elle devait vraiment avoir piètre figure. Et elle se sentait effectivement complètement vidée.

— Je suis en état de choc, constata-t-elle.

— Ouais, doc. Ne bouge pas d'ici. Je m'occupe de ton pote.

Mad Jack l'enveloppa d'un regard inquiet. Rapidement, il ôta sa chemise et la lui glissa sur les épaules, avant d'introduire une balle dans son fusil qu'il déposa sur les genoux de la jeune femme.

— D'accord, souffla-t-elle d'une voix inaudible.

Visiblement déconcerté par sa soumission, il s'agenouilla de nouveau face à elle. Une mèche noire retomba sur son front, qu'il écarta d'un geste impatient.

— Annie, je vais te sortir d'ici. Je te le promets. Tu me crois, n'est-ce pas ?

— Oui.

Jamais Mad Jack n'avait laissé tomber quiconque.

— Et tu sais que je t'aime ?

Encore une fois, elle acquiesça d'un hochement de tête. Il l'avait toujours aimée, plus qu'un frère, et il avait toujours été présent à ses côtés, du plus loin qu'elle s'en souvînt, depuis le jour où sa mère avait pris la poudre d'escampette et quitté le Wyoming.

En dépit de ses huit ans à l'époque, Mad Jack l'avait aidée à combler le vide que son père était trop fier ou trop furieux pour remarquer.

— Bien, conclut-il en se relevant.

Elle le vit tourner les yeux vers l'endroit où, elle le savait, gisait le cadavre de Vargas, au pied de la tour. Elle n'avait pas eu le courage de regarder.

Mad Jack pinça les lèvres, avant de reporter finalement son attention sur Annie. Elle considéra ses yeux bleu foncé.

— Annie, je sais que tu n'es pas très douée pour les relations durables, mais je crois que tu voudras revoir ce type quand il ira mieux. Je t'aime, mais je ne pense pas que je me serais jeté sur un anaconda de dix mètres armé d'un seul couteau pour te sauver.

— Tu es pourtant venu jusqu'ici.

— Je croyais t'avoir dit de ne pas retourner au Brésil. Et je t'avais proposé de régler son compte à Vargas si tu le souhaitais.

— C'est ce que tu as fait.

— Et je croyais t'avoir appris qu'il y a certaines limites qu'on ne peut pas franchir sans se meurtrir !

Mad Jack jura longuement entre ses dents. Enfin, son regard s'adoucit et il ajouta :

— Mais je t'ai aussi appris à tenir debout toute seule et tu as retenu la leçon, apparemment.

Il se releva et se dirigea vers la civière que trois hommes s'apprêtaient à descendre vers la rivière.

Annie se mit à trembler. Elle était en état de choc, elle était amoureuse et, plus que tout, elle voulait serrer Will dans ses bras.

Ils avaient survécu. Contre toute attente, ils avaient libéré les Indiens et les *caboclos*, les sauvant d'une mort certaine ; ils avaient terrassé Corisco Vargas et survécu à Reino Novo.

Bien sûr, elle avait perdu son orchidée, sa précieuse et lumineuse orchidée. Vargas avait laissé les deux spécimens dans son bureau et la maison tout entière avait été volatilisée quand Mad Jack et son équipe avaient fait sauter le dépôt de carburant.

Mais Annie avait déjà dit adieu aux orchidées. Elles ne comptaient plus à présent. Seul importait le sort de Will.

Épilogue

Six mois plus tard, en un lieu inconnu

— Mmmm… *Gato*, ronronna Annie en se lovant contre Will.

Dans la lumière faiblissante du crépuscule, il croisa son regard, avant de se pencher pour emprisonner sa bouche dans un long baiser sensuel. Elle sentit son propre goût sur sa langue, sa propre odeur sur sa peau. Chaque fois qu'ils faisaient l'amour, elle apposait sa marque sur lui, renouvelait cet acte de propriété quand leurs deux corps se fondaient pour ne plus former qu'une seule entité.

Sans cesser de l'embrasser, il fit glisser sa main sur l'arrondi de son ventre qui se distinguait nettement maintenant. Un fils, avait promis Tutanji, la seule personne au monde qui sût où ils se trouvaient.

Une fois Corisco mort et Fat Eddie occupé à compter son or à Manaus, leurs existences avaient repris un cours tranquille. Après le rétablissement de Will, le vieux chaman s'était acquitté de sa promesse en les conduisant par-delà les montagnes, dans ce lieu magique.

Certains jours, en regardant les collines ancestrales et la canopée vert foncé de la forêt amazonienne qui s'envolait jusqu'à l'horizon, Annie elle-même oubliait où ils étaient. Elle oubliait que ce lieu, qu'ils appelaient « la maison », était relié au reste du monde. Parfois, elle venait même à en douter, comme s'ils étaient déconnectés de toute réalité matérielle et qu'ils flottaient, quelque part, près du paradis.

Gabriela elle-même ignorait où ils se trouvaient. Leur point de ravitaillement était situé à des kilomètres de là. Il n'y avait qu'un seul moyen d'accès à leur monde perdu, et la piste était quasiment introuvable.

Enfin, Will abandonna ses lèvres. Annie poussa un soupir de contentement et lui prit la tête entre les mains pour le retenir à elle. Il lui avait merveilleusement fait l'amour. Plus que jamais, il était le jaguar et elle la friandise préférée du fauve.

Will sut à quel moment précis elle plongeait dans le sommeil. Il la serra plus étroitement et, par-dessus son épaule, observa le ciel qui s'obscurcissait. Annie ne dormirait pas longtemps, autant qu'elle récupère un peu avant qu'il la réveille. Elle ne lui pardonnerait jamais s'il la laissait dormir après le coucher du soleil. Car les heures de la nuit leur appartenaient. Ils travaillaient alors côte à côte, et cette activité les liait aussi profondément que leurs étreintes.

Lorsque le soleil disparut totalement, quelques minutes plus tard, il l'embrassa sur la tempe en la secouant gentiment.

— Annie ?

— Mmmm ?

Paresseuse, elle ouvrit les yeux, s'étira avec langueur. Will sourit. Si elle n'y prenait garde, il allait l'aimer de nouveau. Cela s'était déjà produit à plusieurs reprises et ils avaient perdu toute une nuit de travail.

— C'est l'heure.

En quelques minutes, ils enfilèrent leurs vêtements et gagnèrent la plate-forme la plus élevée de leur demeure construite dans les arbres. Ce soir, ils n'avaient pas prévu de collecter des échantillons, mais de prendre des photos de leur environnement. Quand les appareils furent installés, ils s'assirent côte à côte au bord de la plate-forme, reliée au reste de la « maison » par des passerelles et des échelles de corde. Chaque étage était solidement arrimé et sécurisé par des filets. On y trouvait des espaces de rangement pour le matériel scientifique, ainsi que de quoi boire et manger.

En contrebas, un ruban d'eau argenté se déroulait jusqu'à l'horizon et scintillait sous le clair de lune. Là où la terre s'effaçait devant le ciel, la rivière formait une transition subtile et semblait quitter l'univers mystérieux de la forêt pour couler dans l'Autre Monde, le monde étoilé de la voie lactée.

Lentement, à mesure que la nuit tombait, leur environnement commença à refléter cette voie lactée: sur les arbres, des milliers de minuscules lueurs apparaissaient là où, dans la journée, la lumière du soleil les dominait.

Epidendrum luminosa. L'orchidée d'Annie, la Messagère, dans la langue de Tutanji. Toutes les plantes parlaient mais, en réalité, disait-il, peu d'entre elles avaient quelque chose à dire. La Messagère était différente. Son langage était plus complexe. Sa connaissance remontait au commencement des choses, quand ses pétales s'étaient déployés pour la toute première fois, dans le premier matin brumeux de l'Éden amazonien, don du ciel aux Indiens.

« Écoutez la lumière », leur avait dit Tutanji. Et le travail de toute une vie avait débuté. Une centaine de fleurs avait été répertoriée, les photons émis mesurés grâce à leur ADN et représentés graphiquement, dans l'attente du jour où la fleur délivrerait enfin son message.

Jusqu'à ce jour, Will et Annie demeureraient ici, dans cet endroit oublié de la planète.

Annie glissa sa main dans celle de son compagnon et, dans la pénombre, ils échangèrent un doux baiser, tandis qu'autour d'eux éclosaient dans la nuit les fleurs de lumière.

Découvrez les prochaines nouveautés
de la collection

Amour et Destin

Des histoires d'amour riches en émotions déclinées en trois genres :

Intrigue *Romance d'aujourd'hui* *Comédie*

Le 3 octobre *Intrigue*
L'impossible mensonge
de Nora Roberts (n° 4275)
Kelsey croyait sa mère Naomi morte. Et elle apprend qu'elle a passé
dix ans en prison ! Soucieuse de comprendre, elle s'installe aux Trois
Saules, le haras de Naomi. Elle se découvr une passion pour les che-
vaux, une passion renforcée par la présence du séduisant Gabriel.
Mais elle découvre aussi, à sa grande surprise, un milieu mercenaire
: courses truquées, pur-sang mort, suicide et jockey compromis !

Le 10 octobre *Romance d'aujourd'hui*
L'île des Trois Sœurs – 3
Mia de Nora Roberts (n° 6727)
Mia se prépare. Bientôt, dit la légende, l'île sera assaillie par les
forces du Mal. C'est l'épreuve ultime. Les trois sœurs devront alors
conjuguer leurs pouvoirs : l'air, la terre, le feu. L'aide du sorcier
Sam Logan leur serait bien utile. Mais Mia n'est pas très disposée à
accueillir à bras ouverts celui qui l'a quittée onze ans plus tôt...

Le 24 octobre *Comédie*
Sœurs... pour le meilleur et pour le pire !
de Gabrielle Mullarkey (n° 6728)
Katie a une petite sœur détestable. Elle appréhende surtout de lui
présenter le beau Jake, car cette chipie n'a pas hésité à lui piquer
Steven ! Heureusement, cette fois-ci, elle échoue. Kate et Jake déci-
dent de se marier. Mais Flick a pris les devants et annonce, devant
la famille réunie, son mariage avec Dan. Oh, un garçon plutôt
simple et très discret ! Mais un beau-père très riche ! Pauvre Dan,
il ne sait pas dans quels filets il est tombé !...

Ce mois-ci, retrouvez également
les titres de la collection

Aventures et Passions

ainsi que les titres de la collection

Escale Romance

De nouveaux horizons pour plus d'émotion

Le 5 septembre
Le prince du Rio Negro de Frédérique Allison (n° 6700)
Liane est comblée : violoniste virtuose, elle a été engagée pour jouer
un concert exceptionnel à Manaus. En attendant, elle prend un bain
de minuit avec… son employeur ! Le beau Joachim Almada a immédiatement su conquérir son cœur. Mais la baignade est interrompue
par un assassin à la solde de la mafia locale. Joachim s'en sort, mais
la police, corrompue, espère bien le piéger…

Le sortilège malais de Christine Elvira (n° 6802)
Le père d'Elena, riche promoteur immobilier implanté en Malaisie,
est enlevé par des terroristes. Elena, journaliste, se rend sur place
pour essayer de le libérer. On lui recommande de contacter Christo-
phe Keroual, un aventurier français qui habite sur une île et
connaît les méandres de la Malaisie comme sa poche. Mais le hic,
c'est que celui-ci déteste le promoteur disparu…

6678

Composition Chesteroc International Graphics
Achevé d'imprimer en France (La Flèche)
par Brodard et Taupin
le 12 août 2003. 19833
Dépôt légal août 2003. ISBN 2-290-32993-2

Éditions J'ai lu
84, rue de Grenelle, 75007 Paris
Diffusion France et étranger : Flammarion